"꽃 중에 질로 이쁜 꽃은 사람꽃이제"

전라도,
촌스러움의
미학

황풍년 지음

행성B

저는 촌스럽다는 이야기를 종종 듣습니다. 서울에서 40년을 넘게 살았어도 시골 출신인 건 어쩔 수 없나 봅니다. 그런데 이 책을 보면서 '촌스럽다'는 그 말이 나에게 얼마나 과분한 찬사인지를 깨닫게 됩니다. 촌스럽다는 것이 쉽게 변하지 않는 한결같음, 호들갑스럽지 않고 웅숭깊음이라니 말입니다.

이 책을 한 장 한 장 넘길 때마다 따뜻한 위로를 받는 느낌이 드는 것은 왜일까요? 죽을 때까지 현역으로 뛰는 촌 할매들의 마디진 손과 정직한 노동의 풍경이 눈을 사로잡고, 구성진 사투리, 억척스럽고 자부심 넘치는 삶의 이야기들이 귀를 홀립니다. 하필 더운 날 대인시장 골목의 머리고기와 막걸리 한잔을 생각나게 하고, 아짐들의 오이냉국에 더위가 싹 가시는 듯합니다.

앉아서 이게 무슨 호강인지 황송하기만 합니다. 전라도의 속살을 직접 순례하게 될 날을 꿈꾸며, 보면 볼수록 매력이 넘치는《전라도, 촌스러움의 미학》을 여러분과 함께 나누고 싶습니다.

– 박원순 서울특별시장

나는 얕고 서투릅니다. 저자 황풍년의 글쓰기와 전라도는 깊고 세련됐지요. 원고를 다 읽고 나서야 비로소 알았습니다. 추천글 쓰기 제안을 덥석 받는 게 아니었음을. 400자 내외를 쓰기 위해 A4 10장 가량을 요약했으나 충분치 않습니다.《전라도, 촌스러움의 미학》은 그렇게 깊고 육중하고 맛깔스럽습니다. '전라도 인문학'의 완성도를 한껏 높입니다. 전라도의 진면목을 알아차린 가장 명징한 언어임에 분명합니다.

이 책은 전라도의 꽉 찬 속살을 보여줍니다. 내면의 치열함까지 담았습니다. 이 깊은 맛을 대체 어떻게 길어 올렸을까요? 저자는 전라도의 힘과 맛, 맘과 멋을 결국 '전라도 사람'에서 찾습니다. 그에게 '전라도'는 생명과 공동체를 향한 희구이며, 때론 저항이고 절규입니다.

'전라도'에 대한 이해를 넘어, 인간에 대한 온전한 통찰력을 갖고 싶거나 욕망의 전쟁터가 된 삶에 지그시 위안을 얻고 싶은 이들에게 이 책은 필수품입니다. 특히 세상살이가 답답하고 견디기 어려워 분노하고 좌절하는 이들은 이 책에서 뜨거운 눈물과 함께 희망과 용기 또한 얻게 될 것입니다.

그래서 나는 감히 추천글을 헌사로 대신합니다. '우듬지까지 기어올랐던 꽃들이 바람에 흔들리다 팽그르르 떨어지며 허공을 긋는' 능소화의 땅 전라도에서.

– 민형배 광주광산구 구청장

20년 가까이 잡지를 만들었던 사람으로서 의리와 연민 때문에 월간 〈전라도닷컴〉을 정기구독하기 시작했습니다. 그런데 언젠가부터 잡지가 도착할 날을 손꼽아 기다리게 되었습니다.

처음에는 전라도의 풍경과 독특한 문화와 음식에 끌렸으나, 시간이 갈수록 전라도 아짐과 할매들의 한 말씀 한

전라도, 촌스러움의 미학

말씀이 마음에 다가왔고, 이윽고 그분들은 내 인생의 스승, 구루가 되었습니다.

그 이야기들을《전라도, 촌스러움의 미학》에 모아 한 권의 책으로 볼 수 있으니 얼마나 행운인지요! 하지만 두고두고 조금씩 아껴서 읽고 싶은 마음입니다.

– 서명숙 사단법인 제주올레 이사장

순정한 전라도 이야기를 시작하며

고흥군 남양면 우도에 갔을 때입니다. 이 작은 마을은 썰물 때 바닷물이 열리고 뭍과 이어지는데, 그날은 인근 동강면소재지에 오일장이 서는 날이었습니다. 오래전부터 할매들은 낙지, 짱뚱어, 칠게, 고둥, 석화 등 갯것들을 내다 팔아 쌀도 사고 생필품도 바꿔왔답니다. 뜬눈으로 물때를 기다렸다가 새벽 3시쯤 나선 할매들은 꼬박 열두 시간이 지나서야 돌아왔고, 휑하니 파도소리만 흐르던 고샅에 비로소 활기가 돌았습니다.

　할매들이 난전을 펴는 동강장은 평소 한적하기 그지없지만 장날엔 북적북적합니다. 고흥은 물론 보성, 벌교 등지에서도 사람들이 몰려와 좌판을 폅니다. 이런 전라도 오일장이 자그마치 148개입니다. 명절 앞둔 대목장에서는 시골 한 켠에 몰려든 구름 인파에 놀라 눈이 절로 휘둥그레집니다.

오일장 사람들은 서로 낯이 익습니다. 어차피 '도란장(돌아오는 장날)'에 또 볼 사이라 이문에 급급해 야박하지 않습니다. 싱싱한 갯것, 풋풋한 채소들을 늘어놓고 조르라니 앉은 할매들의 오일장엔 푸진 물목만큼이나 정이 뚝뚝 묻어나는 진한 전라도말이 넘쳐납니다.

"소금물에 반나절은 해감해야 쓰네 이?"

"음마? 고치장 말고 고치가리를 너랑께."

"지름은 거짓말매니로 쬐끔 넣고, 꽤는 호복흐니 애끼지 말고…"

"살짝 데쳐야제, 삶아불문 찔거져."

젊은 아낙이 어물전 할매에게 생선조리법을 배운 뒤 채전에 들러 나물 무치는 강습을 듣는 식입니다. 씨앗전 할매와 나무전의 할배는 농학박사가 틀림없을 듯합니다. 텃밭 가꾸기와 묘목 잘 심는 요령 등을 조근조근 알기 쉽게 알려주십니다.

이렇듯 일상의 리듬이 5일 간격인 사람들에겐 비장한 철학이 있습니다. 논밭이든 갯벌이든 가만히 놀려두는 걸 참지 못합니다. 그런 일은 몹쓸 짓이요 죄악이라고 여깁니다.

"눈 깜아뿔고 땅속에 들어가문 잊어뿔어도 숟구락을 들고 밥을 묵음서 어찌…"

순정한 전라도 이야기를 시작하며

당신의 몸뚱이를 바지런히 부려서 한 푼이라도 벌어먹어야 떳떳합니다. 몸보다는 머리를 써서 '대박'을 터뜨려야 하는 사람들 보기엔 참 답답할 노릇입니다.

이들은 "밥은 묵었능가?", "이거 잔 가지가소"를 입에 달고 누구라도 먹여주고 뭐라도 쥐어주기를 취미로 삼습니다. 닳고 닳아 뭉툭해진 빗자루를 차마 버리지 못하는 마음으로 집안 구석구석 낡고 오래된 물건들과 함께 늙어가는 노인들입니다. 요즘 같은 가마솥더위에도 문을 닫고 에어컨을 켜기보다는, 부채를 들고 밖으로 나오는 사람들입니다. 폐쇄된 공간이 아니라 툭 트인 열린 마당에서 여럿이 더위를 이겨내니 에너지도 펑펑 소비할 까닭이 없지요.

이 책은 지난 16년 동안 토종잡지 〈전라도닷컴〉을 펴내며 만난 골골·섬섬 할매들 할배들과 마을에 관한 서툰 감상문입니다. 산, 들, 강, 바다, 갯벌, 풀, 꽃, 나무숲, 올망졸망 오일장, 굽이굽이 돌담길, 흥으로 정으로 어울리는 사람들…. 전라도의 속살 이야기는 일정한 글틀도 없고 분량도 들쭉날쭉해 부끄럽습니다. '전라도'가 탯자리요 삶터인 사람만이 느끼는 슬픔과 연민, 분노와 격정, 존경과 감사 같은 복잡 미묘한 감정의 기복도 고스란히 드러내고 말았습니다.

지금 우리에게 몹시 절실한 그 뭔가가 여기 애잔하고

'촌스러운' 풍경과 사람살이에 있지는 않는지 눈 밝고 맘 따순 독자들에게 서둘러 호소하고 싶어졌을 뿐입니다.

〈전라도닷컴〉을 붙들고 살자니 우여곡절도 많고, 제 곁에서 가까운 사람 순으로 고달프다는 것도 알았습니다. 땀 흘려 일하는 99퍼센트 백성의 역사를 새긴다는 맘으로 버텨온 동지들이 정말 고맙습니다. 인생의 고비에서 기댈 언덕이 되어 준 김윤석 형과 돌산 용월사 식구들, 행성B 출판사의 임태주 대표와 그 일꾼들께도 감사 인사를 드립니다. 울 엄니 박순례 님과 누나, 누이들의 사랑과 희생을 새기며 아내와 두 딸에게도 애틋한 마음을 전합니다.

2016년 초가을, 황풍년

순정한 전라도 이야기를 시작하며

차례

1. 전라도의 힘

호들갑스럽지 않고
웅숭깊다는 것

2. 전라도의 맛

항꾼에
노놔 묵어야
맛나제

3. 전라도의 맘

짠해서
어쩔 줄 모르는
측은지심의
화수분

1. 전라도의 힘

호들갑스럽지 않고
웅숭깊다는 것

촌스러운 것들을 위한
변명

수만 장의 사진 가운데 추리고 또 추려서 백 장을 펼쳐 보이는 사진전시회를 준비하면서다. 십수 년 세월을 전라도 골골이 섬섬이 취재를 다니며 찍은 〈전라도닷컴〉의 사진들을 모아놓고 보니 과연 촌스럽기 그지없었다.

그도 그럴 것이 전라도에서도 도시 혹은 '도시스러운 것'들을 한사코 피해 다니며 촌과 '촌스러운 것'에만 천착했으니 말이다. 그래서 아예 전시 제목을 '촌스럽네'로 달았다. '촌스러운 게 어때서?'라는 심사도 깔려 있었다.

'촌스럽다'는 말은 도시와는 다른 삶과 풍경과 정서가 있는 시골의 정체성에 부합하는 가장 적확한 수사일 터. 허나 세상 사람들의 입에 오르내리는 그 말엔 은연중 고약

하고 몹쓸 의도가 담기기 일쑤다. 남을 깎아내리거나 흠을 잡을 때 흔히 동원되는 말이고 심지어는 옳지 않은 것, 미운 것, 서툰 것 등 부정적인 이미지를 덧씌워 '촌스럽다'는 말을 오용한다.

옷맵시에도 "에이! 촌스러워"라는 말을 뱉으면 못 봐줄 우스꽝스러운 차림이 되고, 어눌한 말투나 사투리로 이야기를 하면 내용은 아랑곳없이 "영판 촌스럽네" 하며 귀를 닫기 십상이다. 겉치레가 화려하고, 말본새가 번지르르하여 그럴듯해 보이면 도시스러운 것이 되지만, 수수하고 소박한 외양과 태도는 대체로 촌스럽다며 이죽거리거나 비아냥거리는 대상이 되는 식이다. 갈수록 아름다움과 추함, 좋은 것과 나쁜 것으로 극명하게 갈리는 도시와 촌의 구분이란 얼마나 부당하고 어처구니없는 현상인가.

소설가 공선옥은 '촌스럽다'는 말에 담긴 참뜻과 미덕을 소상하게 밝히면서 그 왜곡된 쓰임에 부드럽되 단호한 응수를 한다.

촌스럽다는 것은 쉽게 변하지 않는다는 것이다.
촌스럽다는 것은 호들갑스럽지 않고 웅숭깊다는 것이다.
촌스럽다는 것은 천진난만하다는 것이다.
촌스럽다는 것은 자존심이 세다는 것이다.

촌스럽다는 것은 때로 분노할 줄 아는 것이다.

촌스럽다는 것은 이 세상 모든 살아 있는 것들 때문에 가슴 아프다는 것이다.

촌스럽다는 것은 쾌활 명랑한 것이다.

촌스럽다는 것은 돈을 많이 벌 생각을 하기보다 돈을 적게 쓸 연구를 하는 것이다.

촌스럽다는 것은 만 원 넘어가는 소비도 벌벌 떠는 것이다.

촌스럽다는 것은 물건 버리는 것을 죽어도 못하는 것이다.

촌스럽다는 것은 고기 먹을 때 밥도 함께 싸 먹는 것이다.

촌스럽다는 것은 아플 때 라면이 생각나는 것이다.

촌스럽다는 것은 남한테 절대로 상처주지 않는 것이다.

촌스럽다는 것은 손님을 보내놓고 가슴 허전해 하는 것이다.

촌스럽다는 것은 손님이 오면 가장 먼저 밥부터 차리는 것이다.

촌스럽다는 것은 남에게 못 줘서 환장하는 것이다.

촌스럽다는 것은 도시스러운 것의 반대가 아니라, 도시스러움조차 모두 감싸 안는 것이다.

촌스럽다는 것은 도시스러운 것보다 훨씬 어른스러운 것이다. '어린 도시스러운 것'이 '어른 촌스러운 것'을 맨날 놀리고 울려도 촌스러운 것은 어른스러운 것이라, 그저 조용히 웃으며 간다. 어린 도시스러운 것까지 품에 안고, 쾌활 명랑하게, 천진난만하게, 때로는 분노하고 때로는 연민하면서 그렇게 뚜벅뚜벅!

— 〈전라도닷컴〉 통권 100호에 실린 글 '촌스럽다는 것은' 중

지난 2013년 10월부터 시작돼 이듬해까지 광주, 순천, 여수, 목포, 전주, 서울, 부산, 대전 등지로 이어진 '촌스럽네' 사진전시회에서 공선옥의 글은 잔잔한 파장을 불러일으켰다. 관람객들은 전시장 벽면에 붙은 글을 찬찬히 들여다보며 고개를 끄덕이기도 하고 너털웃음을 짓기도 했다.

"맞네, 맞아! 내가 꼭 그렇다니까."

촌스럽다는 것의 정의를 주욱 늘어놓고 보니 가슴에 와닿는 조목조목에 흠칫 놀라기까지 했다.

'고기 먹을 때 밥도 함께 싸 먹는 것이다'라는 대목에서 나는 무릎을 탁 치고 말았다. 고기를 구워 그냥 쌈을 싸 먹거나 술안주로 삼는 모습을 처음 보았을 때 적이 놀랐던 기억이 났다. 직장의 회식 때마다 밥 없이 고기를 먹는 문화가 생경하고 어색했고, 지금도 밥에 고기를 얹어 쌈을 해야 직성이 풀리는 체질이니 영락없는 촌놈인 셈이다.

명절이나 제사 때가 아니고서는 일 년 내내 돼지고기 한 점 구경할 수 없었던 시절을 지내온 사람들이라면 누구나 그러했을 터이다. 그러나 닭 한 마리, 달걀 한 개조차 귀하게 여기며 알뜰살뜰 발라 먹던 식습관이 떼어내고 싶은 가난의 흔적이기만 할까. 온갖 고기들이 시도 때도 없이 상에 오르는 흔전만전 육식의 시대가 낳은 끔찍한 폐해들을 생각하면 고개가 절레절레 흔들어진다. 영양 과다와 불균형이 초래한 비만과 질병으로 신음하는 세상이 아니던가.

촌스러운 것들을 위한 변명

고기는 꼭 밥과 함께 싸 먹는 '촌스러움'이 갖는 미덕을 더 일러 무엇하리오.

　우리네 엄니들을 따라 오일장에서 장을 볼 때도 공선옥이 말하는 '쉽게 변하지 않는 한결같음', '호들갑스럽지 않고 웅숭깊음', '자존심' 등 촌스러움의 덕목을 확인하곤 한다. 실컷 장구경을 하신 분도, 시간이 없어 휙 시장통을 가로지르는 분도 노상 드나들던 단골집에서 딱 필요한 물건만 산다. 거래는 찰나에 이뤄진다. 값을 깎고 말고 할 것도 없이 그냥 믿고 사고판다. 수십 년 세월 동안 서로 길들여진 문화가 있다. 물건을 주고받으며 오랫동안 쌓아온 신용에는 자잘하고 정겨운 이야기가 묻어 있다. 만 원 한 장에 벌벌 떠는 소심한 소비자와 남의 주머니의 돈일망정 쉬이 여기지 않는 판매자의 '촌스러운' 관계는 '고객님'을 외치며 호들갑스러운 세일 경쟁을 벌이는 도시의 상거래와는 차원이 다르다. 믿음이 있고 자존심이 있다.

　날마다 멀쩡한 실내장식을 걷어내고 유행 따라 모양을 바꾸는 가게들 넘쳐나는 도시의 거리에서는 한 자리를 진득하게 지키며 손님과 함께 늙어가는 카페 하나도 살아남기 어렵다. 노상 똑같은 곳만 고집하는 '촌스러운' 손님이 없으니 눈에 보이지 않는 맛과 정취를 줏대 있게 지켜가기란 무망한 노릇이다. 새로움만 좇아 이리저리 옮겨 다니는 소비자, 그 부박한 취향에 맞춰 겉치장하기 바쁜 주인, 그 모두가 경제를 돌리는 '도시스러운' 힘이라고 할지 모르겠다. 그러나 버려지는 건축자재들, 넘쳐나는 쓰레기, 끊임없는 자연 훼손의 참상일랑 돈 쓰기를 무서워하고 낡은 것에서 웅숭깊은 맛을 얻을 줄 아는 '촌스러움'이 아니면 어떻게 막을 수 있으랴.

시골 고샅에서 만나는 할매 할배는 초면의 길손들에게 "밥은 묵고 댕기냐"라며 기어이 손 잡아끌어 밥상을 차려주고 헤어지는 게 못내 아쉬워 호박 한 덩이라도, 감이나 밤톨 몇 개라도 쥐어주려고 애를 쓰신다. '남에게 못 줘서 환장하는 촌스러움'이란 사람들 복닥거리는 익명의 도시에선 찾아볼 수 없는 희귀한 미덕이다.

도시에선 배고픔도 '프라이버시'인지라 알은체를 해선 안 될 터지만, 촌에서는 끼니를 거른 게 빤한 사람을 그냥 냅두는 건 사람이 할 짓이 아닌 거다. 음식물이 넘쳐나서 요금을 물어가며 쓰레기통에 버려야 하는 도시인들은 아무런 조건 없이 가진 것을 나눠주고 흡족해 하는 촌사람들의 정서가 쉽사리 이해되지 않을 법하다.

타인의 속사정까지 굳이 살피는 촌스러움이란 기실 '아름다운 오지랖'이다. 귀농하거나 귀촌한 젊은 사람들이 간혹 "동네 어르신들의 간섭 때문에 피곤하다"라는 말을 하

촌스러운 것들을 위한 변명

눈발이 펄펄 흩날리건만 좌판들은 성성하다 군산 대야장

곤 한다. 농사일이든 살림하는 법이든 시시때때로 들여다보며 훈수, 훈계를 늘어놓는다는 하소연이다. 그러나 촌 어르신들로선 마을에 들어온 젊은 사람들이 행여 농사를 그르치거나 낭패를 볼까 봐 내심 전전긍긍한 결과물이 바로 그 '오지랖'이리라. 모종을 심어놓고 물을 호복하게 주지 않는 것도, 푸성귀를 솎아내지 않아 우북해진 텃밭도, 제때 따내지 않아 썩을 것 같은 열매도 걱정이신 게다. 수십 년 세월의 경험으로 결과를 훤히 꿰는 어르신들로선 '그렇게 하면 안 될 것인디' 싶어 내버려둘 수가 없는 것이다. 그런 '촌스러운' 선의라면 아름다운 오지랖이지 않을까.

도시에서도 비슷한 사례가 있으리라. 싸움판에 끼어들어 말리거나 공공장소에서 허튼 짓을 하는 광경을 모른 체 지나치지 않는 사람들은 '공연히 성가신 일을 자청한다'며 '촌스럽다'는 타박을 받기 십상이다. 하지만 자신에게 돌아올 불이익이나 귀찮음 따위는 염두에 두지 않고 공분하며 뛰어들 줄 아는 사람들이 있기에 각박한 세상에 숨통을 틔어주는 바람이 일곤 하는 게다.

'촌스럽네' 전시회에 내걸린 사진들은 오래되어 낡고 빛바랜 풍경들과 고만고만한 시골 사람들이 부대끼는 정겨운 장면들을 담고 있었다. 몸뻬 입고 대야를 이고 가는 행렬, 땡볕 아래 새카맣게 탄 얼굴로 지심 매는 아짐들, 양철

위_처마밑 수납, 소박한 미감이 빛을 발한다. 군산 방축도.
아래_그 집에 연장 걸린 자태가 곧 그 연장 주인의 마음결. 화순 배바우마을.

지붕 낮은 장옥 아래 주막집에 옹기종기 모여 앉아 정을 나누는 사람들, 봇짐 이고 휘적휘적 내걷는 발걸음, 어물전·채소전·나물전·곡물전·씨앗전 조르라니 잇대고 사람 내음 와글와글 풍겨나는 장바닥, 논밭에서 갯벌에서 수수만 번 호미질, 조새질을 해 휘어지고 갈라진 손발과 구부정해진 허리.

촌사람들의 삶과 노동은 힘겹고 고단하지만, 그 속엔 또 씩씩한 생의 활기가 넘친다. 엄중한 생업, 정직한 노동의 현장, 항꾼에 어울리는 마을공동체가 있다. 또 함부로 버리지 못해 깁고 꿰매고 때워 쓰는 살림살이들과 농기구들은 사람살이의 애틋한 정한과 기나긴 내력을 들려준다.

한여름 고흥 동강장 우뭇가사리냉콩국 가게의 풍경사진에 이르면 머리끝이 저르르 쭈뼛해지도록 서늘한 쾌감이 밀려온다. 얼음 동동 띄운 국물을 들이켜는 순간 오싹하도록 시원한 냉기에 아짐은 순간 어깨를 들썩 치켜올리고, 여름 내내 땡볕에서 시꺼멓게 그을린 얼굴에 환한 미소가 핀다. 시골장 한켠에서, 촌스럽기 그지없는 값싼 냉콩국 한 그릇에 지극한 기쁨을 가누지 못하는 촌스러운 얼굴! 당신의 그 소박한 행복을 꾸밈없이 드러내는 촌스러운 표정에 보는 이의 마음자리는 오래도록 물큰하다.

촌스러운 삶은 정직하고 성실하고 아름답다. 내남없이

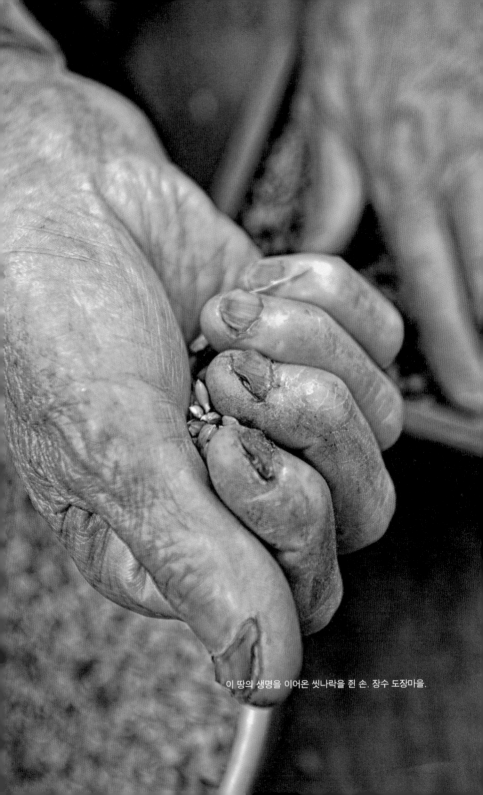

이 땅의 생명을 이어온 씻나락을 쥔 손. 장수 도장마을.

한데 어울려 구김없이 쾌활하고, 세상의 모든 생명에 따뜻한 연민을 품는다. 도통 낭비란 걸 모르는 검소하고 절제된 일상의 연속이다. 바지런히 몸뚱이를 부려서 자식들을 건사하고 들녘의 푸르름을 지켜온 당당하고 떳떳한 몸짓이다. 돈으로 맺는 거래에는 서투르고 따순 인정을 주고받는 데만 고수인 사람들의 습속이다. 허장성세 따위로 현혹하지 않고 알토란 같은 속내만을 드러낼 줄 아는 담박한 성정이다.

뉘라서 촌사람들과 이른바 촌스러운 것들을 업신여길 수 있으랴. 이제라도 '촌스러움'의 미덕을 회복해야만 끝없는 욕망의 전쟁터가 된 우리의 삶터에 사람의 온기가 돌고, 온갖 개발의 삽날에 찢기고 망가지는 산천도 가까스로 보존할 수 있지 않을까. 알고 보면 촌이란 우리 모두의 태생지이자 지금도 우리의 목숨줄을 부지해주는 생명의 곳간인 것이다.

주막집 노파부터
굴동떡 할매까지

강진 가는 길, 창밖으로 녹음이 짙다. 광주신세계갤러리가 전국의 화가, 문인 등 스무여 명을 초청, '남도문화의 원류를 찾아서'라는 주제로 떠나는 남도 기행에서다. 대부분 남도가 처음인 데다 서로 낯선 동행들인지라 버스 안은 서먹하고 긴장감마저 돈다.

그러나 강진의 품안에 옴싹 안기는 순간 접힌 감정들이 스르르 풀어진다. 강진은 뭍을 가르듯 쑤욱 파고드는 만(灣)을 빙 둘러싼 형국인데, 산과 들, 논과 밭, 바다와 갯벌 등 풍성하고 흐벅진 자연이 사람을 포근하게 감싸고 녹여내기 때문이다.

영랑 김윤식의 생가엔 능소화가 한창이다. 초가 옆으로 우뚝 솟은 수은행나무를 친친 말아 감고 주홍빛 선명한 꽃망울이 벙글벙글 피었다. 우듬지까지 기어올랐던 꽃들이 바람에 흔들리다 팽그르르 떨어지며 허공을 긋는다. 대문 바깥에는 짝을 이룬 암은행나무가 서 있는데 가지가 휘어지도록 따글따글 알맹이를 매달고 늘어졌다.

여름날 강진 곳곳에 남겨진 선인들의 흔적을 밟으며 숱한 옛이야기를 되짚는다. 천년 세월을 훌쩍 넘어온 월남사지 석탑의 고졸한 자태, 백련사 동백숲이 뿜어내는 절박했던 '결사'의 향기, 전설처럼 이어온 청자의 비색, 조붓한 산길에 배인 다산과 혜장의 숨결, 갯마을 사람들의 지혜가 담긴 독살, 무수한 왜침에 맞서온 항전의 현장들….

강진 하면 다산 정약용과 영랑 김윤식만을 떠올리기 십상이지만, 돌아보면 강진의 역사와 문화는 실로 깊고도 광활하다. 맨눈으로 가마 안의 불꽃을 들여다보는 것만으로 1300도를 가늠해 티 없이 말끔한 비색을 구현했다는 도공들처럼 이 땅을 지켜온 진정한 주인공들과 질긴 우리 문화의 끝덩을 생각한다.

강진 답사 첫날밤엔 일행과 떨어져 시인 윤정현의 집에서 묵었다. 해남 윤씨 종가의 고택인 '명발당'에서다. 새벽에 일어나보니 자우룩하게 안개가 피어올라 앞산 자락을

주막집 노파부터 굴동떡 할매까지

능소화 휘늘어진 고샅은 어디라도 고향 같다.

감는다. '쏘꾸웅쏘꾸웅' 쏘쩍새 울음까지 들려오니 아직도 꿈결인가 싶을 만큼 신비로웠다.

"엄니, 새복(새벽)부터 어디 댕겨오세요?"

"잉~, 밭에. 근디 어디 살어?"

"예! 저그 정현이, 윤정현이 친구예요. 놀러왔구만요."

"잉~, 그래."

고샅을 어슬렁대다가 허리가 ㄱ자로 굽은 할매를 만났다. 호박 한 덩이 실은 유모차를 비척비척 밀면서 저 끝으로 사라지셨다. 싸목싸목 동네 마실을 마치고 돌아와서 '명발당' 말래(마루)에 앉아 있는데, 그 할매가 울 밖에서 뽀짝뽀짝 이쪽으로 오시는가 싶더니 모종의 눈빛을 보내신다.

"엄니, 뭔 일이 있으신가요?" 하며 다가가니 "잉~, 이거 잔(좀) 가지가" 하시는데, 때깔부터 잘 익은 묵은지와 갓 담은 깻잎지다.

"찬이 없을 것인디. 이거배끼 갖다 줄 것이 없그마."

세상에! 혼자 사는 정현 씨의 손님치레 걱정에 불편한 몸을 이끌고 길을 되돌아오신 할매의 인심이 눈물겹다. 괜시리 인사를 드려서 할매에게 폐를 끼쳤을까나 싶었다.

"엄니, 누가 댕겨가셨다고 흐까요?"

"잉~, 귤동떡이라 그문 알아."

할매의 뒷모습에 환한 아침햇살 쏟아진다. 귤동이라면 다산 정약용이 강진읍에서 옮겨와 정착한 만덕산 기슭의

초당 아랫마을이 아니던가.

그래! 저렇듯 고운 맘으로 귤동마을 사람들이 유배객을 감싸 안고 보살폈기에 오늘날까지 우뚝한 다산의 학문이 있었으리라. 기록되지 않은 민중의 위대한 역사란 어떠했는지, 시큼한 묵은지 내음처럼 저며들었다.

귤동떡 할매는 이백여 년 전 강진으로 유배 온 다산에게 처음으로 도움의 손을 내밀었던 주막집 노파를 떠올리게 했다.

돈과 권력을 가진 기득권층에서 순수한 인간미를 찾기란 예나 지금이나 무망한 노릇일까. 그들은 '천주쟁이'로 낙인 찍힌 '대역죄인'에게 알은체를 했다가 행여 무슨 사달이라도 날세라 시린 겨울 입성조차 변변찮은 다산에게 눈길조차 주지 않았다.

결국 얼어 죽거나 굶어 죽을 처지의 유배객을 품어준 이는 주막집 노파였다. 엄혹한 신분사회의 밑바닥에서 스스로 정직하게 땀을 흘려 먹고사는 피지배 계층, 곧 '흰 옷 입은' 겨레였다. 인간이 가진 가장 아름다운 본성인 연민의 정을 잃지 않은 백성이었다.

오늘날 이 땅의 후손들은 앞을 다투어 다산을 추앙하고 그 제자들의 자취를 좇느라 바쁘다. 그러나 정작 이 날까지 다산의 유산이 전해지도록 한 근원적인 힘이 무엇이었

저서도 그치 않은 단심(丹心), 강진 다산초당.

는지를 한번쯤 돌아볼 일이다.

주막집 노파에서부터 귤동떡 할매까지 애면글면 이어온 민초들의 따뜻한 마음이야말로 강진의 문화, 나아가 남도 문화를 배태한 바탕이요, 하염없이 생력을 흘려 보내는 한국문화의 원류가 아닐까.

타고난 이야기꾼,
촌할매들

"팽야 전라도 사투리 대회지? 차라리 욕 대회를 흐문 훨씬
재미지겠구만."

"사람들이 얼마나 참가를 할까? 젊은 사람들은 아예 전라
도말을 모를 것이고…."

지난 2011년 정월대보름 즈음에 날을 잡아 '아름다운 전
라도말 자랑대회'라는 말잔치를 연다는 기별을 내보내자
반응이 어째 뜨악하고 뜨뜻미지근했다. 전라도, 경상도, 충
청도, 강원도 할 것 없이 지역말이라는 게 갈수록 '촌스러
운 사투리' '교육받지 못한 무식쟁이들의 입말'쯤으로 홀대
받는 탓이었다. 취업을 앞둔 젊은이들을 대상으로 서울말
을 가르치는 전문학원이 생겨나는 판이요, 전라도말이 골

수에 박힌 시골 할매들조차 도시 사는 손주들의 놀림감이 되는 게 싫어 말꼬리라도 '서울스럽게' 바꾸려고 애를 쓰는 시절이기도 하고.

사실 학교에서 가르치는 말과 글, 노상 들여다보는 책도 서울말이 표준이고, 텔레비전과 라디오에서도 온종일 서울말인데 굳이 '아름다운'이란 수식어까지 붙인 '전라도말 자랑대회'가 유별나기는 했을 터이다.

하지만 전라도 말잔치를 한다는 소식이 동지섣달 꽃 본 듯이 반가웠던 이들도 있었다. 늦겨울 찬바람을 맞아가며 군산에서부터 곱게 한복 두루마기를 두르고 오신 고금자 아짐은 사뭇 상기된 표정이었다.

"북도 말허고 남도 말허고는 많이 달브네(다르네). 여그는 '포도시(가까스로)'라고 헌디 우리는 '파드시'라고 혀. 나는 군산서 나서 거그서 살았어. 그전이는 그랬잖여. 저 어 옆짝 동네로 시집이라고 간게 말 듣기허고는 달버. 말만 집이지 똥구녕이 찢어져. 시상으나 동짓달에 시집갔는디 제우(겨우) 두어 달 먹고 난게 묵을 쌀이 읍서. 시아부지가 장에를 댕이시는디 머슬 을마나 째깐허니 사오는가 째깐헌 접시로 한 접시배끼여. 음석을 장만헐라문 간도 째깨 봐야쓴디 간볼 것이 읍서. 후라이판도 없어. 도곽(돌맹이) 세 개 놓고 소두방(솥단지) 걸고 앙거서 솥가지를 때. 지름(기름)은 째까 여코 밀가리는 두껍게 연게 그거이 부깨미(부꾸미)도 아니고 뭣도 아녀. 근디 애기들은 그것을 먹고 자파서(싶어서) 막 덤성대야."

참가자들 가운데 가장 연장자였던 아짐은 가난했던 새각시 시절의 기억을 구수한 전라북도 말로 풀어내셨다. 당신이 살아오신 내력이 줄줄 흘러나오는데 젊은 참가자들처럼 대본을 짤 것도 외울 것도 없었다. 마치 이야기의 봇도랑에 물꼬를 튼 격이라고나 할까.

전라도말이 천덕꾸러기가 되어 여기저기서 치이는 게 속상했던 사람이 고금자 아짐만은 아니었던 모양이다. 늦겨울 찬바람이 쌩쌩거리는 광주시립민속박물관 마당에 놓인 객석에는 빈자리가 없을 정도였다.

'질로존상', '팽야오진상', '어찌끄나상', '배꼽뺀상' 등으로 상을 나눠드렸는데, 고금자 아짐은 '질로존상'을 놓쳤지만 많은 사람들의 심금을 울렸다. 사람살이의 속내를 꾸밈없이 풀어낸 이야기가 주는 힘이 느껴졌다. 칠순이 못 되었으니 할매 축에 들 수는 없었지만, 역시 최고령 참가자답게 전라도말을 자연스레 쓰는 능력이나 이야기에 담긴 진정성은 남다른 울림을 주었다.

그리고 이듬해 두 번째 대회부터 할매들의 이야기가 청중을 압도하기 시작했다. 이 땅의 할매들이 살아낸 굽이굽

전라도, 촌스러움의 미학

이 서럽고 시리고 아리따운 사연들이 마치 매듭 풀린 실 꾸리처럼 끝도 없이 자락자락 이어졌다. 2012년 심사위원 들의 만장일치로 '질로존상'을 받은 김순의 아짐은 "천 번 도 더 들어 외아분 친정어매의 시집살이 이야기"를 추려서 "고초 당초가 맵다제마는 시집살이보다 더 매울라디나" 하 시며 말문을 텄다.

"팔자가 사날라고(사나우려고) 그랬든가 눈도 징상시럽게 퍼붓어서 가매꾼들 발목이 푹푹 빠졌당께야. 부자, 말이 좋 제 촌부자는 일부자여야. 와개 같은 집이서 천석만석 쌓아 놓고 살면 못한대냐. 한 끄니(끼니)에 밥 두 그륵 묵은 것도 아닌디. 새복부터 방애 찌서서 밥해 묵고 저물내(저물도록) 일하고 잠이나 팬히 잤드래냐. 초꼬지불(호롱불) 밑에서 바 느질을 하믄 손꾸락을 쑤셔서 피가 펄펄 나도 고개가 땅으 로 떨어진당께야. 모진 것이 잠이라든만 그렇게도 맛날라 디냐. (…) 니 애비는 첫아들이라고 용알댕이(용의 알)맨치 우대 키와서 그랑가 엎어진 고무신짝도 안 뒤집어 신드라 야. 예펜네는 일꾸덕에다 꼬라박어 놓고 신천본양도 않고 (나 몰라라 하고) 팽생 책만 디러다 보드라. 글을 풀어 묵고 산 것도 아님서 짚뭇 한 번을 안 들어주고 반팽이(반편이) 짓거리만 하드라야. 첩년들 끼고 댕김서 애간장 녹인 일을 생각하믄 꿈에 봐도 지밀케야(진저리가 난다). 사람 거천(대 우)한 것 보고 공자 맹자 헛것인 줄 알었서야. 부부 한몸이

타고난 이야기꾼, 촌할매들

란 말도 다 헛소리드라. (…) 몇 번이나 그만 살라고 했는디 새끼들 보실보실 크는 것 봄시롱 이것이 다일라디냐 하고 눈물밥 생키다봉께 구십 팽생을 살었다야."

딸의 입을 통해 생생하게 되살아나는 할매의 한생에 눈물바람을 하지 않을 수 없었다. 애오라지 자식새끼들만 바라보며 눈물밥을 삼켜온 세월이 날것 그대로의 전라도 입말로 되살아났다.

'아름다운 전라도말 자랑대회'는 자연스레 할매들이 좌중을 휘어잡는 보기 드문 경연장이 되었다. 할매들의 입말은 어설픈 서울말이 끼어들 여지가 없는 맑고 투명한 전라도말의 곳간이었다. 어색하거나 억지스러운 표현이 없고, 말씀의 결이 물 흐르듯 이어져 한번 귀를 대면 쑤욱 빨려들었다. 탁월한 의성어, 의태어를 구사해 청중이 말씀 속의 현장을 들여다보는 듯했다.

2013년 세 번째 대회에서는 팔순의 할매가 당신의 체험을 직접 들려주셨다. 가장 많은 박수와 환호를 받은 건 당연지사, '질로존상'도 따놓은 당상이었다.

영광군 묘량면에서 오신 이옥순 할매는 "젊어서 친정아부지가 아픈디 옻나무가 필요하다 해서 옻나무 껍딱 배끼다가 옻이 겁나게 올랐던" 옛일을 어제인 양 기억하고 계셨다.

전라도, 촌스러움의 미학

살아온 생애만큼 이야기도 한 보따리. 영광 동백마을.

"얼매나 욱실욱실 아픈께 내 가남에 굼벵이를 보르문 나슬 것 같애. 영감한테 '예말이요, 쩌그 지붕에 올라가서 굼벵이 잔 조께 잡아주씨요' 그랬제. 마느래 죽는 꼴은 못보겄는가 영감이 아래채 지붕 썩은 디다 사다리를 놓고 올라가서는 굼벵이를 한 그릇이나 잡았어. 고놈을 모가지를 똑 띠어서 문질르문 어찌 그리 씨언헌지. 그라고 한 사날을 볼른께 꼬독꼬독해지드라고. 내가 시방 굼벵이 덕에 나서 갖고 요로고 사요."

요즘 사람들이라면 기절초풍할 일이겠지만 병원도 약국도 없던 그 시절에는 옻 오른 자리에 굼벵이를 발랐나 보다. 하긴 이옥순 할매랑 족히 한 세대 차이인 내게도 비슷한 추억이 있었다. 어머니는 종기가 나면 꼭 지렁이를 찧어 붙이고 헝겊으로 동여매주셨다.

쳐다보기도 징그러운 지렁이를 몸에 달고 진저리를 치며 며칠 지내다보면 거짓말처럼 부기가 빠지고 별 통증 없이 고름을 짜내 말끔하게 나았던 기억이다. 그렇지만 오죽 고통스러웠으면 새각시가 창피함을 무릅쓰고 굼벵이를 얼굴에 붙이고 다녔을까. 애잔한 옛 정경이 환히 그려지기도 했다.

'아름다운 전라도말 자랑대회' 사상 최고령 참가자는 2014년 단오 무렵에 열린 네 번째 대회의 박앵진 할매이셨다. 아흔셋이라는 연세에 청중들 모두가 탄성을 지르며 놀랐을 만큼 총기 정정하고 기력 팔팔하셨다.

노랑 저고리에 파랑 치마를 곱게 받쳐 입고 나오신 자그마한 할매의 이야기 제목은 '소가 소막에 있을 때는 짜그만하더니 방으로 들어강게 겁나 커라우'였다.

"내가 그때게 열야닯 살에 시집을 와갖고 애기도 안 났어라. 그때는 내가 작은게 뭣을 못해. 그란디 큰동세는 감내랬다고 친정으로 가불고, 시아재하고 나하고는 돼야지는 끄집어다가 딜애났는디, 인자 소는 밥도 줄지도 모른게 안 주고 있제. 근디 인자 초상집서 우리 신랑이 왔어. 왔는디 집안시누가 이웃집서 왔어. 그래갖고 말을 바쳐. '연암 오빠.' '오야.' '오빠 집이 돼야지 물어갔는가 꽥꽥허고 지랄해라우.' '뭔 돼야지를 물어가야.' 그러고 가더니 '돼야지는 있는디 소가 없어야' 그래. 아, 글갖고 우리 신랑이 큰동세 방에 들어가본게 아, 소가 거그가 있어. 소가 우리 성님 방으로 들어가 불었당게. 밥을 안 준게 문을 핥아묵고 문을 발로 차서 열고 기냥 방으로 들어가 불었어. 방으로 들가서는 장판방인디 방 가운데에다 똥을 한 바가치 덜푸덕허니 싸놓고 아랫목 시루깡(시렁)에 삼(麻)을 쩌서 엉거났는디 삼 해논 것을 소가 아그작아그작 깨물깨물 하고 서 있어, 소가. 밥을 안 줘놓게 배가 고팠든가. 아 근디 본게 소가 소막에 있을 때는 짜그만하더니 방으로 들어강게 겁

타고난 이야기꾼, 촌할매들

나 커라우. 방으로 한나 차지해불어."

신랑, 동서, 시누, 시아부지, 시할무니, 시동생 등등 대가족을 이루던 식구들이 총출동하는 할매의 이야기에는 한 시절의 정겨운 농가 풍경이 고스란히 담겨 있었다. 가난한 살림이지만 복닥복닥 타시락대면서 정을 나누던 가족사를 '오로로오로로', '도드래도르래', '덜푸덕', '아그작아그작', '깨물깨물', '무장무장', '뽀짝뽀짝', '통개통개' 등 푸진 전라도입말로 빚어낸 할매의 말씀에 눈물을 질금대기도 하고 박장대소를 하기도 했다.

마지막에 "사람살이 이라고만 살문 쓴다 요런 존 말씀 한자리 해주셔요"라고 사회자인 지정남(마당극 배우) 씨가 할매에게 기습처럼 질문을 던졌는데….

"사람이 살다 보문 나쁜 일보다 존 일이 더 많애라. 존 일만 돌아오게 보고 삽시다."

할매가 가만히 내어놓으신 즉답이 어찌나 밝고 맑은지 순간 머릿속이 환해졌다. '그럼에도 힘을 내어서 살아볼 만하다'는 위로가 아니겠는가.

세상에 차고 넘치는 행사 가운데 '아름다운 전라도말 자랑대회'만 한 게 있으랴 싶어 더없이 느꺼웠다. 저리도 순정한 전라도 할매들을 모두 모셔와 몇 날 며칠이고 가슴 절절한 옛이야기 들어보고 싶었다.

전라도, 촌스러움의 미학

'스토리텔링'이라는 문화사업이 온 나라에 유행처럼 번지고 짜깁기로 꾸며댄 이야기가 넘쳐나는 지금, 할매들을 모셨던 이 자리는 '스토리'도 '텔링'도 타의 추종을 불허하는 경지를 보여준 말잔치의 백미였다. 번지르르한 말솜씨가 아니라 혼신을 다해 온 세월세월이 축적된 순정한 삶으로 빚어낸 진실이었다.

타고난 이야기꾼, 촌할매들

마음속에 자리 잡은
속 깊은 전라도말

누구에게나 각별한 고향의 언어가 있나 보다. 월간 〈전라 도닷컴〉통권 150호를 기념하는 기획특집으로 독자들에게 '내가 좋아하는 전라도말'을 주제로 글을 받다보니 이런저 런 사연들이 퍽 구성지다.

소설가 장정희 선생은 '포도시'를 내놓았다. 굳이 비슷한 표준말을 찾는다면 '겨우' 혹은 '가까스로'인데 말맛의 깊 이나 느낌이 전혀 다르다. 장 선생은 "힘겹게 경계를 넘어 서는 자의 말이다. 포기하지 않고 배(腹)로 밀어가며 살아 내는 자가 쓰는 말이다. 경계 앞에 쉽게 좌절하는 우리들 을 부끄럽게 하는 말이다. 경계를 넘는 일이 얼마나 어려 운지를 아는 자의 말이다"라고 '포도시'를 설명했다.

마당극 배우 지정남 선생은 사람의 성품이나 하는 일, 심지어는 음식의 맛을 평가할 때 전라도 엄니들이 흡족하다는 뜻으로 자주 하는 '쓰겄다'라는 말을 좋아했다. 한국고전번역원의 최영록 선생은 전북 임실사람답게 '아그똥하다'를 최고의 고향말로 꼽았다. 심지 굳고 풍류 또한 즐길 줄 아는 옛 선비풍의 선생답게 '줏대', '자존심', '오기' 등의 의미를 품은 말을 좋아했다.

열혈독자 강선영 선생과 화가 주홍 선생은 '해름참'이라는 정겨운 단어를 떠올렸다. 낮도 밤도 아닌 모호한 시간의 황홀한 빛깔에 매료되어본 사람들만이 해름참에 올려다본 황홀한 하늘색과 신비로운 우주적 정서에 와락 공감하는 것이다.

'워넌히', '가풋해', '항꾼에', '낫낫한', '뽈깡', '뽀짝', '이무러운', '깔끄막', '베람빡', '귄있다', '짠하다', '오지다', '개안하다', '싸묵싸묵', '담박질', '매겁시', '아심찬하다', '쓰잘데기', '징허다', '몰똑하다', '보듬다', '질나다', '개리다', '갈아주다', '게미지다', '팽야', '지까심과 시동', '그라제', '솔찬허시', '허벌나다', '암시랑토 안혀' ….

기억 저편으로 아스라이 멀어져가던 그리운 고향의 입말들이 폭포수처럼 쏟아졌다. 독자들의 글이 쌓일 때마다 지역에 따라 더러는 확연하게 다르고 더러는 미묘하게 비슷한 말들의 잔치에 푹 빠져들 수밖에 없었다.

마음속에 자리 잡은 속 깊은 전라도말

여수의 오병종 선생은 구순이 넘으신 어머니가 젊은 시절 손아랫동서들과 하는 대화에서 자주 들었던 '큼메마시'의 쓰임을 풀어냈다.

"성님! 내 말 좀 들어보씨오. 막내동서가 저한테 꼭 그래야쓰겄소?"
"큼메마시(자네가 뭔 말을 하려는 줄 다 아네)…."
"요번참에 내가 뭔 수를 내등가 해야제. 가만히 있어서는 도저히 안되겠단 말입니다. 내 말을 안 듣고 저렇게 고집만 피우고…."
"큼메마시(그래, 자네의 어려움 다 아네)…"

상대의 말을 긍정하기도 하고 부정하기도 하는, 매우 민감한 상황에서 유용하기 그지없는 말대접으로 '큼메마시'는 참으로 절묘했다.

강영란 선생은 정 많은 친정어머니가 늘 입에 달고 사시던 '찌에죽겄다'를 꼽았다. '찌에죽겄다'에는 노심초사 애태우며 지켜보는 자식들은 물론, 가난한 사람, 병든 사람, 그리고 집에서 기르던 소나 돼지, 한겨울을 힘겹게 나는 들짐승, 날짐승까지, 세상의 모든 여리고 나약한 생명들을 향한 하염없는 측은지심이 담겨 있다.

신경통, 관절염, 위장병 등 노후의 잔병치레로 병원 문턱을 넘나들면서도 "잘 믹이지도 입히지도 못흐고, 고생만 시켜서 평생 찌에죽겄다" 하시며 아들딸 걱정이신 전라도 어머니들의 입에 붙은 말씀이다.

걸핏하면 사투리라고 괄시하기 일쑤지만 고향말에 깃든 정한일랑 출신 지역속을 막론하고 어디서나 비슷한 것 같다. 경상도의 벗에게 좋아하는 지역말을 물으니 '억수로', '단디', '그카고', '됐나?', '얼라' 등등 제 고향 말을 줄줄이 꺼내보였다. 그런 말들을 되뇌는 낯빛에 아련한 추억과 절절한 그리움이 비치는 듯했다.

'췌다'와 '쎄곤소리'는 내 가슴에 박힌 가시처럼 저릿하고 시큰한 한 묶음의 말이다.

두 살 터울 우리 육남매의 올망졸망 어린 시절, 어머니는 시도 때도 없이 내미는 손바닥 열두 개 위에 척척 돈을 얹을 수 없으셨다. 기성회비며 책값에 학용품이며 학습준비물 등등 푼돈부터 적잖은 목돈까지 끝이 없었다. 어머니는 밤낮 죽을힘으로 일을 하셨지만 어쩔 수 없이 이웃이나 친척에게 돈을 빌리는 날이 많았다.

"금메(글쎄) 말이다. 얼서 췌서라도 닐 아침엔 꼭 줄랑께 오늘은 그냥 학교 가그라, 이?"

"아리께(엊그제) 췐 것도 못 갚았는디, 어찌게 또 쎄곤소리를 흐까 모르겄다."

철들어 뜻을 헤아리니 '췌다'는 '빌리다'였고 '쎄곤소리'
는 '혀가 곤란한 이야기'였다.

'돈 좀 췌달라'는 '쎄곤소리'를 밖으로 꺼내놓을 때까지
맘속으로 입안으로 얼마나 망설이고 웅얼거리셨을까. 더
러는 말 못할 설움을 겪기도 하셨을 게다.

어떤 때는 식전 댓바람부터 타박타박 고샅을 나서던 어
머니이셨다. 그 외롭고 쓸쓸하던 뒷모습을 떠올릴 때면 나
도 모르게 눈시울이 뜨거워진다. 그리고 너나없이 궁핍했
건만 내 어머니의 '쎄곤소리'를 외면하지 않았던 그때 그
분들에게 온 맘으로 감사 인사를 드리곤 한다.

서울 표준말로 공부를 하고 말을 섞으며 살아온 세월이
길었던 탓에 어머니로부터 내림받은 전라도말이 가물가물
할 때도 있다. 하지만 어머니는 처음 만난 국어선생님이자
평생을 두고 말글살이에 지대한 영향을 미치는 분이 틀림
없다.

구례에서 나서 순천으로 시집와 팔순을 넘기신 어머니
는 전남 동부권의 토박이말을 오롯이 품고 있다. 나는 행
여 잊을세라 어머니의 입말을 틈틈이 되작거리며 오물거
리며 종종 글로 쓴다.

"졸갑시런(조급스러운) 귀신은 물밥도 못 얻어묵는다드
라."

"음마! 저 째깐흔 것이 딱 앵그라봄서(노려보면서) 옹통지

게(옹골지게) 말대꾸를 흐네."

"아이가! 갸가 다 컸는갑서야. 에복(제법) 으지렁시롭드
라(속이 찼더라)."

"오메! 저 가시내 이진(이쁜) 거 봐. 인자 애기티를 싹 벗
었구마."

"쫌매쫌매 사도 안코, 무답시(괜스레) 찔벅거리고(찝쩍거
리고) 가네."

"깨댕이를(알몸을) 할딱(홀딱) 빗개서(벗겨서) 배같으로 쫓
아부러야 정신 채리까?"

"냅두씨요. 지가 비무니(어련히) 알아서 헐랍디여."

"보돕시(간신히) 댕겨왔그마. 남정네들이 채래봉께(쳐다보
니까) 여로와(부끄러워) 죽겄드랑께."

뼈대 없고 혈통 없는
조상의 후손, 우리

전라도에서 내로라하는 양반가의 종택을 지키다 가신 어르신 한 분을 만나 뵙고 이야기를 나눌 때였다. 어르신은 인생을 돌이켜 가장 미안하고 마음에 걸리는 일이 '둘째부터는 모두 객지로 유학을 보내 제 앞가림을 잘 하고 사는데, 장남만은 학교 공부를 시키지 않고 종택에 주저앉힌 것'이라고 털어놓았다.

　동네 서당도 없어지고 독선생을 들어앉힐 수도 없는 신식 세상을 맞아 행여 객지로 나간 아들이 돌아오지 않을까봐 걱정을 해서였다. 이렇게 붙잡힌 종손들이 문중답의 농사를 짓고 사당을 지키며 제사를 도맡아온 사례는 비일비재하다. 일부러 '못난 자식'으로 길러져 오래된 와옥을 건사하며 종가의 문화를 이어온 셈이다.

오늘날 고을마다 조상들이 물려준 유산은 자랑거리요 너나없는 자존감이 되고 있지만 따지고 보면 조선시대 문무 관료를 지냈거나 학식이 드높았던 양반층의 문화이기 십상이다. 선산을 지킨다는 '굽은 소나무'의 속담도 이런 범주에 들지 않을까 싶다.

그러나 왕조의 실록이나 선비들의 문집, 누정에 걸린 편액, 양반가의 부녀자들이 남긴 기록들은 글을 독점한 당대 기득권층이 남긴 유산일 터이고, 대다수 백성들의 삶과 문화는 안타깝게도 눈에 보이는 실체로서 존재하지 않는다. 그것은 입에서 입으로 말을 통해 이어지고, 논밭, 바다, 갯벌, 대장간, 오일장 등등 무수한 노동의 현장에서 일에서 일로써 몸에서 몸으로 면면히 이어져왔기 때문이다.

우리가 애지중지 보존하며 받들어온 이른바 양반 중심의 문화유산들이 가진 학문과 정신세계의 무한한 가치를 평가절하해서는 안 될 일이지만, 기실 수많은 조상들이 몸으로 입말로 대물림해준 빛나는 생활문화의 유산들이 뒷전으로 내쳐지는 현상 또한 결코 온당하지는 않다. 알고 보면 우리들 대다수는 한생을 노동으로 일관한 만백성의 후손일지니 자칫하면 제 조상이 남긴 문화를 도외시하고 남의 조상만을 좇는 배은망덕을 저지를 수도 있지 않을까 싶은 게다.

예컨대 빼어난 산수를 배경 삼아 멋들어지게 자리 잡은 누정을 바라보며 시문을 짓고 시국을 논했던 선비들의 자취만을 더듬는 건 왠지 석연치 않은 구석이 있다. 폭염이 기승을 부리는 여름날, 주안상을 마주하고 운을 띄워 시문을 짓고 거문고와 가야금을 타며 시조를 읊던 옛일을 상상해보자. 그 그림 같은 정경 속에 들어 있을 조상을 둔 사람들이 과연 우리 중의 몇이나 될까.

아무래도 우리네 윗대 할아버지와 윗대 할머니는 누정 위의 고관대작이나 이름난 선비이기보다는 누정 아래의 장삼이사, 곧 땀 흘려 일하는 백성일 가능성이 훨씬 높지 않은가.

흙을 조물거리고 나무를 깎고 기와를 얹는 목수들, 주안상에 오른 떡을 빚고 술을 거르고 두루마기를 짓기 위해 바느질하는 아낙들, 망건과 갓을 만들고 손에 든 합죽선의 댓살을 깎고 노루 털로 붓을 매고 벼루를 깎고 소반을 다듬는 장인들, 풍악소리 아랑곳없이 땡볕에 논밭에서 김을 매는 농부들, 무거운 등짐을 지고 지나가는 장꾼들 등등.

어느 지역이든 기득권층의 문화는 피지배 계층인 만백성의 노동으로 만든 식의주와 관련한 온갖 생산물에 기댄 창작과 소비에서 비롯되었던 것이다. 시대의 문화를 단단하게 떠받쳐온 생산의 문화를 더욱 귀하게 여기며 보존하고 계승하려는 노력이 없다면 우리는 아직 봉건의 울타리를 완전히 벗어났다 할 수 없을 게다.

책상에 앉아 펜을 굴리는 사람들이 농사짓고 고기 잡고 쇠망치를 든 사람보다 우대받는 사회, 정직하게 몸을 부리는 노동의 가치가 정당한 대가로 돌아오기는커녕 오히려 업신여김을 당하는 풍토는 양반, 상놈의 구분에서 헤어나지 못한 전근대의 찌꺼기가 아닐까 싶다.

일부러 '못난 자식'이 된 '굽은 소나무'처럼 이 땅을 지켜온 압도적인 백성들의 무궁무진한 말과 노동의 문화를 귀하게 여기며 돌아봐야 한다. 누정 위의 시문만큼 누정 아래 논밭에서 들려오던 들노래와 농악의 소중함을 절절하게 깨우칠 때라야 우리가 물려받은 방대한 문화유산의 전모를 가늠할 수 있으리라.

사실 집집이 족보를 간수하면서 조상 자랑을 하는 이들도 있지만 우리네 갑남을녀의 선조 가운데 양반은 그리 많지 않다.

당시 광주군 가구는 1만 6,482호이고 인구는 7만 8,667명으로 양반집은 전체의 0.9%인 152집이었다. (…) 당시 조사 때 양반은 조상 중에 문무관을 봉직한 집안을 중심으로 하고 유생은 한학을 직업으로 하는 서당훈장을 중심으로 파악한 것일 뿐 현직

뼈대 없고 혈통 없는 조상의 후손, 우리

관리나 4대조 중에 문무관에 있던 집안을 조사한 것은 아니다.

(…) 이 양반들이 많이 거주하던 지역에서 한말의병장이 다수 배출된 것도 하나의 특징이다. 조선 초기의 양반은 관료집안이었으나 후기에는 상식이 풍부하고 한학을 공부한 유식자를 의미했다. 법적으로는 군대에 가지 않아도 되는 신분이기도 했다.

— 김정호,《광주산책 上》'조선시대의 광주' 중

향토사학자 김정호 선생이 1909년 조선통감부가 경찰력을 동원해 조사한 뒤 그 이듬해 간행한《민적통계표》를 통해 본 광주 인구와 사회적 신분에 대해 기술한 대목은 매우 인상적이다.

일부가 통계에서 누락되었다 하더라도 전라도의 중심도시인 광주의 양반 비율이 백 명 중 한 명 꼴이라면 한양은 물론 전주나 광주, 나주로부터도 멀리 떨어져 있는 농어촌 지역 백성들의 신분이 어떠했는지 충분히 짐작된다.

농사꾼, 어부, 뱃사공, 염부, 대장장이, 백정, 토수, 목수, 배무이, 갓바치, 나무꾼, 약초꾼, 장꾼, 등짐장수, 석수장이, 옹구장이, 무당, 기생, 해녀, 주모, 말잡이, 나졸, 목동, 머슴, 몸종….

너른 들판과 갯벌, 바다를 둘러 온갖 물산이 풍부한 생산의 땅, 문화와 예술이 만발한 전라도 땅을 지켜온 우리네 조상의 주축은 양민(良民)이었다. 군이 신분을 따지자면 천민과 노비까지를 망라한 피지배 계층민이었던 것이다. 이런 선량한 백성들이야말로 거대한 역사의 몸통이요 우리네 보통 사람들의 전신이 아니겠는가.

구한말 전국에서 가장 많은 항일의병장을 배출했던 전라도 양반가의 빛나는 전통도 기실 이름도 없이 스러져간 전라도 양민들의 불꽃같은 투혼이 바탕이었음은 너무도 환한 이치라 할 것이다.

혹여 명문가의 후손들은 가당치 않다며 도리질을 할 수도 있을 터이나 만인이 평등하고 존엄한 개명천지를 딛고 사는 현대인이라면 우리 모두가 양민의 후예임이 어찌 부끄러울 일이랴.

뼈대 없고 혈통 없는 조상의 후손, 우리

전라도말에 담겨
울리는 것은

"우리 성님이 돼야지가 저 웃밭으로 올라가서 돼야지를 늑대가 물어 가게 생겼다고 그려. 글서 우리 막둥이 시아재하고 둘이 인자 틀어잡으러 갔어. 따라강게 돼야지가 무장무장(점점 더) 올라가. (돼지한테) 오라고 내가 '도르래도르래' 허라근게 우리 시아재가 야닯 살인디 써 쨜룬(혀 짧은) 소리를 해. 그런게 '도드대도드래' 허고 있어. 긍게 고놈의 돼야지가 안 내려오네. 그리서 내가 정지(부엌) 가서 된장물 타고 밥 조까 타서 갖고 와서 '도르래도르래' 헌게 따라오드라고. 포도시 몰아왔어. 글안허문, 산에로 올라가문 늑대가 물어 가. 늑대가 무솨. '오로로오로로' 얼매나 무섭다고⋯."

2014년 6월에 열린 '제4회 아름다운 전라도말 자랑대회'

전라도, 촌스러움의 미학

에서 으뜸상인 '질로존상'을 받은 박앵진 할매의 말씀에서 이른바 표준말을 찾아보기란 쉽지 않다. 열아홉 살 새각시 적의 시집살이를 총총한 기억으로 자분자분 풀어내시는 데, 아흔셋이라는 나이를 믿을 수 없었다. 할매는 다정다감하고 풍성한 전라도말의 보물창고였다. 집나간 돼지를 얼러댔다는 '도르래도르래' 소리, 늑대 울음이라면 '아우~' 쯤으로 판 박아놓은 상투적 표현을 무색하게 하는 '오로로오로로' 흉내도 절묘했다. 소, 돼지 키우며 시부모 모시고 시동생 거두며 살았던 산골 할매의 삶이 질박한 전라도말 속에서 진진하고 오롯했다.

전라도말이라 해도 산 너머, 강 건너 확연하게 달라지기도 하고, 나란히 이웃한 마을들도 미묘한 차이를 보이는지라 참가자들의 출신지가 다양할수록 전라도말 잔치도 풍성했다.

박앵진 할매는 말투와 억양이 약간 느리고 '~근게'처럼 부드러워 전라북도와 인접한 영광지역의 특성이 엿보였다. 대신 진도나 완도 출신 참가자들은 대체로 말이 빠르고 '~긍께'처럼 이야기 속에서 경음들이 툭툭 튄다.

그렇게 여름이었다. 광주에서 횟집을 하는 후배 김대성 씨와 함께 그의 고향 흑산도로 가는 여객선을 탔다. 유독 목청이 큰 데다 육 년 만에 고향 가는 흥분이 겹쳐서인지

쩌렁쩌렁 울리는 목소리가 파도를 따라 너울댄다. 억센 섬 사람 말투가 유난히도 진하게 묻어났다.

"근디 으째서 자네 말은 반토막이랑가? 으짠 사람들은 오해흐겄어. 나이 드신 어른들이 들으문 꼭 반말흐는 것 같어서 말이여. 암만해도 손아랫사람 말이 짧으문 껄쩍지근흐제."

거친 파도와 부대낀 섬 사내답게 배짱 두둑하고 속정이 찐덥진 그이지만 투박한 말본새는 얼핏 무례하게 들릴 수도 있다. 수십 년 객지생활에도 원형 그대로라 할 그의 고향말에 일부러 트집을 잡아보았다.

"바닷가에서 살라문 파도가 치니까 목소리가 커야제라. 그라고 끝이 짧어요, '아부지 저기 밧줄 좀 땡개주씨요' 하는 사이에 배가 쩌~리 땡겨가불어요. 기냥 '땡개주쇼' 하고 반말같이 나오제라. 긍깨 오해를 많이 해요. 섬 특성상 말을 길게 하문 안 돼요. 워낙 삶과 죽음이 순식간이라."

파도가 거세게 몰아치는 바다에서 잠깐 한눈을 팔다간 격랑 속으로 곤두박질을 칠지도 모르는 물일을 하는 어부들을 상상해보면 알 수 있다. 부자(父子)간의 예의를 갖출 짬이 없다. "언능 땡개주쇼"라고, 빠르고 격한 고함이 아들의 입에서 터져나오는 식이다. 언어란 삶의 현장에 가장 맞춤한 산물이라는 탁월한 설명이 아닌가.

"안녕하셨쇼? 저 대성이여라!"

전라도, 촌스러움의 미학

"잉~, 머더냐?"

"광주서 쬐끄만 횟집 해라."

"그래! 뻥튀기 영감 불러다가 확 튀겨불어라."

그가 고향마을 고샅에서 어느 어르신과 나눈 대화는 군 더더기는 모조리 걷어내고 딱 필요한 몇 마디로 서로의 맘 을 거뜬하게 주고받는 전라도 섬마을 언어의 진수였다.

우리말이란 뿌리는 하나일지 모르지만, 이리저리 갈래 를 치고 천만 개의 잎과 꽃으로 무성하고 아름답게 피어나 는 생명체와 같다. 지역마다 환경과 생업, 공동체의 성격에 따라 천차만별의 표현들이 생성돼 유통되고 대물림되어온 것이다.

전라도말 역시 누대에 걸친 삶과 문화의 축적이요 사람 들의 정신과 마음이 투영된 소중한 문화 자산이다. 섬사람 들은 물고기나 해초와 관련한 풍부한 어휘들을 만들어내 고, 산골에서는 온갖 풀과 약초들의 생김이나 색깔을 세세 하게 구별하는 표현법을 발전시켜왔다. 특히 산과 들, 강과 바다, 갯벌에서 나는 오만 가지 식재료들로 맛깔스러운 음 식을 만들면서 전라도말의 풍성함을 더했다.

무엇보다도 전라도말에는 공동체를 유지해온 미덕이 펄 펄 살아 있다. 산업화와 도시화의 뒷전에 밀리면서 상대적 으로 공동체의 원형을 유지해온 마을이 많기 때문이다. 이

콩 심은 데 콩 나듯 세상사도 순리대로만 흘러간다면. 오일장터의 씨앗전.

웃과 더불어, 자연과 함께 살려는 간절함이 담겨 있는 전라도 어르신들의 말씀을 들을 때마다 전라도말은 공동체의 건강성을 유지해온 튼실한 바탕이요 도저한 정신이라는 생각이 든다.

"들큰하믄서도 매콤하고, 매콤하믄서도 뒤끝이 아리아리한게 손이 자꾸 그리로만 가제."

전북 임실 관촌장의 고추장수 아짐이 손님을 잡아끄는 말씀이다. 손수 재배한 고추를 자랑하는 감각적인 표현이 정말 기발하고 생생하다. 고추를 파는 대형마트나 백화점의 마케팅 전문가들은 도저히 흉내 낼 수 없는 전라도말이다. '맵다', '달다', '맛있다' 등의 말이 가진 느낌이 초라해진다. 책상물림의 말글과는 달리 치열한 삶터에서 자연발화한 전라도말의 감수성이 번쩍인다.

근디 옴서 봉께 뭔 할매가 노지 것이라고 보릿닢싹을 폴고 재갰어. 그놈도 한 주먹 사갖고 집에 와갖고 홍애 봉다리를 끌러봉께 오매! 창시가 꾸물꾸물 기나와. 사뭇다 싱싱헌게. 봉께로 때깔도 노릿노릿험서 낭창낭창헌 것이 존놈으로 줬드랑께. 시친디 사뭇다 칼칼이 시칠라믄 잉깔라쟈불어. 보릿닢싹도 씻그고 인자 솥단지에 물 모냐 붓고 마늘도 쪼사 여코 꼬치가리도 풀어여코 인자 끼래. 폴폴 끼리다가 인자 애를 너….

— 황풍년,《풍년식탐》(르네상스, 2013)에서

전라도말에 담겨 울리는 것은

오일장에서 어머니와 함께 홍어 애와 보리 새순을 사다가 앳국을 끓이는 과정을 설명하는 전남 화순 출신의 주서영 씨는 30대 아가씨다. 정겨운 장터의 풍경이 눈에 선하고, 부엌 안에 자욱한 앳국의 퀴퀴한 냄새가 코를 찌르듯, 말맛이 오감을 자극한다.

제철 음식과 관련한 취재를 다니면서도 절묘한 수식들을 만난다. '보리누름에 정어리쌈'이라는 전남 순천 아짐의 말씀이나 '나락 놀짱할 때 전어'가 맛있다는 광양 아짐의 말씀 같은 거다. 봄, 여름, 가을, 겨울로 딱 부러지게 나눠서 계절을 특정하는 게 너무 재미없고 빈약하다는 생각이 든다. '누름'과 '놀짱'이라는 (누르스름한) 들녘의 색감이 통통하게 씨알 굵은 생선과 닿는 '제철'을 포착해내는 전라도말의 묘미라니!

전라도말 가운데 독보적인 쓰임을 가진 말들이 있다. '귄있다'는 사람에 대한 최고의 칭찬이다. '아름답다'거나 '귀엽다'는 의미지만 매력적인 외모만을 이르는 말이 아니다. 첫눈에 확 끌리는 외양보다는 보면 볼수록 정이 가는 사람, 말과 행동, 마음 씀이 고운 사람에게 붙이는 사람됨의 보증처럼 쓰인다. 하여 '귄있다'는 말은 내면의 아름다움까지 아우른다. "저 아가씨는 얼굴은 이쁜데 영판 귄이 없어", "저 총각은 일은 잘하는데 어째 귄이 없어" 등의 용례를 보면 '귄있다'라는 말뜻의 깊이를 짐작할 수 있다.

음식에는 '게미[개미]지다'를 즐겨 쓴다. 겉맛이 아니라 속맛, 한번 좋았다가 마는 게 아니라 먹으면 먹을수록 자꾸 당기고 그리워지는 맛이 '게미진 맛'이다. 오래 묵은 장이나 묵은지, 고향 어머니가 손수 담근 된장으로 끓여낸 토장국 등에서 나는 웅숭깊은 맛이다. 가볍지 않는 감칠맛, 오래오래 입안에 남는 풍미를 '게미' 말고는 달리 표현할 길이 없다.

'오지다'라는 말은 물질적인 풍요로움뿐 아니라 정신적인 만족감까지 느낄 때 쓴다. '징하다'라는 말은 어떤 한계나 도를 뛰어넘는 경우에 쓰는 말로 상황에 따라 부정적이기도 하고 긍정적이기도 하다. 또 '불쌍하다'보다는 상대를 향한 애틋한 연민의 맘을 담아 '짠하다'라는 표현을 많이 쓰고, '고맙다'는 뜻에 더하여 마땅한 답례를 하지 못하는 미안함까지 담아 '아심찬허다'라는 말을 왕왕 내놓는다.

전라도 사람들이 자주 쓰는 '거시기'는 상황을 얼렁뚱땅 무마하고 넘어가려는 애매모호한 표현처럼 오해되기 십상이지만, '거시기'만큼 공동체성이 드러나는 말도 드물다.

"어이! 거시기가 오늘 거시기 흔단디, 나가 오늘 쪼깨 거시기 흔께, 자네가 먼저 거시기 잔 해주소. 나가 언능 거시기 해놓고 시간 나문 거시기 흘랑께. 그라문 거시기 흐소."

친구의 애경사를 두고 바빠서 가지 못하는 사람이 대신

부조를 부탁하는 내용이다. 어떤 일이나 상황, 정서를 미리 공유하는 공동체 구성원들 사이에서나 주고받을 법한 '거시기'다. '거시기'를 자유자재로 구사하는 전라도말의 리듬과 유희가 그만이다.

> 오매오매, 시상에! 저 내 아까운 새끼들은 꽃도 꽃도 못 피워보고 가불었구나. 얼매나 크나크게 될 사람도 있고 보통으로 될 사람도 있을 거인디. 모다 너머(너무) 아깝고 너머 짠해.

> 많아도 않고 한나나 둘썩 나서 보기도 아깝고 몬치기(만지기)도 아깝게 키왔을 꺼인디, 터럭 끄터리만 다쳐도 깜짝바르르 놀램서 키왔을 꺼인디, 모다들 애런(어려운) 생활에 갤치기도 얼매나 심들게 키왔을 꺼인디, 눈앞이 칠흑캄캄 낮은 없고 밤만 있제 말을 해서 뭣허겄는가.

— 월간 〈전라도닷컴〉 2014년 5·6월호에서

전남 진도장의 할매들은 세월호 참사의 슬픔에 젖어 말씀 도중에도 연신 눈물을 꾹꾹 찍어내셨다. 세월호 희생자들과 가족들을 향한 연민에 북받쳐 뜨거운 눈물이 주름투성이 얼굴에 흘러내렸다. 가슴속에서 일어나는 감정을 꾸밈없이 토해내는 전라도말에는 생때같은 자식을 잃은 설움에 자지러지는 어머니의 심정이 담겨 있다. 진도장 할매

전라도, 촌스러움의 미학

들이 투박한 전라도말로 조목조목 빌던 만가(輓歌)는 여러 독자들의 심금을 울리고 세월호 참사의 유가족들에게도 진심 어린 위로가 되었다는 후문이다.

사람의 말에 감동하고 진심을 소통하는 건 기실 '표준말이냐 사투리냐' 하는 그릇보다는 내용의 참됨과 그릇됨에 있음을 절감한다. 제아무리 번지르르한 표준말로 온갖 미사여구를 부린다 해도 진심이 느껴지지 않는 위로에는 꿈쩍도 하지 않는 게 사람의 마음이리라.

그러니 조상 대대로 써온 지역말을 지역 사람들조차 기준으로 삼지 않는 현상은 서글픈 자기부정과도 같다. 지역말이란 그저 표준에서 벗어난 사투리라고 규정되기보다는, 오래된 삶과 문화의 축적이 빚어낸 다양한 표준말의 일부로 수용되어야 마땅하다.

오늘날 지역말이 틀린 언어로 치부되고 폄하와 비하의 대상이 되고 있는 데는 잘못된 대중문화의 탓도 크다. 지역말이 텔레비전 오락프로그램에서 개그맨들의 우스갯소리 소재가 되고, 영화나 드라마에서는 대개 조직폭력배 등 부정적인 배역의 대사가 되는 탓이다. 춘향전을 모티브로 제작된 영화나 드라마에서조차 월매나 향단이는 전라도말을 하는데 한양 한번 가보지 못한 건 매한가지인 성춘향이 서울말을 하는 게 가당키나 한 일인가.

전라도말에 담겨 울리는 것은

무릇 말글살이는 자연스러운 흐름이다. 전라도말은 전라도 사람들이 주어진 환경과 흘러온 역사에서 자연스레 형성해온 삶이요 문화다.

"개버와(가벼워). 암시랑토(아무렇지도) 안 해. 요런 게 무거우문 시상을 어찌 산당가."

"시상일이라는 거이 급허니 헌다고 되는 게 아니제. 싸목싸목(천천히) 해야제."

"항꾼에(함께) 노놔 묵어야 게미지제. 항꾼에 놀아야 재미지제."

전라도 어르신들이 가장 많이 쓰는 단어를 꼽으라면 단연 '암시랑토', '싸목싸목', '항꾼에'를 들 수 있다. '암시랑토'에는 스스로에게 닥친 어려움을 꿋꿋하게 이겨내는 의지가 담겨 있다. '싸목싸목'은 무슨 일이든 순리대로 풀어야 한다는 경구이며, '항꾼에'는 더불어 살아가는 행복을 함축한다. '아무렇지도', '천천히', '함께'로는 도저히 말뜻과 어감을 온전하게 주고받을 수 없다.

전라도말에는 전라도 사람들의 마음이 있다. 오래된 역사가 있다.

팔순을 살아낸 영화관,
광주극장

이따금 짬을 내어 '광주극장'에서 영화를 본다. 대개 쉬는 날 오전이다. 이 오래된 극장에서 한 편의 영화를 만나는 순간이 혼자 누리는 쉼이요 기쁨이다. 관객이라야 열 명을 꼽을까 말까 하는 날들이 허다하다.

'이래도 괜찮나' 싶은 걱정도 잠시, 간사한 사람 속내는 금세 여유롭고 낙낙해진다. 너른 공간 아무데든 맘 쏠리는 곳에 앉아서 큼지막한 스크린을 제 것인 양 누리는 호사에 빠져드는 게다. 어쩌다 이 영화관 쥔장 김형수 씨와 딱 마주치는 날도 있다. 그럴 때면 '당신 덕에 오진(마음이 흐뭇한) 꼴 봅니다' 하는 맘으로 인사를 건네는데, 되레 '와줘서 정말 고맙다'는 눈빛이 돌아오니 몹시 미안하고 난감해진다. 마치 그가 늙은 부모의 봉양을 혼자 떠안은 집안 형님 같고 나는 경사 때만 들락거리는 얍삽한 피붙이 같다.

1935년 문을 연 광주극장은 2015년으로 팔순을 맞았다. 무수한 날들의 흔적과 숱한 사연들을 간직한 채 곱게 늙어 간다. 세월의 더께라면 무조건 털어내자며 달려들기 일쑤고, 싹 밀고 새것으로 바꾸는 게 미덕인 세태를 감안하면 참 놀라운 일이다. 물론 낡고 오래되었기에 대접받는 '귀물'들도 있지만, 이 역시 '돈벌이'가 되지 않으면 언제든 내다버릴 구닥다리 취급이 아니던가. 사람들 몰려다니는 대도시의 한복판에서 돈 따위에 흔들리지 않고 묵직하게 자리를 지켜온 '단관극장'은 기적이라 할 만하다.

광주극장의 미덕은 비단 빛바랜 건물과 역사만이 아니다. 관객 머릿수만을 셈하는 상업영화관에선 걸지 않는, 여간해선 만날 수 없을 법한 좋은 영화를 꼼꼼하게도 챙겨와 보여준다. 손에 땀을 쥐게 하는 긴장감, 어둠 속에서 훔쳐보는 은밀한 쾌락 등 짜릿한 재미를 주지는 않는다. 관객을 정신없이 화면 속으로 쏙 빨아들였다가 갑자기 바깥으로 훅 뱉어버리는 작품들도 아닌 성싶다. 대신 광주극장의 영화들은 늘 관객에게 여지를 준다. 느릿느릿 걷게 하고 오래된 풍경들을 찬찬히 들여다보게 한다. 지루하고 무료하게 느껴지는 주인공들의 대화에 불쑥 끼어들고픈 충동을 주기도 한다. 그 영화들은 인간을, 삶을, 우주를, 생명을, 사랑을, 우정을 이야기한다. 무엇보다도 스스로의 존재와 삶을 돌아보게 한다. 관객의 몫이 있다.

영화 한 편을 보고 나와도 생각이 많아지는 까닭이다. 도시의 뒷골목은 확 불도저로 밀어버려도 좋을 재개발 대상이기만 한 것인가 하는 회의를 품게 하는 식이다. 한사코 돈 아닌 다른 가치들에게로 눈을 돌리고 마음을 쏟게 하는 것이다.

광주극장은 이른바 '멀티플렉스'라는 극장에서 상영되는 블록버스터처럼 천만 관객을 헤아리는 흥행작들보다는 쉽게 상영관을 잡지 못하는 소외받는 영화들을 불러온다. '인간 존엄'이라는 말이 외롭고 고통받는 사회적 약자들의 인권이 보호될 때 빛을 발하듯, 흥행성이 없다며 외면받기 쉬운 독립영화·예술영화도 관객을 만날 기회를 보장받을 때 '영화 존엄'이 실현되는 것이 아닐까. 이런 점에서 광주극장의 존재는 가히 영화의 존엄성을 지키는 마지막 성역이라 할 수 있다. 팔십 년 세월 동안 관객들이 내뱉었을 수수만 번의 한숨과 탄성, 웃음과 눈물, 환희와 분노가 그냥 허공에 흩어져 사라지기만 하겠는가. 영화관의 구석구석 오밀조밀 후미진 공간들마다 그들의 수많은 자취가 켜켜이 쌓여 알 수 없는 기운마저 감돈다.

만약 '영화의 신(神)'이 있다면 그 신의 거처는 틀림없이

팔순을 살아낸 영화관, 광주극장

광주극장일 터이다. 천문학적인 돈을 들여 전 세계적으로 대규모 군중들을 동원하는 어마어마한 영화산업의 세계에 신이 비집고 들어갈 틈이 어디 있으랴. 아마도 영화의 신은 막이 내리고 관객이 모두 집으로 돌아간 캄캄한 밤마다 광주극장에 강림해 객석을 어루만지고 있을지도 모른다. 그곳을 지켜온 사람들과 흘러간 영화들을 가여워하며 또 어여뻐하며….

광주 시민들 가운데는 광주극장을 광주 제일의 명소로 꼽는 이들이 많다. 하물며 영화를 만드는 사람들에게 광주극장의 의미란 두말 할 나위가 없다. '단 한 명의 관객을 만나더라도 자신의 혼을 담은 작품을 만들겠다'는 영화인의 장인정신도 광주극장이 있어야 가능한 게다. 비록 객석에 앉은 한 사람을 위해 상영된다 하더라도 광주극장에 걸린다는 사실 하나만으로도 그 영화는 예술로서 성공했다는 인증이 되기도 한다.

2014년 다큐영화 〈님아, 그 강을 건너지 마오〉 상영회를 광주극장에서 가진 진모영 감독도 감격스런 표정을 감추지 않았다. 그의 예술세계를 만들어온 젊은 날의 추억 속에는 학창시절의 광주극장도 자리 잡고 있었던 게다. 수십 년 전, 객석에 앉아 영화를 보던 한 청년이 마침내 유명한 영화감독이 되어 그 극장에 자신의 작품을 걸고 똑같은 객

80년 역사를 고스란히 담아놓은 보물창고이자 그 자체로 박물관인 광주극장.

석에 앉았다. 영화 같은 이야기가 현실이 될 수 있었던 것
도 광주극장이 묵묵히 한 자리에서 기다리고 있었기 때문
이리라.

간혹 우리는 오래된 문화자산들을 '지키고 산다'는 착
각을 한다. 예컨대 광주극장의 관객이 되어 극장의 명줄을
잇고 있다는 자부심 같은 거다. 그러나 이치를 따지고 보
면 그 반대라야 옳다. 광주극장의 영화를 보면 돈 때문에
뒤틀리는 인간성, 돈 때문에 팽개치는 사랑과 우정, 돈 때
문에 파헤치는 산과 들, 갯벌을 무심하게 지나칠 수 없게
된다. '이건 아니잖아' 하며 제 정신이 번쩍 든다. 자칫하면
돈벌이에 휘둘리기 십상일 나 같은 미욱한 잡지쟁이의 명
줄도 팔순의 광주극장이 단단히 붙잡고 있는 게다.

전라도, 촌스러움의 미학

꽃 중에 제일은
'사람꽃'이라

'꽃 중에 제일은 사람꽃'이라는 말이 그저 듣기에 좋은 소리인 줄로만 알았는데. 전라도 골골이 섬섬이 다닐수록 오목가슴을 찡하니 울려대는 명문이요 진실이더라.

"어찌꺼시오, 새끼들 굶길 수는 없고, 갈치기는 해야겄고…."

산골짜기 다랑논에 손모 심는 할배도, 땡볕에 쭈그려 앉아 밭매는 할매도, 뻘밭을 뽈뽈 기는 갯마을의 아낙도 어쩌면 그리도 똑같은 말씀을 하시는지.

찬바람이 바닥의 먼지까지 훑어다가 얼굴을 후려치는 겨울 장의 올망졸망 난전에서도 "뭣이라도 폴(팔)았슨께 믹이고 입혔제" 하시는 말씀을 받자온다. "배운 게 없는게, 몸뗑이뿐인게" 하시며 삭신이 녹아드는 쇠털같은 날들의 회한을 홀홀 터는 달관을 본다.

이토록 위대한 '사람꽃'들이 시난고난 품어낸 꽃망울망울이란 "눈에 넣어도 아프지 않을" 자식새끼, 곧 나와 너, 우리였다니…. 비로소 세상이란 온통 피고 지고 또 피는 장엄한 꽃자리임을 알겠더라.

"이런 기 어딨어요. 이라믄 안 되는 거잖아요."

수많은 관객들을 울린 영화 〈변호인〉의 명대사를 꼽으라면 주인공 송우석이 고문으로 만신창이가 된 대학생 진우를 보고 절규하는 대목이다. 그는 참혹한 인권 유린의 실상 앞에 경악하며 분노를 터트린다. 또 한없는 연민으로 어쩔 줄 몰라 하며 남들이 한사코 마다하는 시국사건의 변호를 자청한다. 돈벌이에 급급하던 속물 변호사는 그렇게 눈부신 '사람꽃'으로 새로이 피어난다.

"자고로 묵은 빚은 얼굴하고 발로 갚는 기다. 그기 뭐라고 여태 언칬노."

밥값을 떼먹고 도망갔다 칠 년 만에 찾아온 송우석을 안아주는 국밥집 아줌마의 대사도 뭉클했다. '성공한 변호사가 내민 때늦은 밥값 봉투엔 얼마가 들었을까' 하는 비루한 호기심을 흔적도 없이 녹여버린 사람 냄새에 아찔했다.

전라도, 촌스러움의 미학

아! 저게 인간이구나, 그래서 꽃이구나 싶어 왈칵 솟구치는 눈물을 훔치지 않을 수 없었다.

엄동설한, 헐벗은 목련의 가지 끝이 벌써 방울방울 도톰하다. 동백도 초록 망울을 앙다물고 매서운 추위에 맞서고 있다. 나무들이야 기어이 꽃을 피우겠지만 사람이라는 꽃은 거저 피지 않는 것 같다.

나무가 눈보라를 이겨내며 제 속으로 머금은 햇볕으로 꽃을 피워내듯 사람 또한 저마다 가슴속에 따순 기운 식지 않아야 꽃을 피울 터이다.

세상 모든 어미들이 한생을 바쳐 품고 키운 꽃망울이 활짝 핀 '사람꽃'이 되기까지는 꽃을 지핀 온기라야 가능할 터이다. 그것은 영화 속의 송우석처럼 인간의 존엄함에 대한 통렬한 각성이요 한없이 솟구치는 연민이라 할 것이다.

오늘날 우리 사회의 곳곳에서 소수의 약자에게 무차별적으로 가해지는 폭력에는 인간에 대한 연민도 존중도 없다. 눈비를 맞으며 기약 없는 천막살이를 하는 사람들과 쫓기고 끌려가는 노동자들, 물대포와 최루액에 신음하는 시민들을 속절없이 바라만 보는 곳은 냉혈한들의 전쟁터일 뿐이리라.

그럼에도 불구하고 세상이 아름다운 꽃자리임을 포기할 수 없는 또렷한 증거는 날마다 우리 곁에서 스스로 활짝활

꽃 중에 제일은 '사람꽃'이라

짝 피어나는 사람꽃들이다. 당신에게 닥친 고난의 길을 기꺼이 헤쳐가는 늙은 어미들의 삶이 있고, 고통과 슬픔에 빠진 이웃을 차마 외면하지 못하고 함께 울며 곁을 지켜주는 이들의 일상이 있기 때문이다.

광주에는 날마다 노란 조끼를 입고 노란 깃발을 들고 길을 걷는 사람들이 있다. 광주 곳곳을 걸으며 시민들에게 전단지를 돌리고 서명을 받기도 하는 사람들은 바로 '세월호 3년상을 치르는 광주시민상주모임'의 회원들이다.

세월호의 비극을 잊지 않고 안전한 사회를 만들자는 다짐으로 '천일순례'를 시작한 뒤 눈보라 치는 겨울날에도 장맛비 쏟아지는 여름날에도 발걸음을 멈추지 않고 있다.

온 국민이 충격과 분노에 휩싸여 비통해하던 날들은 가뭇없고, 모두의 재앙이라 여기던 참사는 서러운 희생자 가족들만의 끝모를 슬픔으로 잊혀져갈 즈음이었다. 진상을 밝히고 죄지은 이에게 응분의 책임을 물어야 하는 산자들의 몫을 함께 지겠다는 몸짓이 천 일을 기약한 도보행렬이었다. 외로워하지 말라고, 곁에 사람 있다고, 함께 힘을 내자고 내미는 광주사람들의 따뜻한 걸음걸음은 맵찬 겨울바람에도 꿋꿋하게 이어졌다.

아무런 이해관계도 없는 사람들, 대부분 서로 일면식도 없던 남녀노소 삼백여 명의 마음이 하나둘 모여 결성된 시민모임은 놀라운 일들을 해내고 있다.

전라도, 촌스러움의 미학

'잊지 않겠다', '가만히 있지 않겠다'는 약속을 한결같이 지켜오고 있는
세월호 3년상을 치르는 광주시민상주모임'의 노란우산 행렬.

세월호 관련자들의 재판이 열렸던 날마다 광주법원 앞 거리에서 '끝까지 함께 하겠다'는 피켓을 들고 유가족들을 마중한 '진실마중 사람띠 잇기'는 아름답고 숙연한 물결이었다. 안산에서부터 새벽길을 달려온 유가족들이 차창 밖의 그 행렬을 보고 '우리는 외롭지 않다'며 힘을 얻기를 바라는 연대의 몸짓이었다.

유가족들 곁에서 함께 법정을 참관하고, 숙식을 제공하기도 하고, 문화제를 열고, 진도 팽목항에 세월호 참사를 기억하는 조형물을 설치하는 등 시민상주모임의 활동은 물이 흐르듯 서로의 마음이 모여가는 대로 진행 중이다.

날마다 거리에서 피켓시위를 하는 사람들, 실종자 가족들이 머무르는 팽목항에 가져갈 반찬을 만들려고 삼삼오오 모여들어 한밤중까지 손을 노대는 사람들, 마을별로 촛불집회를 여는 사람들, 세월호 참사를 계기로 달라진 삶을 기록하는 사람들. 십시일반 돈을 모으고, 바쁜 생업 중에 시간을 쪼개 회의를 하고, 저마다 가진 재능을 보태 고통받는 이웃과 소통하고 실천하는 정경에 고개가 숙여진다.

노란 깃발을 들고 거리를 걷는 도보행렬을 바라보는 시민들의 반응은 호의적이다. "과연 광주다"라고 박수를 보내고 더러는 "고생한다"라며 마실 것을 건네주는 모습은 참으로 훈훈하다. 세월호 생존 아이들의 쉼터 마련을 위한

전라도, 촌스러움의 미학

'하루 밥집'은 밀려드는 시민들로 북새통을 이루기도 했다.

타인의 아픔에 공감하는 사람들이 유독 많이 모여 사는 곳, 이웃을 위해 자신이 가진 뭔가를 아무런 조건 없이 선뜻 내놓을 줄 아는 마음이 넘쳐흐르는 곳에서 발 딛고 산다는 건 행운이 아닐 수 없다.

불의에 맞섰던 정의로운 정신이 그저 빛나는 역사에만 머물러 있지 않고 시민의 일상 속에서 펄펄 살아 있다는 감동이 밀려오며 선한 의지를 다시금 부추기는 것이다.

꽃 중에 제일은 '사람꽃'이라

징하고 짠하고
위대하고 다정한

"아빠! 이제 광주는 어떡해? 텔레비전 보니까 전라도 색깔만 달라. 학교에서 아이들이 섬이 됐다고 난리야."
"음마, 광주가 어째서야? 글고 전라도가 왜 섬이다냐. 암시랑토 안흐다. 참! 니 학교에서 배왔제, 독야청청이라고."

편 가르기에 이골 난 외눈박이들의 '전략'이나 '지역감정' 같은 것이야 무시한다 해도, 아이들의 놀라움과 궁금증을 개안하게(시원하게) 풀어주는 게 여간 공력이 드는 게 아니다.

"그런데 왜 전라도만 다른 지역하고 다른 거예요?"
"좀 긴디…, 옛날 왜놈들한테 빌붙어서 독립군 때려잡고,

전라도, 촌스러움의 미학

지키라는 나라는 안 지키고 총 들고 나와서 독재를 하고, 죄 없는 시민들을 쏴죽이고, 암튼 그런 사람들이 반성도 안 흐고 과거는 잊어불고 묻어불고 저 혼자만 잘 묵고 잘 살아볼라고 야단인디, 너 같으문 언능 좋습니다 허겄냐?"

"아빠, 그래도 왜 전라도만 그러냐구요. 여기가 이상한 동네인가요?"

"뭔 소리여. 긍께 전라도는 말이다, 니 정여립이라고 들어봤제? 왕을 하느님맨치 모시고 양반 상놈으로 나눠서 딸 싹 못 흐던 조선시대에, 천하의 주인은 왕이 아니고 사람은 모두가 평등하다면서 대동계를 만들었다가 대역죄로 몰려 죽은 사람 말이다. 그 시절에 그런 사상을 가졌다니 놀랍지 않냐? 민주주의나 평등사상을 영국이니 미국이니 이런 데서 수입해 온 것만은 아니란다. 일본이 가르쳐주고 간 건 더더욱 아니고. 또 녹두장군 전봉준 배왔제? 고통받는 백성들이 고루 잘 사는 나라를 꿈꾸며 동학농민군을 이끌고 왜놈들과 맞서다 붙잡혀 참수를 당했잖아. 또 그런 농민군을 비적이라고 하면서 끝까지 조선왕조의 부활을 열망했지만, 끝내 나라가 망하자 선비의 도리라며 자결한 매천 황현 선생도 알지? 그렇게 정의, 염치, 가치 이런 걸 소중히 여긴 분들이 전라도 조상님들이야. 이순신 장군은 왜 전라도가 없으면 나라가 없다고 했겄냐. 거북선을 함께 만들고 피와 땀으로 조선의 바다를 지킨 수군들과 백성들의 고향이 바로 여기니까 그런 것이란다. 임진왜란 때 전라도 의병들은 이웃한 경상도 진주성을 지키자며 들어가 몰살을 당하기도 했어. 니 고향이 대단하지 않냐? 절대로 이상한 디가 아니란 말이다."

2012년 12월 대통령선거의 결과는 여러모로 여러 사람들에게 충격적이었던가 보다. '전라도가 섬이 되었다'는 장탄식이 흘러나오고 전국 곳곳에서 지인들의 위로 전화가 걸려왔다. 세상 물정에 아직은 어두운 아이들의 당혹감도 컸는지 초등학생 딸아이는 무슨 큰일이 닥친 게 아니냐는 듯 걱정을 했다.

언제부터 지도에 정당별 득표결과를 색깔로 칠해왔는지는 모르겠지만 전라도는 완전히 고립된 섬처럼 보인다. 이제 집권자의 눈 밖에 났으니 고행의 날들이 노골화되는 서럽고 외로운 시대가 될 거라는 우려가 안팎에서 터질 만도 하리라.

나는 '전라도가 섬'이라는 말에 내심 발끈하면서도 오히려 이 혼탁한 세상에 참으로 돌올한 섬이로다 싶었다. 그리고 금강 상류의 맑은 물줄기가 휘감아 도는 죽도(竹島)와 정여립을 떠올렸다. 조선의 조정에서 전라도 인재들이 내쫓김을 당하고 전라도를 역도의 땅으로 낙인찍는 결정적 기점이 된 기축옥사에서 정여립과 그의 아들이 피를 뿌리

전라도, 촌스러움의 미학

고 죽어간 곳이다.

기실 봉건시대의 역모사건이란 얼토당토않은 모함과 모략, 음모와 조작의 덫에 걸린 무고한 '반역자들'의 떼죽음인 경우가 다반사였다. 권력의 향배에 따라 죽은 뒤에 신원이 되기도 하고 되레 무덤이 파헤쳐져 참시를 당하는 이들이 비일비재한 것도 그런 연유였다.

정여립 모반사건 또한 진위가 불투명하기는 마찬가지다. 허나 나는 그에 관한 기록으로 전해지는 "천하는 공물인데 어찌 일정한 주인이 있으랴"라는 주장에 전율하며 봉건시대를 통틀어 진정한 반역자는 정여립이 유일하다고 생각한다.

만민평등 민권사상을 품은 선비야말로 봉건의 질서를 송두리째 잡아 흔드는 위대한 역도가 아니겠는가. 붕당의 패거리들이 권력을 찬탈하여 부귀를 나눠가질 궁리가 아니라 만백성이 주인인 개명세상의 숭고한 이상을 품었다니 얼마나 놀라운 일인지….

섬이 아니어도 섬이라 불리는 죽도는 섬이 아니어도 섬이라 여겨지는 전라도의 운명처럼 빼어나게 서럽고도 아름답더라.

전라도는 당대의 주류를 거슬러 숱한 역경과 불운으로 점철된 이름이요, 기득권과 불화하며 허리띠를 졸라매는

만백성이 주인 되는 세상을 꿈꿨던 정여립의 자취가 깃든 곳. 진안 천반산

이 땅 농투사니들의 삶을 오래도록 곁에서 지켜봐 왔으리. 보성 해평리석장승.

사람들이 모여 사는 변방인지도 모른다. 하지만 인간의 존엄함에 총칼을 꽂던 모든 시대의 불의와 위압, 침탈과 폭정에 맞서 치열하게 싸워온 이름이요, 고을고을 저마다의 문화를 간직해온 공동체의 이름이기도 하다.

모진 세월, 전라도 백성들이 스스로를 비추어 벼리고, 다잡고, 다그치고, 어르고, 다독이며 의지가지를 삼았던 가슴속의 표상은 무엇이었나.

그것은 수백 년 묵은 당산나무의 구불구불한 가지, 투박한 돌부처의 엷은 미소, 길목 지키고 선 석장승의 퉁방울 눈, 흰 눈 속에서 피어난 복수초, 겨울 얼음장 밑에서도 초록으로 부풀어 오르는 미나리, 이름도 남김없이 스러져간 동학농민군과 광주 오월의 넋들, 오일장 난전의 올망졸망한 대야들, 이 땅 농투사니들의 손에서 떨어져본 적 없는 호미와 낫, 흑산도 홍어의 두 개 달린 거시기와 순천만 갯벌을 꼬물꼬물 기어가는 짱뚱어, 해와 달, 비와 바람이다.

한결같이 짠하고 위대하고 다정하고 멋지고 맛나고 그립고 재미있는 전라도의 얼굴, 보면 볼수록 새록새록 새 힘을 돋우는 전라도의 힘이요 마음이다.

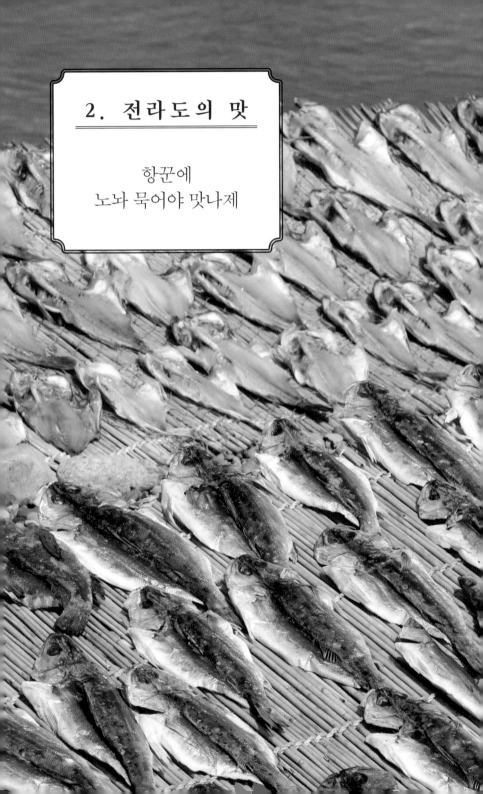

2. 전라도의 맛

항꾼에
노놔 묵어야 맛나제

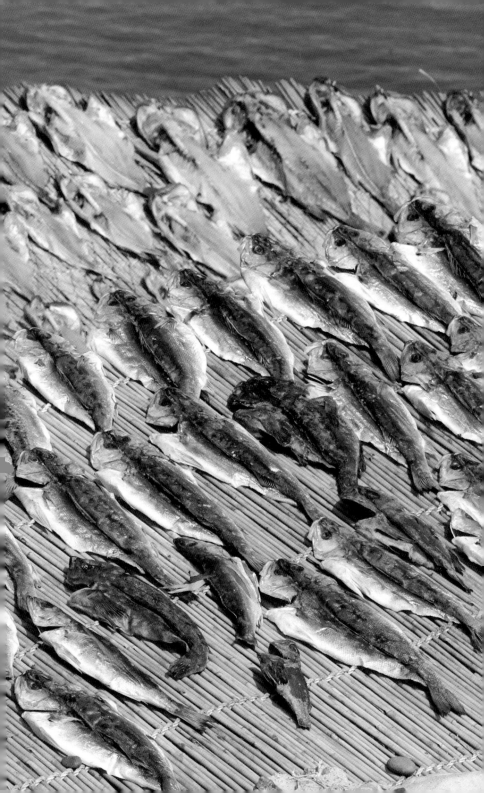

어깨 너머
세상에 있었던 것들

세상 천지에 '음식 맛있다'는 식당들을 탈탈 털어서 소개하는 이른바 '먹방'이 한창 인기를 모으더니 시나브로 시들해지고, 요즘은 '쿡방'이라고 요리하는 방송 프로그램이 대세다.

한식, 중식, 일식, 양식 등 비교적 잘 알려진 음식뿐만 아니라 생전 처음 보는 진귀한 먹을거리들이 텔레비전 화면에 등장하고, 유명한 요리사들이 자기만의 비법을 내어놓으며 불꽃 튀는 대결을 하는 장면들을 지켜보면서 내가 만난 음식의 달인들에게서 느낀 것과는 사뭇 다른 정서를 느끼곤 한다.

어쩌면 저리도 똑 부러지게 음식 맛을 표현하고 조리의

전 과정을 막힘없이 설명하는지 속이 시원할 때도 있다. 하지만 입에 괸 침만 꼴깍꼴깍 삼키면서 '저렇게 해선 깊은 맛이 나지 않을 텐데' 하거나 '음마! 저 생선엔 맞지 않는 양념이지' 하며 어설픈 품평을 하기도 한다.

나는 전라도 아짐들의 제철 밥상을 탐하여 오 년여 세월을 돌아다녔다. 바다 건너 외딴 섬마을에서부터 갯마을 끝자락, 깊은 산골짜기와 강마을에 이르기까지 게미지고 정갈한 아짐들의 손맛을 누리는 홍복에 겨웠다. 어떤 음식이든 식재료 장만에서부터 조리과정과 상차림까지, 한순간도 눈을 떼지 않고 귀를 닫지 않으려고 안간힘을 썼다.

그런데 아짐들 중 누구 한 사람도 텔레비전에 나오는 '셰프'들처럼 자신감 넘치는 설명이나 자랑을 하지 못했다.

"오메! 물짠(형편없는) 음식이여. 기냥 식구들끼리 먹는 거제 넘덜한테 내놓기는 여롭제(부끄럽지)."

"잘하기는 뭘 잘해? 이만치 못하는 엄씨(어미)들이 어디 있가니."

한결같이 꽁무니를 빼는 겸손한 말씀뿐이었다. 더욱 아리송하고 의아한 구석은 거침없는 손놀림, 한 치의 망설임 없이 식재료를 매만지는 그 요리 솜씨의 출처를 딱부러지게 밝히지 못한다는 점이다.

아주 간단해 보이는 나물이지만 풋것에 따라 데치는 물

어깨 너머 세상에 있었던 것들

의 온도를 맞춤하게 바꿔야 하고, 참기름 한 방울을 떨어뜨려도 순서가 엄연하고, 된장, 고추장, 간장, 소금 등속을 순식간에 구별해가며 여러 개의 나물을 버무려내는 숙련된 솜씨는 학습 없이는 불가능해 보이는데도 말이다. 더러 이름난 종가에서는 김치나 된장, 술 등을 만드는 특별한 기록이 전해진다고 들었지만, 그 밖의 어떤 민가에서도 음식에 관한 간단한 적바림(나중에 참고하려고 간단히 적은 기록) 한 장 발견할 수 없었다.

"누가 갈캐줬간디. 그냥 친정엄니가 허는 것 어깨 너머로 봤제."

"시어마니 살아계실 때 어깨 너머로 보고, 따라해봉께로 그대로 그 맛이 나등마."

아짐들은 마치 한날한시에 모여 입을 맞춘 것처럼 똑같은 답을 내어놓는데, 바로 '어깨 너머'였다. 칠순을 훌쩍 넘긴 할매들일수록 '어깨 너머'를 입에 달고 계셨다.

그 할매들이 건너오셨다는 지긋지긋한 고생담을 들으며 옛날 시골집들의 부엌 구조와 변변찮은 세간을 떠올리고 '어깨 너머'의 현장을 어림짐작할 수 있었다.

부뚜막에 가마솥을 걸고 쪼그려 앉은 친정어머니 뒤에 선 계집아이, 혹은 시어머니의 등 뒤에서 기웃거리는 어린 새각시의 얼굴, 그리고 이렇다 할 조리공간이 없는 좁은 부엌이 떠올랐던 것이다.

전라도, 촌스러움의 미학

여성들에게만 출입이 허락된 비좁은 금남의 처소, 어둑신한 공간 어딘가에서 조왕신이 굽어보는 신성한 자리, 세끼 밥상을 차리고 거두기 위해 하루에도 수십 번씩 들락거려야 하는 일터가 부엌이었다. 그리고 그 일터는 할매들에게 평생에 걸쳐 스스로를 닦고 공부하는 유일한 학교이기도 했다.

사람의 하루살이에서 제일 중하다 할 '먹는 일'이 오로지 아녀자들의 손끝에서 비롯되었으니 부엌일은 매일 똑같은 반복 속에서도 긴장의 연속이었다.

너나없이 가난한 살림을 꾸리던 시절이었다. 보리쌀 한 톨도 김치 한 가닥도 허투루 해서는 안 되는 검약, 아무리 먹을 것이 부족하더라도 층층시하 어르신들부터 극진히 모시는 법도가 부엌을 지배했다.

한사코 지아비를 먼저 챙겨야 하는 아녀자의 본분, 자식들의 입에 먹을 것을 넣어주는 것이 지락인 어미의 희생이 그곳에 있었다. 종일 논밭과 갯벌에서 파김치가 되도록 비지땀을 흘리고 돌아와 가족들의 밥상을 차리고 정작 당신은 주린 배를 물로 채우거나 남긴 음식으로 허기를 면해온 할매들의 설움이 방울방울 눈물이 되어 떨어진 부엌.

구중궁궐 내명부의 규율만 엄격한 게 아니었다. 민가 부엌에도 엄한 질서와 혹독한 훈육이 존재했고, 그것은 할매들에게 피할 수 없는 숙명과도 같았다.

　부엌이란 생명 같은 식재료를 다루는 곳이기 때문이었
다. 아궁이에 불을 잘못 지펴 밥을 태워서도 안 되고, 깜박
실수로 나물 반찬 하나를 망쳐도 안 되는 일이었다. 그렇
지만 마주보며 요리 강습을 할 만한 여지가 없는 공간이었
다. 아예 그만한 시간도 없었다. 그 시절 여성들은 누에 치
랴, 밭 매랴, 갯일 하랴, 길쌈하랴 종종걸음을 치다가 들어
와서 후다닥 식구들 끼니를 준비해야 했다. 누군가에게 국
끓이고 찬 만드는 과정을 자분자분 일러줄 여유가 없었던
것이다.

　몸소 보여주고, 언젠간 그대로 따라 하는 부엌일의 내림
이란 배웠다고도 가르쳤다고도 할 수 없는 그냥 '어깨 너
머'였다. 한 치의 빈틈도 없이 삼시 세끼를 차려내는 친정
어머니나 시어머니의 뒤에서 꽂발로 넘겨다 본 세상이다.
다만 친정집의 '어깨 너머'는 너무 짧았고, 시집살이의 그
것은 모질고 길기만 했다.

　　　돔방돔방 떠가신 구름

　　　우리 땅(친정)에 가신 구름

　　　우리 땅에 가시거든

　　　편지나 한 장 전해주소

　　　편지라서 무슨 편지

전라도, 촌스러움의 미학

동지 섣달 설한풍에 맨발 벗고 물길은다고

신죽이라 보내라소

이삼사월 긴긴 해에 점심 굶고 베짠다고

쌀말이나 보내라소

울 아버지 듣조시면

받으신 밥상을 밀쳐두고 대성통곡을 하실레라

울 어머니가 들으시면

업었던 손자를 내려놓고 대성통곡을 하실레라

우리 오빠 들으시면

보시던 책을 밀쳐두고 대성통곡을 하실레라

우리 형님이 들으시면

씻던 그릇을 잦쳐놓고 살강 다리를 마주잡고 궁뎅이춤만 추실

레라..(…)

— 윤행석, 〈전라도닷컴〉 연재 '우리동네 소리꾼을 찾아라'

중 전남 화순군 고봉순 할매의 '시집살이' 노래에서

　'입 닫고 삼 년, 귀 막고 삼 년, 눈 감고 삼 년' 동안 속울
음 삼키며 '어깨 너머'를 넘겨다보고 또 보며 스스로 익히
고 터득한 새각시들이 이제 저마다의 '어깨 너머' 세상을
이루었다. 다정한 친정어머니가 되었고 당신의 시집살이
설움일랑 되갚을 수 없는 시어머니가 되었다.

　식구들 식성 따라 음식의 간을 따로 맞추고, 병구완에

어깨 너머 세상에 있었던 것들

이 청지에 쌓인 그을음만큼 어매는 수수만 번 불 지펴 밥상을 차려 왔으리.
보성 화당리.

필요한 약초를 신통방통 가려내고, 생선회 한 점도 어른,
아이를 구별해 칼질을 하고, 계절 따라 몸에 좋은 것과 삼
가야 할 것을 척척 가리고….

할매들은 '어깨 너머'에서 이뤄지던 모든 것들을 총총히
기억하신다. 애먼 꾸지람을 수도 없이 참아내며 보고 익혀
친정과 시댁의 옛맛을 대물림해온 것이다.

그러나 온전히 한생을 바친 인고의 날들을 통해서만 얻
을 수 있던 '어깨 너머' 세상은 할매들과 더불어 하나둘 종
적을 감추고 있다. 할매의 할매로부터, 저어기 윗대 할매의
윗대 할매로부터 오래오래 물려지던 깊고 오묘한 삶의 지
혜도 음식의 맛도 함께 사라져간다.

어깨 너머 세상에 있었던 것들

막걸리 맛을 돋우는
최고의 안주

"어이, 풍년이! 잘 있었능가? 막걸리나 한잔 흐세."

"오메! 선생님, 으짜까요. 오늘은 마감 치느라 시간이 거시기 흔디요."

"이 사람아! 쉬감서 흐소. 나 몬차(먼저) 앙겄을랑께(앉아 있을 테니) 언능 오소."

민족생활의학자 장두석 선생이 광주 대인시장에 걸음하시는 날은 휴무일이나 마찬가지였다. 그날도 밀린 원고를 붙잡고 끙끙 앓고 있는데, 흰 두루마기 자락이 펄럭이고 선생의 호탕한 음성 들려왔다. 제아무리 바쁘다 해도 그 술자리를 피할 수 없는 노릇이니, 서둘러 하던 일을 작파하고 뒤따라 나섰다. 선생은 대인시장통의 즐비한 돼지

국밥집 가운데 어디라도 발길 닿는 대로 쑥 들어가신다.

"안주? 김치 있으문 되얐제. 괴기 묵을라고?"

우리 민족이 내림해온 전통 식의주 생활을 통한 건강법을 주창하신 선생에겐 구수한 된장국에 김치, 매운 고추장에 푸성귀라면 술안주로 그만이었다. 그러나 국밥집 매상도 챙겨줘야 하고 동석한 술꾼들 입맛도 맞추느라 돼지고기 안주를 물리치지는 않았다.

선생과 단둘이 시작한 술자리는 시간이 갈수록 사람이 늘어났다. 쇠락한 시장의 빈 점포에 둥지를 튼 화가들 가운데 술 좋아하는 몇이 불려왔고, 옆자리의 손님들도 자연스레 합석을 했다. 워낙 사람을 좋아하시는지라 좌중이 늘어날 때마다 선생은 흥이 나서 연신 빈 사발을 찾아 막걸리를 철철 들이붓고 마시길 권했다. 훤한 대낮에 시작한 걸진 술자리는 밤이 이슥해서야 끝났다. 빈 병이 사방에 널리고 고기 안주와 국밥 국물, 깍두기와 부침개를 담은 그릇들이 술상 위를 몇 바퀴씩 돌고 나서야 하나둘 자리를 떴다.

"에이~, 자네들이 뭔 돈이 있다고…."

선생은 손을 휘휘 내저으며 한사코 젊은 사람들을 막아서고 윗저고리 속에서 지갑을 꺼내 술값을 치르셨다. 그러고는 두루마기 자락을 펄럭이며 표표히 시장통을 빠져나가셨다.

선생처럼 늘 사람을 그리워하고, 불현듯 얼굴이 떠오르면 기어이 만나 막걸리 잔을 부딪혀야 직성이 풀리는 분들은 시장으로 몰려든다. 노상 사람이 모여든 곳이 시장이니 사람 못 만나 헛걸음칠 일은 없을 터이니 말이다.

대인시장 안에 사무실을 열어두고 사 년여를 보내는 동안 불쑥불쑥 예고도 없이 찾아오는 손님치레가 솔찬했다. 하 수상한 세월의 시름을 함께 달래자는 벗들의 발길이 끊이지 않았던 게다. 눈이 온다고, 비가 온다고, 기뻐서도, 슬퍼서도, 놀라서도, 쭈욱 들이키는 막걸리 한 사발마다 사연도 까닭도 구구했다.

반가운 손님맞이에다 이웃한 화가들과의 잦은 술자리로 어느덧 시장통 구석구석에 박힌 술집과 밥집의 내력은 물론 상에 오르는 안줏감 따위도 뜨르르 꿰게 되었다.

"오메! 나 안주 안 시켰는디라. 뭔 괴기다요?"

돼지국밥집들은 둘만 앉아 밥을 주문해도 대뜸 순대, 돼지 머리고기, 새끼보, 곱창 등속을 듬뿍 담은 접시를 탁자에 올려놓는다. 괜시리 미안한 맘이 들고, 푸진 안주에 한잔 걸치지 않고는 배겨낼 재간이 없다. 기름진 고기엔 소주가 맞춤하려니 싶지만 그게 아니다. 걸쭉한 막걸리에 곁들여도 손색이 없다. 새우젓과 된장, 양파와 매운 고추를 찍고 얹어가며 입안 가득 씹어대는 육질의 게미를 거푸거

푸진 안주에 '딱 한 잔' 걸치지 않고는 배겨낼 재간이 없는 그 골목. 광주 대인시장.

푸 막걸리로 밀어 넘기다보면 밥 생각은 저 멀리 달아나고 빈병만 늘어나기 일쑤다.

막걸리엔 홍어삼합이 제격이지만 동전 몇 푼까지 이문을 셈하는 시장상인들이나 가난한 화가들의 술상에 번번히 오를 수 없는 노릇이다. 역시나 시장통 선술집에서 가장 인기 있는 안줏감은 집집이 주인장의 손맛 따라 오밀조밀 홍도 게미도 달라지는 김치다.

매일 새벽 장꾼들 아침밥을 챙기는 '믿음백반' 할매는 갓 담근 김치들을 뚝딱뚝딱 내놓으신다. 배추김치, 열무김치, 백김치, 총각김치, 파김치, 깍두기, 갓김치 등이 철 따라 앞서거니 뒤서거니 술꾼들 입맛을 돋운다. 김치 안주의 미덕은 암만 푸성귀가 비싸도 따로 값을 받지 않는 것이다.

"울 엄니 오늘은 뭔 김치를 담갔다요?"

문턱을 넘는 순간 침이 꼴깍 넘어간다.

한 집 건너 나란한 '선미분식' 김치맛도 이름이 났다. 새우젓 듬뿍 넣은 배추김치가 시큼하게 막걸리를 땡긴다. 양파와 고추, 된장은 달라는 대로 나온다. 간혹 '믿음백반'에 들어앉은 술꾼들이 '선미분식'으로 고기 안주를 주문한다. 고기 한 접시에 딸려오는 반찬들로 두 집이 보태져 술상이 걸어지고 막걸리가 이내 동이 나기도 한다.

'믿음백반'의 압권은 비빔밥 안주다. 막걸리로는 꿀쩍해진 배를 채울 수 없을 땐 남은 반찬에 무채를 넣고 고추장에 쓱쓱 비벼낸다. 할매가 자랑하는 청국장을 살짝살짝 끼얹어가며 떠먹는 비빔밥은 다시없는 술안주다. 이런 날은 "오메! 오늘은 그만 허제" 하며 누구라도 시간을 일깨워줘야 작파다.

하루에 막걸리를 딱 스무 병만 떼다 파는 '화순집'은 돼지껍데기 무침이 특기다. 뜨거운 물에 데친 껍데기를 고추장, 고춧가루, 다진 마늘, 간장 등으로 조물조물 무치고 볶은 깨를 끼얹어 낸다. 매운고추 쫑쫑 썰어 넣은 콩나물국, 막된장에 생양파는 기본인데, 철 따라 수박이나 배, 사과, 귤을 올려준다. 부드럽고 쫄깃한데 매꼼한 뒷맛 늘어지는 돼지껍데기를 오물거리다가 막걸리를 들이키고, 과일 한 쪽으로 개운하게 씻어내는 풍미가 이채롭다.

파란 고추 얼기설기 거칠게 갈아 국물 자박자박 간간한 물김치가 유명했던 '옥이네'는 끝내 수지를 맞추지 못하고 문을 닫았다. 콩나물 무침, 고추멸치볶음이 늘 막걸리 안주로 깔리고, 사시사철 얼큰한 비빔국수 내어주던 '옥이이모'가 아직도 회자되는 까닭도 역시 그이만이 내주던 맛에 대한 기억일 게다.

시장 상인들과 화가들이 무람없이 어울려 말을 섞고 술잔을 돌리는 공간은 '풍물먹거리' 집이다. 천 원이면 물국수 후루룩후루룩 먹을 수 있고, 이천 원짜리 파전 하나에 막걸리 서너 병이 거뜬하다. 가격도 맛도 더할 나위 없다.

막걸리 맛을 돋우는 최고의 안주

듬뿍듬뿍 내어주는 인정 넘치는 시장통 국밥집. 막걸리 한 잔 한 잔 들이켜다 보면
술보다 사람에 취하고.

"아이고 춥네. 엄니 막걸리 조까 뎁해(데워) 줄라요?"

좁은 시장통을 돌아돌아 숨바꼭질하듯 찾아낸 '보성집' 은 전형적인 대포집이다. 탁자 세 개가 제각각 의자 네 개 를 품고 나란히 놓였다. 가뜩이나 경기 없는 시장 바닥에 찬바람 휘몰아쳐 손님들 발길 뚝 끊기는 겨울날이면 포옥 들어앉아 죽치기 좋다.

무조림을 찝쩍거리거나 뽀끌뽀끌 생선탕을 홀짝대면서 뜨뜻한 막걸리를 마시다보면 몸과 맘에 들어찬 한기가 스르르 사라진다. 투박한 할매가 술상을 가만히 들여다보다 말도 없이 빈 그릇에 찬을 더 얹고 국물을 채우는 서비스도 달아오르는 취기만큼 달달하다.

진한 된장 풀고 멸치 우린 국물에 무청 시래깃국 팔팔 끓여 내주는 '우래식당'의 막걸리 맛도 일품이다. 돈푼이나 만진다는 시장 밖 사람들도 들락거리는 이유는 큰길에서 비교적 가까운 자리인데다 매시라운(솜씨가 깔끔하고 숙련된) 할매의 손맛과 깔끔한 분위기 탓인 듯싶다.

'나주식당', '영광식당', '곡성식당', '선일식당', '해남1번 지식당' 등이 좁다란 골목길에 어슷어슷 들어서서 밤늦도록 푸진 국밥과 고기 안주를 내주는 대인시장 국밥집 골목은 삶은 고기 냄새만큼 폴폴 사람 냄새를 풍긴다. 큼직큼 직 듬뿍듬뿍 내어주는 고기 안주에 막걸리를 웬만큼 들이 부어도 만원 한 장이면 너끈하다. 국밥집 골목 한쪽에 끼

막걸리 맛을 돋우는 최고의 안주

여 앉은 '보배식당'만이 생태탕, 조기매운탕, 알탕, 닭발, 홍
어무침을 취급하며 돼지고기에 물린 술꾼들을 모은다.

　날도 춥고 시절도 추운 겨울이 늘어지면 짚가리에 참새
들 파고들 듯 술꾼들이 대인시장 막걸리집에서 복닥거린
다. 손도 크고 맘도 큰 주모들은 뭐든 주문만 하면 척척 대
령이다. 어물전도 채전도 지척인지라 꼬막을 삶아 달래도,
생굴을 사다 달래도, 홍어를 무쳐 달래도 문제없다. 까탈스
런 술꾼들이 자꾸 없는 걸 찾아도 금세 조달해 바치는 맞
춤형 서비스다.

　이런저런 사정으로 대인시장을 떠나온 지 벌써 사 년째,
흰 고무신을 신고 도포자락 날리며 성큼성큼 시장통을 걷
던 장두식 선생은 다시 못 올 곳으로 가셨다. 그리고 낯선
시장통에 들어와 서로 의지하며 정을 나누던 사람들도 제
각각 흩어졌지만, 나는 여전히 그 골목의 선술집들과 끈끈
했던 술자리들을 추억한다. 연탄난로 위에 막걸리 주전자
시나브로 몸을 달구고, 뽀글뽀글 싱건지(국물김치) 시큼하
게 익어가고, 철철이 푸성귀 데쳐 조물조물 무쳐내던 시장
통의 맛과 흥취를 어찌 잊을 수 있으랴. 돌아보면 시장통
선술집에서 가장 맛깔난 안주는 사람이었던가 보다. 걸걸
한 사내들의 입담과 아낙들의 푸념이 섞여 진진한 사람살
이 애환이 구성지던 정경이 아슴아슴 그리워진다.

당글당글 잘 여문
자연산 굴의 게미

어둑어둑한 새벽, 장흥 용산면 남포마을 방파제가 술렁인
다. 해돋이를 카메라에 담으려는 외지인들이 어깨를 비벼
대듯 줄줄이 늘어선다. 동녘 하늘에 실금이 그어지며 사람
들 실루엣을 그럭저럭 분간할 만할 즈음, 아! 발아래 갯가
에서도 인기척이다. 찰박찰박 장화발로 걷는 소리, 철푸덕
바닷물 퍼 올리는 소리, 딱딱 굴껍데기 때리는 소리. 바지
런한 남포 아짐들의 하루는 이미 어둠 속에서 저만치 달음
질을 치고 있었던 게다.

둥그런 해를 고대하던 이들은 하나둘 실망한 기색으로
돌아서지만, 볼그족족한 물결 위에 작은 배들은 너울대고
소등섬의 한복판 우뚝한 소나무 우듬지에 아침 햇살이 가

닥가닥 걸리는 장관이 눈부시다.

남포의 겨울 바다로 나간다. 배가 잽싸게 파도를 가르는데 얼굴에 부딪히는 것은 바람이 아니다. 숫제 제 맘대로 후려치는 채찍이다. 이십여 분만에 도착한 바다 한가운데 작은 바지선에 아짐들 몇이 웅크리고 앉아 있다. 바닷물이 완전히 빠져나가길 기다리는 중이다. 서서히 드러나는 굴밭! 가히 자연산 '굴의 천국'이라는 이름답다. 드넓은 뻘 위에 빼곡하게 박혀 하늘을 찌르는 수많은 조개들의 아우성이 가없다.

"잉~, 엊그제 토요일날 꿀(굴) 따러 갔다 왔어. 한 본(번) 나가문 열 망탱이나 해 오꺼시여."

남포 갯가에서 '수문떡' 김양강 아짐을 만난다. 며느리가 생일 선물로 해주었다는 귀걸이를 자랑하시던 분이다. 다섯 물 여섯 물 들 때쯤 갯벌에 나가서 캐온 굴을 며칠째 붙들고 앉아서 까는 중이다. 아짐의 이웃사촌으로 민박집을 운영하는 박노철 씨는 "살째기 부탁흐문 틀림없이 굴밥 해주실 분"이라고 귀띔한다.

"스물 둘에 수문서 시집왔어. 거긴 뻘이 있어도 여그랑 달라서 자갈밭이여. 꿀이 안 나고 반지락배끼 안 나. 시집 와서 첨으로 꿀을 깠제. 첨엔 조새질도 못했어. 모룽께 꺼꾸로 해갖고 모도 다 웃고 그랬어. 인자는 선수 됐제."

굴의 천국, 장흥 남포. 뻘밭을 기며 굴을 캐는 할매한테는 가없는 일밭.

일본 오사카에서 태어난 아짐은 열 살 때 해방을 맞아 아버지의 고향 수문포로 들어왔다가 남포로 시집와 오십오 년을 살았다.

"우리 영감은 자응(장흥) 멋쟁이요. 평생 일은 안 흐고 일꾼만 부렸어요. 작년에 꽤 폴로 가셨구만(깨 팔러 가시다, 돌아가시다), 여든 하나 자셨는디…."

자분자분 말씀을 하시지만 조새질만큼은 날래다. 위에 달린 큰 쇠고리로 껍데기를 톡톡 때려 생긴 틈으로 쑥 집어넣어 벌린 뒤 손잡이 아래쪽 작은 고리로 알맹이를 콕 찍어 빼내는 동작이 몸에서 절로 우러나오는 듯하다. 남포 굴은 껍질이 유난히도 새까맣고 생김새도 울퉁불퉁 못생겼다. 애써 자연산이라고 강조하지 않아도 모양부터가 양식과는 확연히 다르다.

"우리 동네는 뻘이 좋고, 냇물이 좋은게. 쩌어기서 깨끔한 육수가 내려오거든요. 한번 잡솨봐, 요건 탈이 없어."

작은 갈고리 끝에 달랑 걸린 굴 하나를 입에 넣어주신다. 싱싱한 바다향이 입안으로 옴싹 들어온다. 간조름하다가(짭잘하다가) 고소한가 싶더니 달금한 뒷맛을 남긴다. 비린내 없이 개운하다.

"요거 해갖고 자식들헌테 보내주고 돈도 다돠보고 고 재미제. 즈그 식구들 일요일날 모태서(모여서) 묵으라고 날짜

딱 맞춰서 보냈제. 인자 한 번씩 다 돌렸어, 언니 집까지 야 닮(여덟) 집."

모질게 추운 겨울 바다의 고된 호미질도, 아침 7시부터 점심밥을 까먹어가며 꼬박 9시간 조새질도 징한 노릇이다. 그렇게 알알이 모은 굴을 객지 사는 오남매와 형제간, 사돈네까지 나눠주는 '고 재미'를 뉘라서 말릴 수 있으랴. 자식들은 틈만 나면 '엄니, 인자 지발 고만 흐씨요'라고 애걸이라지만 말이다.

"무쳐서도 묵고, 밥도 하고, 국도 끼래 묵고, 전도 하고, 젓갈도 맹글고. 뭣을 해도 맛나요."

"호맹이(호미) 들고 꿀밭에 가서 딱 보문 알지요. 꿀땡이(굴 덩어리)에 붙은 잔(작은) 놈은 좀 더 크라고 놔두고 큰 놈만 추리제. 요것은 비가 와서 맞고 해야 찰져. 비가 거름이여. 햇빛 보고 비 맞고 해야 돼. 올해는 비가 안 와서 작년만 못흐요, 잘아."

아짐이 반쯤 까다 만 굴 망태를 바닷가에 두고 바가지에 담긴 알맹이를 짠물로 살살 씻어 비닐봉지에 담는다. "오늘 십 키로 맞췄는디 팔 키로배끼 못 까갓고" 애석하지만 굴밥 차려주려고 일어나신 게다.

아짐 뒤를 졸래졸래 따라 고샅 끝 집으로 들어선다. 노을 지는 바다 저편에 고흥 소록대교가 한눈에 잡힌다. 마

당글당글 잘 여문 자연산 굴의 게미

아침 해가 떠오르자 비로소 갯일하던 할매가 보인다. 장흥 남포.

당엔 키 높이를 잘 맞춘 장독들이 가지런히 줄을 맞췄고 큰 솥과 작은 솥이 정답게 아궁이 하나씩을 꿰차고 앉았다. 네모진 마늘밭하며 헛간의 농기구하며, 살림도 맘씨도 참한 어르신이다.

"시집와서 여그서만 살았제. 내가 막내며느린디 시어머니가 딴 데 안가고 나한테만 살았어요. 여든시 살에 돌아가실 때까지."

방 안으로 들어서니 소복을 단정하게 차려입은 내외분이 소등섬 당집에 제사를 지내는 사진이 걸려 있다.

"당을 이때끔 모셨는디, 영감님 가시고 올해는 못했어요. 그해 제사 흘라고 술을 해놓고 잠을 잔디 꿈에 산꼭대기서 큰 소가 내롬시로 풀을 뜯어 묵습디다. 옴마! 내려오문 안된디 흐다가 깨서, 잉, 꿈은 반댄께 했는디…. 며칠 뒤에 며느리한테서 전화가 옵디다. '엄니, 진급됐소' 허고. 그래갖고 영감님이 경찰 하는 큰아들 무궁화 단 거까지 보고 가셨어요. 며칠 아프지도 않고 돌아가셨제. 아이고 멋쟁이여, 멋쟁이. 넥타이가 백 개는 못 되고 일흔 개가 넘어. 양복도 다 맞촤 입고. 몇 볼(벌)이나 태왔는디도 아직도 많이 남았어요."

아들의 진급도, 영감님이 고통 없이 가신 일도 아짐 속으로는 정월대보름마다 모신 당신(堂神)의 보살핌이리라 여기시는 게다.

작업복을 벗고 세수를 마친 아짐이 부엌에 들어선다. 쌀을 씻어 물을 맞추고 콩나물을 수북하게 얹는다. 장흥 토요시장의 '구쁘한우관' 주인 조성일 씨가 득달같이 사다준 콩나물이다. 아짐은 맹물에 슬슬 흔들어 자잘한 쩍(뻘이나 조개껍데기 부스러기 따위)까지 씻어낸 굴을 세 움큼 집어서 콩나물 사이사이 넣는다.

굴밥을 압력솥에 안친 아짐은 "김장하느라 파를 다 써불었구만" 하시더니 이웃집으로 달려가 쪽파와 대파, 그리고 국에 넣을 달걀 두 개까지 꿔오셨다.

오늘 굴국은 귀한 사골국물로 끓이실 모양이다. 큰딸이 보내준 소꼬리를 마당에 내건 가마솥에서 장작불로 고아낸 육수다. 굴 한 움큼과 양파를 썰어 넣고 다진 마늘을 약간 풀어 끓인다. 도마와 수평이 되도록 칼을 뉘이다시피 해서 대파와 쪽파를 썬다. 국물이 팔팔 끓자 파를 쓸어 넣고 달걀 두 개를 톡톡 깨어 떨어뜨린 뒤 숟가락으로 젓는다. 소금으로 간을 맞춘다.

"우리 영감 계실 때는 큰 통으로 한나씩 만들어놨는디, 회를 엄청 좋아하신께 날마다 했어요."

초장이 담긴 조그마한 통을 꺼내면서도 영감님 생각이다. "돈 쓸 일도 없고, 밥 채래줄(차려줄) 일 없어 편하다"라는 빈말로는 허전한 마음자리가 메워지지 않는 세월이다.

굴물회는 초고추장, 쪽파, 양파, 깨, 설탕, 다진 마늘, 고춧가루, 참기름을 양푼에 넣고 굴과 살짝 버무린 뒤 한 컵 정도의 물을 붓고 골고루 저으면 된다. 맛을 봐가며 식초와 초장을 조절하고 매실액도 약간 넣고 소금으로 간한다.

밥상을 차리는 아짐의 손은 오십 년 갯일에도 불구하고 곱다. '처녀적이나 지금이나 매한가지'라는 호리호리한 몸매에 참한 얼굴이다. "인자 쭈글쭈글 허지만 젊어선 이쁘다는 소리 좀 들었다" 하시며 빙긋 웃으신다.

그런데 뭐가 좀 부족하다 싶으신지 굴젓갈을 후딱 하나 더 만들어낸다. 드디어 더할 것도 뺄 것도 없이 참 정갈한 밥상이 차려졌다. 굴밥과 굴국, 생굴과 초장, 굴물회와 굴젓갈, 그리고 액젓으로 담근 깻잎과 아가미젓갈, 김장김치와 양념장이다.

"아따! 여그 굴은 생으로 그냥 넣고 비벼 묵어야 제 맛이지라. 양념 맛으로 묵으문 안 되제."

박노철 씨는 뭐니뭐니해도 생굴이 최고라고 권한다. 과연 생굴만을 넣고 비벼 먹는 굴밥에서 싱싱한 바다 내음이 물씬 묻어난다. 남포 굴은 밥에서도 회에서도 국에서도 당글당글 잘 여문 굴의 게미를 잃지 않는다. 사골육수로 끓인 국물조차 시원한 해물의 풍미를 내고 만다.

"밥 더 갖고 오께 더 드셔. 다 잡사. 요것 더 드시라고."

군이 아짐이 보챌 일도 없다. "초등학생 때 이후 콩나물 심부름은 처음"이라는 조성일 씨를 비롯해 남정네 다섯 명이 금세 밥그릇 바닥을 득득 긁고 말았다.

배를 채우고 비로소 둘러보니 아짐의 부엌은 어디 하나 어지러운 구석이 없다. 양념통, 그릇, 수저, 국자, 주걱, 뜰채, 냄비, 양푼 등 오만 가지가 먼지도 물기도 없이 말끔하다. 찬장, 선반, 냉장고, 서랍 할 것 없이 염렵하게 알뜰하게 정리정돈이다.

"요 동네는 사람들이 구경하러 많이 오요. 차가 쩌어그까지 밀리고. 옛날에 영화 찍을 때는 한 달 동안 오정해도 보고 임 머신가 하는 감독도 보고 그랬어요."

이청준 작가의 소설을 옮긴 임권택 감독의 영화 〈축제〉의 무대인 남포엔 일 년 내내 구경꾼들이 몰려든다. 겨울이면 청정 바다 찰진 갯벌에서 나는 자연산 굴구이를 먹으려는 외지인들이 밤에도 불을 환하게 밝힌다. 하지만 몸서리나게 매서운 찬바람을 맞으며 하염없는 호미질과 조새질로 굴을 캐고 추리고 발라내는 아짐들의 한 생을 발견할 때 비로소 남포 굴의 참맛을 음미할 수 있으리라.

신묘한 물
묵으로 가자는 핑계

"몸 아픈 사람들이 모도(모두) 떼거리로 갔제. 너도 가고 나도 가고, 동네 아픈 사람들은 물 묵으로 다 갔어. 나는 꼭 차몰미(멀미)를 많이 하고 그랬거등. 근디 딱 한 번 묵고 나샀어. 야튼 동골(광양 동곡) 감서는 (멀미)하고 옴서는 안했어. 그러고는 연년이 갈 것으로 생각했제."

팔순 어머니께서 의당 '갈 것으로' 생각하는 초봄의 우리집 대사가 있다. 가족들이 한데 모여 밤을 지새워 물(고로쇠나무 수액)을 마시는 일이다.

명절과 제사, 생신은 날짜가 딱 정해진 터라 굳이 약속을 하지 않아도 되지만, 고로쇠 잔치는 날을 잡는 일부터 살펴야 할 게 많다. 우선 경칩을 전후로 주말과 휴일을 택해 육남매의 일정을 맞춰야 하고, 스무 명쯤 되는 사람들이 합숙할 장소를 물색해 예약을 해야 한다. 순천, 광주, 무안, 충남 금산 등지에 흩어져 사는 가족들 누구나 접근이 편리한 곳을 해마다 바꿔가면서 골라내는 건 그리 만만한 일이 아니다.

한 자리에 딱 못을 박듯이 정처를 해두면 될 성싶어도 그렇지 않다. 어머니와 육남매, 며느리와 사위들까지야 '물 마시는 날'이라는 유별난 모임에 이골이 났지만 아이들에겐 노상 한자리에 모여 물을 마시는 일이 고역일 수도 있기 때문이다.

어른들은 "워따메! 올해 물도 달금흐니 좋네" 하며 흡족한 표정을 지을 때 아이들은 "물맛이 이상해요. 못 마시겠어요" 하며 찡그리기도 한다. 아이들이 싫은 기색을 내비친다 해도 고로쇠가 오만 가지 병에 닿는다고 굳게 믿는 할머니의 채근을 피할 도리는 없다. 이리저리 몸을 뺀다 해도 당신이 보는 앞에서 큰 그릇으로 대여섯 번은 들이켜야 하룻밤을 무사히 넘길 수 있다. 그런 아이들에게 주변의 이름난 볼거리를 보여주고 하다못해 짜장면이라도 별식으로 챙겨주는 '다음 날'을 보상처럼 장만해둬야 하는 것이다.

전라도, 촌스러움의 미학

고로쇠를 주문배달하거나 직접 사다가 고향집에서 모여 마시던 연례행사가 바깥으로 장소를 옮기기 시작한 건 얼추 십오 년쯤 되었지 싶다. 아무리 좋아하기로서니 해마다 1박2일 합숙까지 해가며 고로쇠를 마셔왔으니 유난스럽기는 하다.

전북 장수의 장안산 계곡을 굽이굽이 거슬러 올라가 전기조차 들어오지 않는 집에서 복닥거리며 하룻밤을 지새우던 적도 있었다. 또 어느 해에는 꽃샘추위를 만나 섬진강 장구목 근처에서 온 식구가 한 방에 조르라니 누워서 오돌오돌 떨기도 했다.

우리 식구들의 고로쇠 행사는 첫날 저녁 식사 때를 맞춰 모여서 다음 날 점심까지 함께 먹는다. 처음엔 세 끼를 모두 사서 먹었지만 손맛 좋은 누이들이 '맛도 없는데 돈만 아깝다'며 집집이 음식을 분담하자고 제안한 뒤로 뷔페식이 되었다. 메뉴가 겹치지 않도록 조율을 한 뒤 장만한 음식을 쭈욱 늘어놓으면 호텔 뷔페도 부럽지 않는 성찬이다. 딸들과 며느리가 솜씨를 부린 산해진미를 제일 먼저 어머니께서 접시에 골라 담고, 그 뒤를 태어난 서열 순으로 뒤따른다.

"갈비찜이랑 잡채랑 누가 했다냐? 성가셨겠다."

"홍어무침이 여간 게미진 게 아니네."

"나는 동그랑땡이 제일 맛있어요."

어른, 아이 할 것 없이 저마다 음식 품평을 하고 치사도 한다. 그렇게 차려온 음식으로 다음날 아침까지 해결하고 점심은 주변 맛집을 찾아 해결하는 식이다.

어머니는 순천으로 시집와 처음으로 고로쇠를 마셨다고 한다. 어느 해 경칩 무렵에 동네 사람들을 따라 백운산 골짜기로 갔다가 단번에 고질병인 멀미를 치유하셨으니 얼마나 놀라웠겠는가. 도선국사께서 고로쇠를 마시고 부러진 뼈를 고친 데서 골리수(骨利水)라는 이름을 얻었다는데 어머니는 멀미에 특효를 보셨나 보다.

"권우는 허리를 다쳤는디, 즈그 엄니가 바빠서 못간다고 '황샌떡(댁)이 잔 데꼬 가씨요' 하고 부탁을 흐드랑께."

그 시절 어머니들은 이웃집 아이까지 서로 챙겨가면서 고로쇠를 마셨던 게다.

요즘이야 충청도까지도 고로쇠가 난다지만 예전엔 광양 백운산 골짜기를 찾아가서야 마실 수 있는 '귀물'이었다. 포장도 되지 않은 흙길을 덜컹거리는 버스를 타고 몇 시간 달려간 뒤, 하룻밤 먹을 음식을 머리에 이고 몇 시간을 걸어 들어가야 했다. 몸소 효험을 보신 어른들이 그런 고생을 사서 하며 자식들에게 고로쇠를 먹이려 드는 건 당연지사였다.

"다리가 워넌히(훨씬) 개보아졌당께라(가벼워졌다니까)",

"음마! 나는 위장병이 싹 가셔 불었네" 등등 물 마신 후일 담이 자못 걸기도 했다.

물론 전라도 사람들이 모두 고로쇠 물을 좋아하고 기어이 챙겨 마시는 것은 아니다. 고로쇠나무가 자생했던 백운산을 비롯해 조계산, 모후산, 지리산을 곁에 끼고 사는 동부지역 사람들이 주로 즐겨했던 것 같다.

나도 어릴 적 어머니를 따라 광양 백운산 자락 어디선가 처음 고로쇠를 마셨다. 초등학교에 입학하기도 전이었지만 새까만 밤에 찬바람 쌩쌩 부는 마당을 가로질러 화장실을 들락거리던 기억이 또렷하다.

얼마나 장작을 많이 넣었는지 아랫목에 둥그렇게 시커먼 흔적이 있던 방바닥은 밤새 쩔쩔 끓었다. 데일 정도로 뜨거운 방에서 몸뚱이를 뒹굴어가면서 큰 사발로 벌컥벌컥 물을 마셨다. 머리통이 찡 울리고 온몸에 소름이 돋을 만큼 오소소 한기가 들었다가 점차 안정이 되어갔다. 처음엔 노랗던 소변 색이 점점 옅어지더니 나중엔 그냥 받아 마셔도 될 만큼 말갛게 변했다. 방 안에 있던 사람들이 계속 번갈아 화장실을 다녀오느라 문이 가만히 닫혀 있을 새가 없었다.

물을 쓰이게 하려고 명태포나 오징어, 멸치를 고추장에 찍어먹기도 했다. 재미진 이야기가 끊이지 않았고, 어른들 몇은 새벽이 밝아오도록 화투를 치며 놀았다. 성냥개비를 뚝뚝 분질러 셈을 해가며 밤새 마신 물잔의 수를 헤아리는 사람도 있었다.

그렇게 하룻밤을 지새우고 돌아올 때 온몸의 불순한 기운이 한꺼번에 빠져나간 듯 가벼웠다. 어린 맘엔 뭔가 큰일을 해낸 것 같은 뿌듯함이 밀려왔다.

"엊그제 설에 묵었는디 올해는 쉬자. 어차피 낼 모레 결혼식에서 또 볼 것인디."

어머니의 지엄한 명령처럼 느껴지던 '고로쇠의 날'을 올해는 엄수하기가 어려워졌다. '물 마시기'보다 중한 대사가 있는 탓이다. 장성한 아이들이 결혼을 하고 출산을 하면서 새로운 식구가 불어날수록 아마도 '고로쇠의 날'을 지키기가 점점 버거울 것 같다.

고로쇠를 거르고 보내는 봄은 왠지 허전하다. 제 할 일을 하지 않고 어물쩍 넘어가는 듯 개운치 않다.

모전자전이리라. 물 좋아하기로는 둘째가라면 서러워할 위인이 되어버린 나는 식구들 모임이 아니더라도 가까운 지인들에게 "물 한번 묵읍시다"를 연발한다. 물깨나 먹어본 사람들은 안다. "술 한잔 합시다" 혹은 "밥 한끼 합시다"보다 훨씬 이무롭고(편안하고) 친밀한 경우에라야 이런 청을 할 수 있다는 것을. 함께 물을 마시자는 건 꼬박 하룻밤을 더불어 지새우자는 말이지 그저 한두 잔 마시고 헤어져도 된다는 뜻이 아니기 때문이다.

　가족 모임이 불발된 뒤 나는 벼락같은 고로쇠 모임으로 아쉬움을 달랬다.

　"형님! 그냥 오늘 물 묵읍시다, 으짜요? 안 되는 사람은 냅두고 되는 대로 모탭시다."

　"그라믄 얼서(어디서) 보까? 지리산 물 묵으까?"

　"요참엔 모후산으로 갑시다. 물 있는지, 닭 삶아줄 수 있는지 물어보께라."

　며칠째 날이 궂다가 화창해진 어느 날 이른바 번개모임을 제안했다. 밤엔 바짝 춥다가도 낮에 확 날이 풀리면 고로쇠수액이 잘 나오는지라 그날을 놓치고 싶지 않았다. 그리하여 순천, 여수, 광양, 광주에 사는 선후배 일곱 명이 벼락 치듯 모후산 자락에 모여들었다. 고로쇠 두 말과 소주 열 병을 닭백숙 두 마리를 안주 삼아 마시는데 물 좀 마셔본 입담이 이어졌다.

　"술 좋아하는 사람들은 물에다 술을 타서 마시드랑께."

　"긍께 고로쇠 한 말에 양주 한 병씩을 섞으문 좋아."

　"술을 섞으문 물 마실 때 오한이 안 들어."

　고로쇠 물을 두고 벌어지는 항간의 소문에 대해서도 말들이 분분했다.

　"첫물이라고 일찍부터 내다 파는 디는 작년 치가 많다고 그러등마. 물이 경칩 지나고도 늦게까지 나오거든. 그걸 냉장보관하문 일 년도 가제."

"사람들이 거자수 물을 속여서 판다고 그러는디 그걸 모르까 몰라. 한 모금만 해보문 그냥 알제. 거자수 물은 닝닝해서 못 마셔."

"아 긍께 뭘 좀 탔겄제. 고로쇠맨치 맹글라문."

이런 고수들의 입에서 "워따 물 좋네", "진짜배기시" 하는 말이 나오니 천만다행이다. 일 년 내내 볕이 들지 않는다는 응달의 물이라 더욱 달다는 아짐의 말이 사실인가 보다. 봄나물도 추운 겨울을 이기고 난 것이라야 향긋하고 단맛 깊은 것과 매한가지다.

고로쇠나무가 전국으로 퍼져가면서 온갖 물가는 다 올라도 고로쇠 물값은 몇 년째 제자리걸음이고 판매경쟁도 여간 치열한 게 아니라고 한다. 돈벌이가 되는 건 예외 없이 흔해지고 종국엔 그 귀한 가치를 잃어버리는 안타까운 현실이다.

고로쇠에 붙였던 '지역특산'의 의미는 갈수록 옅어져간다. 그러나 온 동네 사람들이 한데 부대끼며 물을 마셨던 숱한 밤의 무궁무진한 이야기들은 어느 지역 사람들도 가질 수 없는 전라도 '특산'으로 오래오래 회자될 터이다.

전라도, 촌스러움의 미학

아짐들의 오이냉국,
여름의 맛

수은주는 섭씨 30도를 오르락내리락, 땡볕 아래 한소끔 달구고 나면 입안은 침 괼 새 없이 바짝바짝 마르고, 몸이고 맘이고 저절로 흐물흐물 녹아내리니 그늘 아래로만 뽀짝대기 일쑤다.

삼시 세끼 먹기조차 귀찮기만 한 한여름, 중천에 해를 두고 숱한 점심 끼니를 차려내온 우리 엄니들의 공덕에 새삼 고개가 숙여진다.

"노상 해 묵었제. 여름이문 밭 가상(가장자리)에 몇 두덕 심어놓은 외를 따다가 짐치국을 맹글었어. 집안 어른들도 좋아하시제. 입맛이 싹 돋게. 근다고 벨시런(별스런) 것은 아니여."

담양 고서면 신양마을 남동떡 김모례 아짐은 새벽 일찍 밭에 나가 한바탕 땀을 흘리고 돌아오는 길에 오이 두 개를 따왔다. 동네 어르신들이 마을회관에 모여 함께 드는 점심상에 오이냉국을 낼 요량이다.

비닐하우스에서 자란 오이와는 색도 모양도 영판 다르다. 진초록 때깔 자르르 흐르고, 길쭉하니 오돌토돌 가시 자국 볼가진 '상품'이 아니다. 남동떡 엄니의 손에 들린 오이는 잘쭉한 듯 둥그렇고 노리끼리한 빛이 영락없는 '물외'다. 비바람 무시로 들이치는 한데서 햇빛 달빛 쪼여가며 몸피를 불린 오이들도 시골 엄니들을 닮았나 보다. 엄니들은 오이를 한사코 '외'라 하고, 노란 참외와 구분해서 '물외'라 한다.

맑은 물에 깨끗이 씻어 위아래 꼭지를 따낸 오이 두 개와 빨간 고추 두 개, 그리고 당근 반쪽이 도마 옆에 놓였다. 마을회관 주방엔 엄니들 서넛이 두런두런 점심준비를 하고 있다.

"스물셋에 시집왔어. 저짝 남면서. 근게 사람들이 마을 동쪽 남면서 왔다고 택호를 남동떡이라 불르등마."

엄니의 칼질에 무슨 수사가 필요하랴. 잰 손놀림에 오이채도 당근채도 반듯하고 일정하게 양푼에 담기고, 고명인 양 덧뿌리는 고추다짐도 실처럼 곱고 이쁘다.

"아이가! 통마늘 및 개하고 파가 있어야겄는디?"

부산떡 노선임 아짐과 구례떡 최정자 아짐이 보조로 나섰는지 냉장고를 뒤져 남동떡 앞에 착착 대령이다. 통마늘도 얇게 저미고 쪽파 쏙쏙 잘라 얹은 뒤 물을 붓는다.

"어찌까이, 얼음이라도 조까 얼려놓을 것인디. 짓국(물김치)은 시언해야 맛이 난디…."

"그라문 언능 냉동실에라도 넣어 놔야제."

남동떡의 얼굴에 살짝 아심찮다(좀 부족한 듯 아쉽다) 싶은 기색이 비친다.

"옛날에는 두룸박(두레박)으로 시암(우물)물 질러다 했는디, 참말로 시언했어. 암만해도 굵은 소금을 너야겠제? 한아부지(할아버지) 할무니들은 신 것을 마다 흔께 식초는 및 방울만 치고…. 어이! 외동떡, 깨 조까 흩칠란가?"

자박자박 호복하게(흠뻑) 물을 붓고 간을 맞춘 뒤, 깨까지 듬뿍 뿌린 오이냉국이 노란 양푼에 담겨 냉동실로 직행한다.

"인자 상 차려도 되겠지라?"

벽에 붙은 달력에 빼곡히 적힌 식사 당번들의 이름이 재미지다. 오늘은 부산떡과 외동떡 김순복 아짐이 당번이다. 그러나 밥상을 펴고 수저를 놓고 반찬을 내는 손들이 여기저기서 보태지니 상차림이 금세 끝난다.

"뭉월떡하고 얼그실떡이 올해로 일흔아홉인디도 당번을 허구마. 사람이 없슨께 으짤 도리가 없제만 미안시롭제. 근

한여름 마을회관 점심상의 주연, 오이냉국. 뚝딱 벼락같이 말아낸 냉국 한 그릇에도
세월 속에서 오래 묵혀진 질박한 손맛이 오롯하다. 담양 신양마을.

디 오늘은 어쩨 사람이 적소. 대전떡, 임실떡, 성동떡은 고
서 면소재지로 머리 뽀끄로(파마하러) 갔고, 한아부지들도
안 보이고. 많을 적엔 서른 명도 밥을 묵는디….”

열다섯 어르신들 틈에 아무 한 일이 없는 불청객도 염
치없이 끼어 앉는다. 배추김치, 미역줄기무침, 깻잎장아찌,
풋고추 뚝뚝 끊어 넣은 멸치젓, 쑥갓나물, 갓김치, 콩나물
무침, 씻어낸 묵은지, 된장국…. 진수성찬이다. 밥그릇에
하얀 쌀밥이 어슷비슷한데, 유독 뙤똥한 고봉밥 하나가 있
다. 오늘 마을회관에서 점심을 함께 먹는 식구 중 최고령
이신 전양현 어르신의 몫이다.
　“인자 짓국 내야겄네. 근디 이걸 어쩌까, 아직은 닝닝헐
것인디.”
　남동떡은 모처럼 맘먹고 솜씨를 부린 냉국 맛이 못내 아
쉽다. 시원한 찬물을 쓰지 못했기 때문이다. 전양현 어르신
과 능주떡 윤서운 할매, 그리고 서남동떡 이계옥 할매 순
으로 연달아 냉국에 숟가락을 담그면서 한 해 중 제일 덥
다는 대서(大暑)날 점심 식사가 시작된다. 얼핏 보아도 팔
순 노인들을 앞세우는 밥상의 질서와 인정이 엿보인다.
　“어쩐가?”
　“묵을 만허네.”
　덤덤한 반응과는 판이하게 엄니들 숟가락질이 무척 재

다. 냉국 담은 양푼을 이 상 저 상으로 돌리며 몇 국자씩 덜어내자 이내 바닥이 드러난다.

남동떡의 오이냉국은 따가운 햇볕이 회관 앞마당을 훅훅 데우는 복 더위를 날리기엔 미지근했다. 그럼에도 한번 입을 대고 나니 자꾸 끌어당긴다. 시고 달큼하면서 찬 기운에 '윽' 하는 저릿한 냉국 맛은 아니지만 사뭇 오래오래 게미를 남긴다. 오이와 당근의 경쾌한 씹힘에 고추와 쪽파의 순하되 매운 성깔이 은근히 느껴지고 참깨 터지는 고소함도 있다.

얼음을 동동 띄운 차가운 국물이었다면 아마 신맛도 짠맛도 눅어지진 않았으리라. 하지만 뚝딱 벼락같이 말아낸 냉국 한 그릇에도 세월 속에서 오래 묵혀진 질박한 손맛이 오롯하다.

집집이 오이 덩굴 늘어놓고 뚝뚝 끊어다가 무시로 말아 먹던 여름날의 냉국은 더위를 다스리는 자연식이다. 오이즙으로 일사병을 다스리고 오이채로 얼굴 마사지를 하는 것도 오이가 가진 찬 성질을 쓸 줄 아는 지혜였다. 풍성한 말과 요란한 꾸밈 따위는 싹 무지르고, 소박하나 정도 맛도 진짜배기인 우리 음식 중 하나가 오이냉국이다.

누군가의 우스갯소리에 와크르와크르 환한 웃음이 번지는 마을회관의 합동 점심은 월요일부터 금요일까지다.

"공일날은 집에서 아그덜 지둘리제."

행여 찾아오는 자식 없는 집들은 이틀 내내 외롭고 팍팍한 끼니끼니를 어찌할꼬.

한낮의 열기 탓인지 신양마을 고샅엔 개 한 마리도 얼씬대지 않는다. 대신 올망졸망 돌담 밖으로 주렁주렁 풋감 매달은 가지가 휘휘 늘어지고, 하얀 깨꽃 너머로 호박덩굴이 무성하게 기어간다. 땡볕의 서슬에 논도 밭도 숨을 죽이는데 장마 뒤끝이라 뒷동산 계곡을 훑고 내려온 시냇물만 기세 좋게 찰랑찰랑 흘러간다.

엄니들은 밥상 물린 자리에 하나둘 몸을 뉘어 낮잠 잘 채비를 하고, 마을회관 막내인 외동떡만 이리저리 몸을 노대며 수발을 든다.

아짐들의 오이냉국, 여름의 맛

반지락으로 누리는
수십 가지 호강

전북 부안군 동진면 동전리 장신마을은 너른 논 가운데 옹기종기 집들이 모여 있다. 등 뒤로 야트막한 동산 하나 의지할 데 없이 휜히 트인 곳이다.

박현태 아재와 이복임 아짐의 집은 겨울 찬바람에 고개를 수그리듯 바짝 엎드렸다. 반듯한 지붕과 담장 위로 목을 쑥 빼고 선 헐벗은 감나무 한 그루만 유독 껑충하다. 단정한 살림집에 들어서자 안온한 기운이 언 몸을 녹인다.

"아침도 안 묵고 왔을 건디 뭣을 히주까?"

반지락(바지락) 요리는 나중이고 우선 요기부터 하라는 아짐을 가까스로 말려 장을 보러 나선다.

시장에 들어서자 축 늘어진 물메기가 제철 비린내를 풍

긴다. 반지락, 백합, 굴, 홍합, 꼬막, 키조개, 고둥, 해삼, 멍게…. 과연 부안장 어물전은 갯것들로 흔전만전하다. 조기, 꽃게, 새우, 오징어, 고등어, 병치, 갑오징어, 쫄복, 우럭에 빙어까지. '없는 거 빼고 다 있다'는 말씀 그대로다.

하지만 아짐은 장바구니를 들고 휘 둘러보시기만 할 뿐 어디든 멈춰 서서 길게 눈길 한번 주지 않는다.

"저그 가면은 까는 디가 있어. 아까 첫 들목에 들온 디서 까잖아. 까는 놈 사야지."

제법 큰 어물전에 백합이며 반지락이며 매생이며 그득그득한데 유리문 안에 백발의 할매 한 분이 반지락 껍데기가 수북한 대야를 붙들고 앉아계신다. 젊은 아낙이 반색을 하며 손님을 맞는다.

"바지락 깐 거 디려요?"

"만 원어치 주소. 언제 깠는디 얼어붙었으까?"

"아침에 깠는디 그새 얼었네요. 날씨가 굉장히 강추위잖애요."

고창 갯벌서 캐왔다는 반지락에는 살얼음이 서걱거린다. 백합 1킬로 만 원, 반지락은 알맹이로 만 원, 껍데기째 오천 원어치를 사고, 여름이라면 텃밭에서 따올 고추 대신 꽈리고추 이천 원어치를 보태 장보기를 마친다.

"여가 할머니반지락집이여. 그전에는 길에 앙거서 했어. 오십 년도 더 되얏는디 저 할머니가 엄청 오래 하신게로…. 어디고 계속 다니면 정이 드나봐. 어쩌다 서운한 때가 있어도 또 가게 되어 있어, 사람 맘이."

우리네 엄니들의 수십 년 단골이라는 건 무조건 믿어주고 좋아해주는 순정이요 짝사랑 같다.

"아까 그 할머니가 변산 해창 살았다고 했잖아요. 거가 해창다리가 있었는디 거그 반지락이 뻘이 없고 젤로 존(좋은) 거였어요. 근디 새만금 막아서 없어져불었어."

아짐은 변산에서 스물두 살 때 시집을 오셨다. 오십 년 넘도록 '마포떡'이라는 택호에 찰싹 붙어 있는 친정은 바다가 가까워 갯벌에 얽힌 추억이 생생하다. 그런 아짐에게는 갯것들 푸지던 옛날과 없어져버린 오늘을 딱 부러지게 나누는 게 새만금 방조제다.

"옛날에는 이걸 쌩이로(생으로) 까서 그냥 뭐이고 히 묵어. 남자들은 주로 술안주 하고, 삶아서 그냥 먹고. 그란디 지금은 벨것(별것)이라고 비싸. 옛날에는 비싸지도 않았어."

부엌에 들어서자마자 반지락부터 씻으신다. 따글따글 싸악싸악 껍데기 부딪치는 소리가 낮은 천장에 막혀 아래로 쏟아진다.

"쓰겄는디(쓸 만한데) 새로 사겄어? 기냥 써야지."

쟁반, 양푼, 체, 도마, 칼 할 것 없이 죄다 빛은 바래고 날

은 닳고 평평했을 모양은 오목하거나 이지러졌다. 곱디고
왔을 얼굴에 그어진 아짐의 주름살처럼 부엌살림들은 저
마다 나이만큼의 흔적을 품고 있다.

"반지락은 껍덕이 새카만 것은 뻘만 기냥 많고 덜 영글
드라고. 겨울 찬물에는 다 영글어. 여름에는 안 영글고 좀
변허고 그런 것도 있는디, 겨울에는 변헌 것도 없으니까.
반지락이 완전 뻘 있는 덴 없고, 모래하고 뻘이 섞어진 데
가 살더라고. 많이 준(줄어든) 거여. 저거 하까? 백합을 지금
사람들은 '거시기 종이(은박지)'로 싸가지고 삶어가지고 그
대로 까먹더라고. 먹을 때 물이 딴 데로 안 샌다고."

아짐은 작은 프라이팬을 꺼내 요리 준비를 하신다. 때마
침 일손을 보태려고 찾아온 조카 유순자 아짐에게는 은박
지를 건네며 백합을 싸라고 하신다.

"애덜 어렸을 때, 반지락이 사람한테 좋다고 해서 어뜨
게 먹일까 궁리했어. 고추 따서 양님해서 잘 뽂아가지고
거기다 마늘도 넣고 그렇게 뽂으면 잘 먹드라고. 그걸 히
주면 '우리 어머니 특별메뉴 나왔구만' 그랬어요. 여름에
는 마늘이 많잖아요. 마늘 여다 까서 너서 뽂아주면 마늘
도 먹고 고추도 먹고. 그냥은 안 먹어도 너서 뽂아주면 잘
먹어. 반지락은 다양하게 어디 안 쓰는 데가 없어. 죽 쓰
고, 회평(회무침)하고, 글고 삶아서 껍딱차(껍데기째) 놓고."

몸에 좋다는 걸 맛있게 먹이려는 궁리! 반지락고추볶음

의 내력은 그러했던 것이다.

"여자라면 누구든지 음식 해먹고 사는 거지. 특별한 사람이 있어? 글 안 해요? 다 자기 가족 건사할 만치는 하지."

꽈리고추를 다듬어 어슷하게 세 동강으로 칼질을 한 뒤 프라이팬에 넣고, 물엿과 집간장을 알맞게 부은 뒤 중불로 졸인다. 이어 마늘을 뚝뚝 조각을 내듯 떼어 넣고 함께 졸이면 매콤하면서 짭쪼름한 냄새가 난다. 자글자글 거품을 일으키던 집간장이 완전히 잦아들도록 마늘과 고추가 익을 때쯤 반지락을 슬쩍슬쩍 끼얹어 몇 번 저어준다. 통깨를 쫘악 뿌려주면 완성이다.

"애덜 먹일 때는 고추가 완전히 쫄아서 쪼글쪼글해질 때까정 볶아. 바지락은 다 해서 낼라고 할 때 살짝 익히기만 해. 처음부터 너면 찔거져불어."

딸 셋 아들 셋이 모두 좋아했다는 밥반찬이다. 색깔도 맛도 오밀조밀 게미지다. 고추의 매운 기운과 마늘 특유의 얼얼함이 물엿과 만나 달금하게 유순해지고, 싱싱한 반지락은 보드랍게 씹히며 짭조름한 집간장 맛을 내며 밥을 부른다. 생마늘이라면 마다했을 손이 자꾸 고기 맛을 내는 마늘조림에 쏠리도록 꾀를 내신 걸 장성한 자식들은 알고 있을까나.

아짐이 대파를 촘촘하게 썰어놓은 뒤 프라이팬에 반지락 알맹이랑을 넣고 볶는다.

"난중에 양님해야지, 사르라니 뿜아서 쫌 익으면. 간장 안 치고 고추장 좀 넣고 버무를라고."

반지락을 젓는 나무젓가락이 닳고 닳아 뭉툭하다.

"늙은 사람들 쓰는 건 다 그렇지. 애덜은 버리라고 날마다 애통 터져. 뭣이든지 버리라고, 새로 사서 부쳐준다고. 솥단지도 사서 부치고 뭣도 사서 막 부치고. 귀찮하다, 나 사는 대로 편하다고 해도."

자식들 맘을 왜 모를까마는 쓰임이 남아 있는 젓가락 한 짝도 귀물 대접을 하는 아짐이시다. 절약이니 재활용이니 말부터 앞세우는 요란한 '운동'들이 새삼 돌아봐진다.

반지락이 익어가면서 거품이 일어난다. 대파를 섞어 약간 졸이다가 반지락 국물을 빈 그릇에 따라 놓는다. 슬쩍 익힌 반지락을 양푼에 넣고 고추장 한 숟가락, 고춧가루는 젓가락으로 약간 끼얹고 통깨를 호복하게 뿌린다. 다진 마늘, 흑설탕 조금과 식초 몇 방울, 그리고 깨소금으로 간을 한다. '반지락회평'은 그렇게 고개 몇 번 끄덕이는 사이에 탄생이다.

"거시기 하면 오이도 썰어 넣고 여러 가지 잡동사니도 넣고 하는데, 그냥 간단하니…. 괜찮지? 먹어봐."

새큼달큼 잘깃잘깃 꼬스름하다. "혀끝이 아니라, 오감이 아니라, 머릿속으로 가슴속으로 스며드는 미각이다.

"반지락 너갖고 떡국 좀 끼래주까? 시원해. 맛있어."

아짐은 아침을 먹고 왔다는 말을 곧이곧대로 믿지 않으신 게다. 이번엔 말릴 틈도 주지 않는다. "천하 쉬워. 일도 없어"하시며 냄비에 물 약간 붓고, 손가락 끝으로 굵은 소금 묻혀 뿌리고, 반지락 넣고 팔팔 끓인다. 떡 넣고 대파 썰어 얹기까지 벼락처럼 뚝딱이다. 미리 만들어둔 계란 지단까지 고명으로 올려서 내신다. 국물이 시원하고 깔끔하다. 점심이 코앞인데 새참 삼아 떡국을 먹는다. 아짐의 인정이 목울대를 타고 넘어간다.

간단한 반지락 요리를 부탁했는데, 아짐은 큰맘 먹고 손님상을 차릴 요량이었나 보다. 반지락무나물, 반지락호박나물, 그리고 백합찜과 콩나물잡채까지. "벨것 없다"하시면서 자꾸 뭘 내놓으신다. 날씨할라(조차) 궂은 겨울 새벽부터 얼마나 발싸심을 하셨을까.

"이건 호박채 썰어서 조갯살 넣고 익혔지. 무나물도 바지락 너면 시원하고 맛있어. 이건 백합. 제사 지낼라면 많이 해요. 알맹이를 까서 반절씩 썰어. 하나로 두 개 널랑게. 말국(국물)에 건더기 넣고 밀가리(밀가루) 넣고 양님해서 쪄. 후라이팬에서는 안 익웅게. 다시 계란 입혀서 눌른 거여. 파도 썰어 넣고 고치(고추)도 넣고."

백합을 퍼서 오목한 껍데기 두 곳에 속살과 양념을 버무린 밀가루 반죽을 채워 넣고 찐 뒤에 다시 달걀물을 입혀 익혀냈다. 실고추 고명에 오송송 깨까지 박힌 백합찜은

송이송이 예쁜 꽃 같다. 숱한 잔손질과 성가신 조리과정이
그려지니 먹기가 미안할 뿐이다.

반지락을 통째로 삶아내는 시간은 순식간이다. 잘 썻은
반지락을 냄비에 넣고 물을 자작하니 부은 뒤 굵은 소금
뿌리고 끓인다. 다진 마늘을 넣고, 빠글빠글 거품이 오르면
잘게 썬 쪽파를 넣는다. 반지락이 쩍쩍 벌어진다. 큰 그릇
에 덜어내면서 후덕한 인심 같은 통깨를 뿌려준다. 따근따
근한 반지락을 후후 불면서 까먹는 재미가 솔찬하고 국물
을 홀짝이는 맛도 기막히다.

"참 얌잔하신 양반이여. 동네서 젤로 얌잔하셔. 잔치집에
뽑혀 댕겨."

"뭐 나만 잘하가니. 세상 사람들이 다 하는 거여. 세상 삼
서(살면서) 그렁 것도 못 헌 사람이 있가니."

늘 가까이 치대며 오순도순 사는 아홉 살 터울의 조카
유순자 씨의 자랑이 민망한지 아짐은 서둘러 입을 막아버
리신다.

유씨가 꼼꼼하게 은박지로 싼 백합은 냄비 속에서 다글
다글 소리를 내며 끓더니 어느새 그릇에 담겨 상 위에서
기다리고 있다.

장보러 갈 때 아재가 안쳐놓은 밥은 진즉 다 되었는데
아짐의 반지락 요리는 끝이 없다.

반지락으로 누리는 수십 가지 호강

이제 반지락죽을 끓일 차례다. 쌀뜨물에 불려놓은 쌀과 한 번 삶아놓은 녹두를 넣고 폭폭 끓인다. 물론 녹두도 아짐의 수확물이다.

솥에는 죽을 올려놓고 양푼 하나를 꺼내 밀가루 반죽을 하신다. 당근을 종이처럼 얇게 저미어 채 써는 솜씨는 완벽한 예술이다. 다진 마늘, 쪽파 등속을 넣고 다소 물큰하게 버무린다.

"바지락은 소금 너야 개운해. 간장 치면 색깔도 그러고."

달궈진 프라이팬에 식용유를 두르고 숟가락으로 반죽을 뚝 떠서 편다. 그 위에 반으로 자른 부추, 한 번 데쳐낸 반지락을 얹는다. 그리고 또 반죽을 떠서 바르니 지글지글 아주 두툼한 반지락전이 된다.

아짐은 왼손엔 주걱을 들고 솥 안의 죽을 저으시고 오른손에 든 뒤지개로는 전을 부친다. 전라도 시골 엄니들의 밥상을 탐해오는 동안 처음 보는 진풍경이다.

뽀로록뽀로록 뜨거운 방울이 솟구치는 솥 안으로 당근 조각, 반지락 속살 한 움큼, 그리고 자잘하게 칼질한 인삼 뿌리가 뒤따라 들어간다. 죽솥이 아니라 보약단지다.

"오메오메, 상다리 뿌러지겠네. 완전히 잔칫상이네요."

일일이 헤아리기가 송구할 지경이다. 반지락죽, 반지락 회평, 반지락고추볶음, 삶은 반지락, 반지락무나물, 반지락 호박나물, 반지락전, 반지락떡국, 백합찜, 삶은 백합, 콩나

반지락으로 누리는 수십 가지 호강. 전라도 아짐의 매시라운 손맛, 덤덤한 듯 듬쑥
한 인정에 젖어 행복하다. 부안 장신마을.

물잡채, 게무침, 조기찜, 물김치, 배추김치.

부엌에 들어오신 지 한 시간 남짓, 아짐의 밥상은 마술처럼 채워진다. '이런 호강을 혼자 누리다니….' 음식 이야기를 잡지에 연재하는 동안 늘 부러움을 토로하던 독자들이 급기야 시샘과 미움으로 바라보겠구나 싶어 더럭 겁이 난다.

"희한한 맛이제. 새콤하면서 톡 쏘는 맛이 나. 그것이 갓씨를 갈아서 받아내서 그래."

콩나물잡채는 별미다. 대가리와 뿌리를 떼어낸 콩나물 줄기와 고구마순을 데친 뒤 무, 당근, 배 등속을 채 썰어 넣고 식초와 갓은 양념으로 버무려 숙성시킨다.

"콩나물잡채가 간단하지 않아. 복잡해. 애덜이 잘 먹은게 명절 때나 하지. 전라도에서만 해 먹는데, 우리는 옛날부터 한 동우(동이)씩 했제. 갓씨를 갈아서 작은 조마니에 넣고 조물조물 콩나물 국물에 제추면(우려내면) 특이한 맛이 나잖아요. 너무 달아도 안 좋고 너무 시어도 안 좋고…."

사근사근 씹히는 콩나물과 시큼한 국물 안에서 미세하게 '토옥' 쏘며 미각을 두드리는 갓씨. 그 오묘한 맛의 파장이 길게 끌린다.

"여그 갓씨는 순 토종이여. 물김치도 말국이 보라색으로 말갛게 이뻐. 우리 손주들도 다 알아. 물김치에 갓씨 넣었구나 하고."

아짐의 조리법에 아재의 설명이 덧붙여 맛의 뿌리까지
끌어내주신다.

금은보화로도 사지 못할 황홀한 밥상을 아짐의 아들딸
대신 받는다. 지난 2009년 '암스테르담 국제다큐멘터리영
화제'에서 〈철까마귀〉로 대상을 수상한 독립영화 감독 박
봉남 씨가 이복임 아짐의 아들. 인간에 대한 연민과 깊은
통찰력이 담긴 그의 작품세계의 자양분이 바로 어머니의
밥상이었나 보다.

"반지락이 훨씬 맛있어. 백합은 씁쓸한 맛이 나와. 비싸
기만 하고."

"오늘 다 했소? 이 많은 것을?"

반지락죽에 던지는 아재의 감탄에도, 조카사위 김성기
아재의 놀람에도 아짐을 향한 은근한 치사와 고마움이 배
어 있다. 몸과 맘이 저절로 뜨뜻하게 달아오르는 정경이다.

"자식들은 김장도 해주지 마라고 그러요. 안 한다고 헌
지가 이 년도 더 되얏는디. 또 몰라, 배추 심굴 때 봐야지."

삼대가 덕을 쌓았을까, 전생에 아짐이 내게 큰 빚을 졌
을까. 음전한 전라도 아짐의 매시라운 손맛, 덤덤한 듯 듬
쑥한 인정에 젖어 행복하다. 봉지봉지 들려주신 음식까지
챙겨 나오는데 영락없이 아짐의 아들이 된 하루다.

반지락으로 누리는 수십 가지 호강

봄날의 소박한 축복,
쑥개떡

"쑥은 요때 쪼끔 먹고 모숫잎 그놈으로 허먼 더 맛있어요, 쑥보다. 모숫잎으로 여름 내내 히서 먹지. 잉, 섞어서 하면 좋아."

웃자란 올해 쑥은 지금이 끝물이다. 전북 김제군 금산면 청도리 '금구떡' 최규순 아짐은 어릴 적부터 봄이면 쑥 캐는 게 일이었다. 쌀은 구경조차 힘들고 보리타작은 당아(아직) 멀었을 무렵엔 쑥이 밥줄이요 생명줄이었다.

"보리가 아직 안 낳게 쑥을 많이 묵었어요. 죽도 끼래 묵고 확독(돌확)에다 밀 갈어서 개떡 맨들어서 묵고. 지금은 쌀 넣지만 옛날에는 다 밀 너서 히묵었어요."

아짐은 며칠 전까지만 해도 '모악산축제' 준비로 분주했었다. 하지만 세월호 참사로 축제가 취소되고 무거운 마음처럼 반죽 덩어리만 남았다.

"어찌서 그러는지 모르겠어요. 꼭 어린 꽃나무들만 사고가 나네. 진짜 마음이 아프당게. 이런 사람도 맘이 아픈디 부모들은 어찌겠어요…."

아짐은 첩첩산골에서 자그마치 팔남매를 거두셨다. 그 고생과 시름일랑 손님맞이 하실 요량으로 차려입은 옷자락으로 감췄을까. 고운 얼굴에 웃는 낯은 환하기만 하여라.

"그렇게 우리 애들은 차암 어설프게 키웠어요. 언제 안아줄 새도 없고 젖만 믹이면 금방 뉘어놓고 일해야 헝게. 차암 불쌍하게 키웠지요."

오로지 꿋꿋하고 지순하게 자식만을 사랑해온 세월이다. 단 한 번도 당신의 삶을 불쌍히 여긴 적 없는 장한 엄니시다.

"되암마늘, 벌마늘, 요건 우리 마늘, 토종. 이게 제일 늦게까지 먹는 조선 꺼. 육 쪽도 있고 야닯 쪽도 있고, 중국서 넘어온 이만씩 한 건 쪽수가 스물넷인가 허제. 나 혼자 이걸 가꿔 먹을랑게 깨끗이 해놓들 못하고 맨 풀 속에다 놔둬요."

길 건너 저만치 귀신사를 바라다보는 아짐의 집은 사방이 밭이다. '먹을 거만 주로 한다'는 밭에 머위, 고사리, 취,

봄날의 소박한 축복, 쑥개떡

양파, 복분자, 상추, 갓, 생강, 둥글레, 시금치, 고추, 깻잎, 고수, 케일, 하얀민들레, 쪽파, 대파에, 마늘도 세 가지 종류다. 누구 입에 들어갈지 안 봐도 훤하다.

"쑥버무리도 많이 히줬죠. 쑥이 어릴 때 쌩으로다가. 지금은 쌉쌀해요, 이런 놈으로 하믄. 그때는 안 쓰고 맛있죠, 연헌게. 걍 밀가리에 탈탈 털어갖고 찌기만 허먼 댕게. 옛날에는 소금만 넣고 히 먹었지. 지금은 뭐 설탕 넣고 뭣 허고 허지만."

쑥버무리의 봄날은 가고 쑥개떡의 봄날도 며칠뿐이다. "손지(손주) 보러 갈 시간도 없이 바쁘다" 하시는 아짐의 하루는 새벽 여섯 시에 시작된다. 산나물도 끊어야지 텃밭도 가꿔야지, 할 일이 지천이다. 봄도 봄이지만 가을도 만만찮다. 아짐은 일대에서 내로라하는 감농사꾼이시다.

"서리 오기 전에 감 따야 항게. 먹시감이라고 자잘한 거 있어. 요만시 항거(요만 한 거). 그걸 백 접씩을 따요. 나무가 높아. 옛날엔 그놈을 우려요. 딱딱할 때 홍시 되문 안 되구. 뜨건 물을 끼래갖고 37도 온도 따악 맞춰서 하룻밤 재워요. 너무 뜨거문 안 되고, 쌀마징게(삶아지니까). 오늘 아침 당그면 내일 아침 건져야 돼요. 그래갖고 버스에다가 세 가마씩 담어서 김제 시장을 다니면서 팔어서 애들 가리쳤어."

아짐이 방앗간에서 만들어온 반죽을 똑똑 떼어서 동글

납작한 쑥개떡을 만든다. 배고프던 시절엔 그저 두툼하게 크게만 만들던 떡이지만 요즘엔 작고 예쁘게 만들고 떡살을 찍어 꽃문양도 새겨 넣는다.

"옛날에 쑥을 캐서 삶고 데쳐서 확독에서 다 찧어야 돼요. 그리고 밀로 히 묵었어요. 밀을 갈아가지고 익으면 막 비어다가(베어다가) 밭에다 깔아놔요. 그럼 말르잖아요. 말르면 마당에다 주욱 갖다놓고 도리깨루 뚜드려요. 알맹이만 다 빠지면 채루 까불어갖구는 인자 도구통에다 물을 조끔 치고 도구대로 찧어요. 그럼 껍질이 생기잖아요. 그놈을 또랑에다 헹게갖고 또 확독에다 갈어. 글 안 흘라면 말래가지구 걍 통으루다 갈지요. 돌메에다 갈어서 가루로는 쑥버무리 해먹구, 개떡 헐 놈은 확독에다 막 갈어갖구 또 도구통에다 쑥 넣고 찧어서 솥에 쪄요."

아! 쑥개떡 하나에도 엄니들은 저렇듯 지난한 몸공을 들이셨구나. 그 수고에 비하면 요즘은 일도 아니다.

"멥쌀을 물에 당궈놨다 불려가지고 쑥 쌀머서(삶아서) 너어갖고 방앗간에서 빵구먼(빻으면) 인자 물 조끔 부어갖고 치대요. 그러면 이놈(반죽)을 주물러서 이렇게 돼요. 옛날엔 이렇게 몽글지도 안 허고. 집에서 갈어서 하니까 엉글지고 꺼끄랍고. 지금 그렇게 히주면 꺼끄랍다고 안 묵을거예요."

몽글몽글 찰흙처럼 부드러운 반죽을 매만질수록 까끌까

봄날의 소박한 축복, 쑥개떡

바구니 한가득 캔 쑥이 쫀득쫀득 맛난 쑥개떡이 되었다. 봄날의 소박한 축복,
쑥개떡을 대물림해온 엄니들이 눈물겹게 고맙다. 김제 청도리.

끌 거칠었던 옛맛이 그리워진다.

"옛날에는 반죽이 거치릉게 저렇게 이쁘게 안 되야. 만들래도 못만들지. 그냥 뭉텅뭉텅 두툼하게 해서 요만큼 크게 해서. 저기 가마솥에다 나무를 경걸이(겅그레)로 질러서 짚 깔고 보자기 헝겊으로 깔고 얹어서 찌지요."

돌아보니 식구들 먹을 것을 만들어 대느라 바빴다.

"하지감자 심어서 열 가마이씩 캐고 캐서 왼(온) 집이 맨 하지감자여. 여름 내내 먹고 남으면 가을에 그놈을 다 먹어요. 징그랍게 먹고 살었어. 여름에 농사지어서 스물다섯 가마까지 했네. 남을 줄 알었더니 그놈을 다 먹었드라고요. 식구가 열이 넘었응게."

딸 둘에 이은 네 살배기 아들 하나를 잃고 또 내리 딸만 낳으면서 시할머니에게 혼이 났더란다. 딸 다섯을 낳은 뒤 아들을 얻었는데 시어머니께서 "먼 놈의 딸이 또 생길라드냐" 하시며 채근해 또 내리 두 딸을 얻었다. 딸 일곱에 아들 하나를 둔 내력이다.

아짐의 친정은 산 너머 40리 거리의 금구면 오봉리. 스무 살 시집오던 해에 시할아버지 초상을 치른 뒤 마루에 제상을 차리고 조석으로 진지를 올려 삼년상을 모셨다. 당시로선 '신식'인 트럭을 타고 시집을 왔지만 시집살이는 여전히 '구식'이었나 보다.

"지금은 생각허면 꿈꾼 것 같어요. 꿈 한번 자암깐 꾼 것 같어요. 어트게 살았능가 몰라. 하루 빨래를 두 옴박지썩 해갖고 아침 먹으면 개울 가서 빨래를 했어. 시암도 없어서. 빨래 두 옴박지썩 해다 널고 또 하지감자 부지런히 글거서 샛거리로 솥단지 한나썩 쪄서 소쿠리에다 떠다 놓고. 노랑노랑 맛있게 찔라면 물을 조끔 붓고 쪄야지. 그러문 익음서 톡톡 벌어지잖아. 그놈을 바가지로 퍼다가 소쿠리에 담아노면 다 먹었어. 아, 그래 놓고 점심을 또 다 먹어. 보리를 새복에 인나먼 두 확독썩 갈어. 그래갖고 쌀은 요만치만 엉거서 할머니만 그놈을 떠서 디리고. 그 밥 잘못 허면 싹 섞어저부러요. 긍게 쌀 시쳐놨다가 이렇게 눌러놓고는 가만히 불을 살짝 때요. 싸게 때면 싹 섞어져부니까."

징글징글 시집살이가 무명실꾸리 풀리듯 길고 길다. 아궁이에 불 때던 일은 겨우내 땔나무 하던 기억을 부르고 초가집 지붕 이을 새끼 꼬던 날도 기억난다. 새끼 꼬던 밤엔 밤참을 해대야 했고 설핏 잠을 잤다가 새벽 4시에 또 일어났다.

"원평으로 되랜님(도런님)들이 학교를 댕긴게."

도대체 식구가 몇이었나 다시금 헤아려본다.

"시아재 두울에 시누가 두울. 상할머니, 어머니, 우리 내우간에 애들…. 그렇게 열 식구가 넘제. 거그다가 개도 있구 소도 있구. 지금 사람들은 못 산당게. 그렇게 우리 딸들은 큰아들한테는 안 줄라고 했등마 전부 큰메느리가 돼버리등마. 둘째아들한테 시집가도 그집 큰아들이 죽어서 어른 모시고 살고, 넷째에게 줬는데도 결국 큰메느리 노릇하고 살아."

그 모진 세월을 건너온 건 "저만치 서라"라는 소리조차 안 하셨던 시어머니와 지아비의 깊고 뜨뜻한 속정 때문이었다. 참한 색시 있다는 소문을 듣고 '싸리재'를 몇 번씩 넘어와 친정부모님께 딸을 달라던 시어머니와 지아비였다. 어느 날엔가 문틈 사이로 내다보다 눈을 마주쳤던 지아비의 훤한 인물도 맘에 쏙 들었더란다.

"부엌문으로 내다봤거든. 근디 눈이 마주쳤내에. 그래갖고 돌아가실 때까지 놀리먹어 나를. 느그 엄마가 좋아서 나를 쳐다보니라 정신이 없었다고. 근디 우리 친정어머니가 안 여운다고 했지, 어리다고. 그래갖고 삼 년 걸려서 스무 살 가을에 갔어."

아짐의 기억은 놀랍도록 총총하다. 중신애비 넘나들던 처녀 적부터, 자식들 결혼하던 날의 풍경, 느닷없이 병원에 입원했던 일, 군대 간 손주에게 개떡 쪄서 보내던 일 등등 일시와 장소, 사람들 이름까지 깨알처럼 쏟아내신다.

백과사전을 펼쳐놓은 듯한 재미난 사연을 풀며 쑥개떡을 빚는다. 동그랗게 작은 공을 만든 뒤 손바닥 위에 올려놓고 꾹 눌러 편다. 손가락으로 가장자리를 다듬어 모양을

봄날의 소박한 축복, 쑥개떡

낸다. 잽싼 손으로 빚어낸 때깔도 고운 동그라미다.

"이것이(반죽) 1키로에 딱 서른 개 잡고 했어. 이만치썩만 덜 띠어도 하나가 더 나와. 쑥은 사~알짝 쌀머야 돼. 거그다 소금을 한 주먹 넣고 분량에 따라서 많이 허먼 두 주먹도 넣고. 새파르니 헐라먼 소다 쪼금 넣고. 그거 너먼 쑥이 빨리 물러. 팔팔 끌은(끓은) 디다가 쑥을 너어갖고 발딱 뒤집어서 또 한번 끌으먼 껀쪄야(건져야) 돼요. 그니까 한번 푸르르 끌으먼 한 번 뒤집고 한 번 더 푸르르 허먼 건지제. 암먼! 찬물에다 바로 시쳐야지."

아짐의 쑥개떡은 김제에서는 알아주는 소문난 별미다. 마을 행사든 절집 일이든 마다치 않고 음식봉사도 열심이시다.

"친정어머니한테 배우고 시집와서는 배울 틈도 없었지. 그래도 시할머니한테 음식 못헌다고 혼나보든 안했어. 딸나분다고 혼났지. 우리 시어머니는 뭣이고 내가 히주먼 다 잘했다고. '너는 뭣두 잘하고 뭣두 잘하냐' 그러시지 '뭐 이렇게 하냐' 그런 소리 한번 안 했어요."

마당으로 나오니 부뚜막 위에 걸린 듬직한 무쇠솥이 기다린다. 하루 몇 가마씩 감을 우리고, 감자를 찌고, 나물을 데쳐내고, 간장을 다리고, 모내기철엔 하루 오십 명 분량의 놉밥도 하고, 개떡도 원 없이 쪄낸 솥이다. 원평장에서 쌀

한 가마니 값을 주고 사온 지 사십 년도 훌쩍 넘어 외아들 또래의 나이란다.

마른 깻단을 가져다 불을 지피고 물을 끓인다. 타닥타닥 활활 금세 솥을 달구고 김을 뿜어낸다. 솥 안에 매화나무 가지를 얼기설기 얹고 짚을 올린 뒤 삼베 천을 깔고 동그랗게 매만진 떡반죽을 올린다. 말씀대로 십 분이 채 못 되어 뚜껑을 여신다. 뜨거운 김과 함께 진한 쑥내음이 후욱 풍겨온다. 연초록 빛깔은 진한 녹색으로 익어 윤기가 반질반질 먹음직스럽다. 드디어 쫀득쫀득한 쑥개떡을 후후 불어가며 베어 문다.

> 사람을 고향과 이어주는 끈에는 참으로 여러 가지가 있을 수 있다. 위대한 문화, 웅대한 국민, 명예로운 역사, 그러나 고향에서 뻗어 나온 가장 질긴 끈은 영혼에 닿아 있다. 아니, 위에 닿아 있다. 이렇게 되면 끈이 아니라 밧줄이요, 억센 동아줄이다.
> — 요네하라 마리, 《미식견문록》 중에서

이 땅에 쑥 나던 아득한 봄날부터 가난한 백성들의 허기를 달래주던 개떡이렷다. 봄날의 소박한 축복, 쑥개떡을 대물림해온 엄니들이 눈물겹게 고맙다. 쑥개떡은 우리를 묶고 이어온 질긴 동아줄이었나 보다.

봄날의 소박한 축복, 쑥개떡

시린 바다의
다디단 속셈

"칠십 하나! 그래갖고 이장을 하고 있소."

박명길 아재는 풍채 좋은 완도군 고금면 청암리 섬사람이다. 팽팽한 얼굴에 씩씩하고 활달한 걸음걸이까지, 어딜봐도 칠순의 나이가 믿기지 않는다.

"김만 묵고 산께 그라제. 바다의 해조류! 존 것만 먹어.
김, 다시마, 미역, 내 손으로 뜯어다가."

아재는 지주를 박아 발을 걸치는 방식으로 김양식을 한다. 물이 들면 김발이 바다에 동동 뜨고, 물이 빠지면 허공에 매달려 태양빛을 받는다. 물때와 상관없이 김발이 바다에 잠겨 있는 부류식보다 공이 많이 들고 채취량은 적다. 대신 맛과 영양만큼은 월등한 재래식이다.

"지주가 백오십 갠께. 한 개에 스무 개씩 잡고 계산을 해 보씨요. 긍께 삼천 개를 찔러 넣제. 인자 나는 나이 먹어서 못 헌께 젊은 사람들하고 품앗이허요. 나는 줄만 잡어주면 젊은 사람들은 가서 찔르고. 하기사 찔를 사람은 있어도 줄 잡아줄 이가 없어서 못 찔르기도 허요."

아재는 해마다 파도치는 바다에서 너울대는 배를 타고 수천 개의 대나무를 꽂았다. 이젠 세상이 좋아져 대나무가 썩지 않도록 표면을 '코팅처리'해 일감이 줄었다.

"그랑께, 옛날에 김이다 하면 다 완도였지, 완도. 여그서 다 일본에 수출할 때 송, 죽, 매, 동 이렇게 등급을 매겨. 여그 바로 옆에가 큰 창고가 있었고 검사소가 있었어. '송'이 지금으로 말하자면 젤로 좋은 특등이었제."

아재는 완도 김의 내력을 훤히 꿴다. 어릴 적부터 김은 곧 밥이고 돈이어서 궁리도 많았다.

"옛날에 일본에 가봤는데, 우리는 새끼를 꽈가지고 했는데 일본은 꼬무줄로 하등마. 그렁께 물이 들면 떠. 또 물이 나면 난대로 늘어나고. 그렇게 관리를 하드라고. 그렁께 우리보다 워넌히 앞서 가등마. 우리는 건조장을 짚으로 말뚝 세워가지고 만들었는데, 거그는 하우스를 만들었등만."

일본만 못해 자존심을 구겼던 건 옛이야기다. 마을에는 김을 채취해오자마자 '씻고-자르고-숙성하고-틀에 붓고-말리고-네모 반듯하게 톳톳이 모으는' 전자동 가공공장이

들어섰다.

"그랑께 김발이 물에 들어가서 나오드록까지 한 석 달이 걸려야 수확을 할 수가 있어요. 예를 들어 우리가 김포자를 채, 종자를. 옛날에는 자율포자를 했지만 지금은 양식 포자를 갖다 채요. 그거를 내가 우리 마을에서는 제일 먼저 해요. 양력 9월25일에 그걸 챈단 말입니다. 그래서 12월 10일이나 15일에 첫 채취를 해요. 두 볼(벌) 채취는 거그서 한 달, 세 볼은 또 거그서 한 달. 네 볼 채취는 또 한 달 있다 하고. 그랑께 12월에 채취하면 3월에 끝나."

오늘은 세 번째로 김을 채취하는 날이다.

"옛날에는 여섯 번까지 치고 그랬어요. 지금은 기온이 상승해서 안 돼. 부류식이 왜 약을 하냐면, 김 줄에 자꾸 이물질이 붙으니까, 약을 안 할 수가 없어요. 근디 지주식은 물이 조금 나면 발이 전체적으로 떠 있어요. 물이 쭉 나버리면요 배 타고 가도 발을 못 잡아. 그랑께 그 기간은 햇볕을 볼 수 있고 저녁에는 별도 달도 볼 수 있고."

하늘에 걸린 김발이 별빛 달빛에 반짝거리며 바닷바람에 흔들거리는 밤풍경이 그려진다. 아재는 뭍에서 온 사람들이 딱 알아먹을 만한 비유를 내놓으신다.

"그렁께 말하자면 씨앗을 뿌려놓고 가만 놔두면 즈그끼리 웅장하게 커버리죠. 그러면 너머나 부드럽고 그랄 꺼

아닙니까. 그란디 발로 짓밟고 하면 서로 커날라고 요동을 하고, 그래서 튼튼하게 큰디. 그라면 김이란 것이 물에서 그대로 놔둬버리면 즈그끼리 멋대로 움켜쥐니까 맛도 없을뿐더러 이물질도 많이 생기고 그래요. 그라니까 약을 안 하면 안 되지만, 요거는 물 우구로(위로) 나섰다(나왔다) 잠겼다 그래요. 하루에 두 번, 그라니까 열두 시간 나섰다 열두 시간 잠겼다 그래요. 온도 차이가 있으면 육질이 좋아지겄제. 식물 키우는 것하고 똑같애. 그렇지! 고랭지 채소가 춥다가 덥다가 크는 거맨치."

물 안팎을 들락날락하면서 햇볕과 별빛, 달빛, 바닷바람을 맞으며 시달리는 지주식 김양식을 고랭지 채소 재배로 설명을 하신다. 뭍사람의 눈높이에 딱 맞춘 탁월한 풀이다.

선착장에 배들이 쉴 새 없이 출렁대고 깃발이 찢길 듯이 나부대는데 아재는 '자는 바람'이라신다. 멀리 강진 마량이 내다보이는 청암리 선착장에서 아재의 작업선을 타고 바다로 나간다. 대작대기 줄줄이 꽂혀 있고 물 위로 거뭇거뭇 김발이 너울대는 양식장까지는 5분이 채 걸리지 않지만 지독한 한기에 아찔해진다. 세찬 바람에 바닷물까지 튀어 덤비는 통에 머리가 떨어져 나갈 듯 얼얼하다. 몸을 옹송그리며 고개를 외투 속으로 파묻어보지만 사나운 겨울 바다의 추위를 피할 도리가 없다.

김 채취 작업. 온몸에 시린 바닷물이 튀고 김 조각들이 들러붙는 중노동이다.
완도 고금도.

"요걸 며칠 꼽냐면, 네 사람이 죽고 살고 보름 이상 꼽아야 돼. 김농사 지을라면 6개월 준비해야 돼. 지주 박고 이런저런 것 하고."

아재의 양식장에서는 출렁이는 김 채취선 위에 네 사람이 한창 작업 중이다. 그물처럼 늘어진 김발을 채취선 위에 걸치고 앞으로 나아갈 때 둥그런 칼날이 자동으로 김을 훑어내는 방식이다. 김발을 들어올리면 치렁치렁 늘어진 새까만 생김이 햇빛에 반짝거린다. 바람은 정처 없이 불어 일꾼들은 온몸에 바닷물을 뒤집어썼고 작업복에는 튀어나온 김 조각들이 덕지덕지 붙는다. 이따금 칼날에 김발이 걸리면서 채취선이 한 자리에서 요동을 치기도 한다. 지켜보는 사람의 애간장이 탄다. 정해진 물때에다 위험한 기계를 돌리는 작업인지라 한순간도 긴장을 늦출 수 없고 잠시도 한눈 팔 새가 없다. 자칫하다간 김발에 걸려 바다로 곤두박질칠 수도 있는 아찔한 중노동이요, 생고생이다.

비로소 김 한 장이 얼마나 특별한지를 깨닫는다.

"오메, 욕봤구만! 다음에 존 날 와, 봄에."

아재는 인사를 건네시는데, 손은 얼고 입도 굳은 터라서 빨리 뜨뜻한 방으로만 들고 싶어진다.

청암리에서 유자밭을 지나 구불구불 바다를 에둘러 교성리 '병장수산'에 닿는다. 아재의 양식장에서 채취한 생김을 건조하고 가공하는 곳이다.

공장에 딸린 살림집 부엌에서 강인자 아짐이 갓 채취해 온 생김을 담은 소쿠리를 앞에 두고 앉았다. 섬마을 일꾼들은 점심을 먹고 진즉 상을 물렸는데, 뭍에서 온 손님들에게 보여줄 음식이 남았단다.

"인자 저것에다 고치 좀 썰어 여코, 밀가리 여코, 계란 여코, 간 맞춰서 찌짐을 부쳐노문 둘이 잡수다 하나가 죽어도 몰라요. 그렇게 맛있어."

윤기가 자르르 흐르는 생김을 양푼에 넣고, 식용유, 프라이팬, 밀가루 등을 챙기신다. 아하! 생김으로 부쳐내는 전인가 보다.

"물은 안 여코. 김에서 물이 나옹께."

아짐은 매운 풋고추를 오종종 썰어 김 위에 얹는다. 검정 빛깔 위로 초록 점들을 뿌리는 것 같다. 양푼 가장자리에 대고 달걀 대여섯 개를 톡톡 깨서 넣은 뒤 밀가루를 붓는다. 검정, 초록, 노랑에 하양까지. 짙은 원색의 물감들이 더해지더니 아짐의 맨손에서 버무려져 섞인다. 소금을 슬쩍 뿌려 간을 하면서 조물조물 만든 반죽은 보기에도 몰캉몰캉하다.

"허허! 내 얼굴이 이뻬? 유자 많이 먹고, 김 요것 먹고. 요것은 약 한번도 안하니까 사람한테 좋제."

처녀 적은 놔두고 시집와서부터 헤아려도 갯일, 밭일로

반백 년을 훌쩍 넘겼는데, 얼굴이 팽팽하고 주름살도 적은 건 순전히 유자와 김 덕분이란다.

박명길 아재와 강인자 아짐은 청암리에서 나고 자라 스물 갓 넘어 결혼한 부부다. 당시로서는 파격적이라 할 한동네 연애결혼이요, '연상연하 커플'이다. 아재는 이장을, 아짐은 부녀회장을 맡고 있으니 부부가 동네 일꾼이자 터줏대감들이시다.

"물김 하는 사람들만 먹제 다른 데선 못 할 거예요. 김이 비싼께 할 수가 없제. 그라고 채취할 때나 꼴세(꼴)를 보제 우리는 못 먹어."

뭍에서는 싱싱한 생김을 구할 수 없어서, 섬에서는 팔아서 돈을 사야 했기에 좀처럼 맛볼 수 없는 귀한 음식이다.

"손님 올 때, 취재 올 때 해요. 취재 안 허면 안 해요. 김한 톳이 얼매라고. 예전엔 김에 붙어 나불거린 거 고놈만 띠어 먹어도 어른들한테 혼나고 그랬어."

밤낮없이 바쁜 갯일 사이사이에 후딱 끼니를 때울 요량으로 폴폴 끓는 된장물에 물김을 넣어 만든 김국은 해 먹었어도, 부침개를 해 먹는 건 상상도 못한 일이었다. '완도 김으로 만들어낼 수 있는 별미가 이렇게 많다'는 걸 보여주려고 부치는 전이란다.

"이거 좀 터줘. 밀가리 좀 많이 부서. 요것은 밀가리가 많이 들어가도 김이 더 많애. 손님들 덕분에 우리도 먹고 공장에 일하는 사람도 먹고 그라제. 거시기 찌짐 뒤긴 것 갖고 온나, 뒤긴 것."

아닌게 아니라 밀가루를 솔찬히 부었는데도 생김 속으로 그대로 빨려 들어간다.

"여그 공장 쥔이 우리 조카딸이여. 여그는 손주며느리고. 지강아! 부쳐봐라."

손주며느리와 함께 물컹한 반죽 덩어리를 달궈진 프라이팬에 올린 뒤 뒤지개로 편다. 생생한 물김이 '치르르' 소리를 내며 고소한 기름 냄새와 엉긴다.

"김이 거석하면 바삭바삭 그렇게 좋아요. 요것은 잘게 안 해도 돼요. 우리 마을에 체험장이 있어요. 3월에 한번씩 축제를 하면 사람들이 말도 못하게 많이 와요. 그랄 때 찌짐을 부쳐요. 이런 후라이판 동그란 것 세 개를 조르라니 놔둬요. 그라면 손님들이 와서 직접 부쳐갖고 잡숴요."

갯바닥이 가장 넓게 훤히 드러나는 3월 어느 날을 잡아 여는 마을 축제다. 참가비는 1만 원! 누구라도 마을의 보물 창고인 갯바닥에 나가 오진 꼴을 볼 수 있다.

"물이 나서 거그 들어오면 자연산 미역도 뜯어가고, 고동도 잡고, 개불도 잡제. 고동 잡다 보면 독꽉 밑에 낙지도 있고 그래요. 구녕(구멍) 아는 사람은 구녕 파갖고 낙지도 잡고 그래요. 여긴 뻘이 아니고 독밭이여. 독만 뒤끼면 다

나와."

성성한 갯것들을 잡고 먹고 가져가는 체험에 드는 비용으로 1만 원은 기실 '돈 받는 시늉'일 뿐이다. 고금도 사람들의 푸진 인심을 아낌없이 나눠주려는 축제인 게다. 김전도 익어가고 아짐의 마을 자랑도 맛있게 익어간다.

김전의 모양이 가지가지다. 김에서 자꾸 물길 배어나오는지 눅눅하기도 하고, 웬만해선 바삭한 식감을 얻을 수 없을 것 같다. '도대체 어떤 맛일까' 궁금해 조바심이 난다.

"뚜덕뚜덕 해갖고 나같이 인물이 없지라? 그래도 부쳐노면 속이 그렇게 좋단 말이요, 나같이. 내가 속이 좋단 말이요. 요것은 매(아주) 안 익히고 살짝 익혀서. 김은 생걸로도 묵으니까. 술안주도 좋고, 반찬 없을 때 간장에 참지름 잔 치고 찍어서."

지글자글! 찌글짜글! 전 부치는 소리에 입안에 군침이 돈다.

"여기 익은 디는 파릇파릇하지요? 김을 사갖고 좋은 김인가 아닌가 알라면 불에 후라이판을 올려요. 불이 달가지고 김을 두 장으로 포개 엉거서 새파래지면 존 김이에요. 안 그러면 꺼매지겠죠."

마침내 여기저기서 젓가락들이 달려든다.

주욱 늘어지는 김전을 후후 불어가며 입에 넣는데…, 아! 금세 입안 가득 단물이 고인다. 마치 꿀을 발라 먹는 것 아닌가 싶을 만큼 달콤한 맛이 환상적이다. 그 시린 겨울 바다에서 이토록 다디단 속셈을 품고 있었다는 게 경이롭다.

"달보듬해갖고 맛있어요. 자연산 김이 그렇게 달아요. 그랑께 자꾸 전화를 해서 설탕 엿냐(넣었냐) 뭐 엿냐 별 소리를 다해요."

"진짜 달아요! 정말 달아요!"

김전을 베어 문 사람마다 감탄사를 연발한다.

"요것은 따땃해야 맛있거든요. 가까운 디 같으면 생김을 한 덩어리만 줘서 집에서 해잡수라면 좋겠는디, 멀어가지고. 갯물에 있는 것을 민물에 히치면(씻으면) 안 되거든요. 바로 한 재기 갖고 가면 삐런 물이 나와서 멀리 못 가."

가지고 갈 수 없는 맛! 현지에서만 누릴 수 있는 '로컬 푸드'다.

김전을 꿀떡 목구멍 안으로 넘기고 나서도 달큼함은 오래오래 입안에 맴돈다.

"김찌짐! 요것을 먹으면 한 이 년은 더 젊어져불 꺼요. 또 장 찍어서 드시면 다른 맛이 나요. 젓가락으로 집으면 맛이 없고 손으로 집어야 맛이 있어요."

전쟁 같은 물일을 지켜본 뒤라서일 게다. 아짐의 구수한 입담을 얹어 먹는 달달한 김전은 고된 노동에 녹초가 된 몸과 맘을 얼러대는 솜사탕마냥 부드럽다.

아짐은 내친김에 된장물에 김국을 끓여주신다.

"끼릴 때 요놈을 여야(넣어야) 돼요. 요것은 미역국하고 안 바꽈요. 그렇게 맛있어요. 소금 없이 된장으로만 간을 해야 제 맛이 나요. 물을 많이 붓지 말고 요 정도만 넣고 애지간히 끼래야 맛있어. 처음에 할 때 물을 쬐끔만 붓어야제. 물을 많이 부으면 훌렁훌렁해갖고 맛이 안 나요. 신김치를 여도 맛있고. 우리는 매생이보다 김이 더 맛있어. 매생이는 끼래놓고 다음에 먹으면 꿀렁꿀렁하죠. 그란디 요것은 끼릴수록 맛있어요. 사람도 사귈수록 좋아야제."

쉽게 만났다 쉽게 헤어지는 요즘 사람들의 사귐일랑 김 국만도 못하다는 말씀이시다.

풀어진 김이 잘깃잘깃 씹히는 김국을 몇 숟가락 떠먹으니 온몸이 후욱 달아오른다. 찬바람 몰아치는 바다를 향해 기세 좋게 또 나설 수도 있을 것 같다.

그래! 김으로 돈을 사고 김으로 삶을 이어온 숱한 날들이 아니던가. 땡땡 언 몸뚱이를 해초국으로 녹이고 다시금 몸서리나도록 차가운 바다에 뛰어들기가 몇 차례였을까. 그러던 어느 날 남쪽 바다 저 멀리서 봄바람 불어오고 겨울 한철 농사가 끝났으리라.

섬마을 사람들의 새봄이 아짐의 '김찌짐'처럼 촉촉하고 달콤하기를….

엄니가 해마다
김장을 하는 이유

'잉~, 요 집이구만.'

임실군 성수면 오류마을 고샅에서다. 내일 김장 담글 집
이 어디냐고 수소문할 것도 없다. 고불고불 마을길로 몇
걸음 떼다보니 첫눈에 딱 '요 집'이다. 활짝 열어 제쳐 있으
나 마나 한 대문 안으로 너른 마당 여기저기에 김장거리가
널렸다. 큼지막한 대야마다 그득그득 배추를 절여놓았고,
그 위를 꾹꾹 눌러 절인 배추의 숨을 죽이려고 했는지 돌
멩이며 벽돌, 심지어 철쭉화분까지 대강대강 올려놓았다.
총각무도 뿌리만 떼어낸 큰 놈부터 풋풋한 잎사귀를 달고
있는 작은 놈까지, 이백여 개는 족히 될 성싶은 분량을 쌓
아놓았다.

한참을 두리번거리는데 이양기 아짐이 방문을 열고 나오신다. 번듯하고 야무진 개량한옥 두 채를 혼자 건사하며, 철철이 오만 가지 채소, 과일, 약초, 나물 농사를 지어 일곱 자식의 뒷바라지에 여념이 없는 팔순의 어머니다.

마당엔 타작하다 만 콩대와 깍지가 우북하고, 아래채 처마엔 곶감이 주렁주렁 달렸다. 수돗가엔 찹쌀풀죽, 다시마와 멸치, 무를 한데 우려놓은 국물이 솥에 가득하다. 장독대와 마당가로는 홍시, 저민 감조각, 씨옥수수, 호박말랭이, 노랑호박 덩이, 당근, 고춧가루 봉지 넷, 메주콩 자루, 참깨 자루, 소금 자루, 갈치속액젓과 까나리액젓, 새우젓갈 통. 마루를 들여다보니 까놓은 마늘과 양파, 말끔히 다듬어놓은 대파, 쪽파, 생강, 홍당무, 자잘하게 썰어놓은 쑥갓, 검은깨, 생강, 배, 더덕, 도라지, 고사리…. 집안 가득 김장감과 반찬거리, 곡식과 과실 등 온갖 것들이 섞여서 보는 사람은 어지러운데, 그것들을 여기저기 부려놓은 아짐은 시종 김장 궁리에만 분주하다.

"한 사백 폭시(포기) 반이나 되야. 아들이 여섯이고 딸이 하나, 일곱에다 나하고 여덟 집인게. 우리 큰 메누리는 시집오고 이날 이래 삼십일 년을 히줬제. 거그에 경상도서 손지가 옷가게 매장을 해. 직원들이 우리 짐치가 맛있다고 히서 어제 아침부터 해 지도록 하리 쥥일 뽀갰어. 소금 흩

치고."

　아짐은 올봄에 사다가 간수를 빼놓은 천일염 두 가마 반
으로 이웃집 조필원 아짐과 함께 김장할 배추를 다듬고 소
금에 절였다. 이제 배추를 꺼내 씻은 뒤 쟁여뒀다가 내일
아침 버무릴 참이다. 밭에서 배추와 무를 뽑아와 다듬고
이런저런 양념들을 준비하던 사나흘을 빼고도, 김장은 꼬
박 사흘이나 걸리는 일 년 살림 중 최대 농사다.

　"항! 마늘도 생강도 나가(내가) 심었제. 뭐든 짓고 좀 모
지랜 것만 사다 쓰제. 메주콩도 타작흐다 말았그마, 짐장헐
라고. 곶감? 꺼먼 놈만 골라 잡사봐, 얼매나 단지 몰라."

　물컹한 곶감을 쪼개 단맛을 음미하는 사이에 절인 배추
씻을 준비가 한창이다. 지하수를 뽑아 올린 수도꼭지에 호
스를 들이대 물을 받고, 배추 쌓아둘 팔레트와 철망 등을
잇대어 붙인다. 얼굴 가득 잔주름 자글자글하고 걷기조차
불편해 봬는 팔순 노인네들이 언제 저 많은 배추를 헹구고
총각무까지 다듬어 절일까.

　겨울 해는 이미 서쪽으로 갸우뚱 기울고 찬바람 들이치
며 스산한데. 별 수가 없지 않나. 수첩도 볼펜도 던져버리
고 고무장갑을 낀다.

　"자식들이 허지 마라 허지 마라 해도 히야제(해야지) 어
찌 꺼시여. 그런게 '오메(어매)는 그렇게 기력이 좋냐'고 뭐
라 혀싸. 옳제! 옳제! 으응~, 거그다 집어너문 돼."

엄니가 해마다 김장을 하는 이유

일 년 살림 중 최대 농사인 김장에 들어갈 온갖 재료들. 대파 쪽파만 썰어놓아도
봉긋한 산봉우리가 솟는다. 어매의 몸공은 태산보다 높으리. 임실 오류마을.

때마침 아짐을 돌봐주는 노인요양보호사 한 분까지 도착하니 모두 넷이 엇비슷하게 서서 초벌, 두 벌, 그리고 마무리까지 세 차례에 걸쳐 풀 죽은 배추를 씻어 척척 포갠다. 한참을 씻고 또 씻었는데도 좀처럼 배추가 줄지 않는다. 배추에 박혀 있던 솔잎이 자꾸 물 위로 동동 뜬다. 아짐의 배추밭은 산비탈 솔숲 아래에 있는 게 틀림없다. 절인 배추에서 시지근한 물비린내가 풍겨온다. 배추 사백 포기! 만만찮다.

"쌀은 모지라면 어디서 팔아서라도 오제만 이것은 없으면 끝이여. 요건 짚은(깊은) 맛이 있는디 봄에 짐치는 써. 난 자식들한테 짐장값은 안 받아. 한 달에 얼마씩 준 놈 모태(모아)갖고 허제."

김장에 쓸 돈은 오로지 당신 몫으로 친다. 천상 몸공 맘공으로 자식들 거둬온 어미로서 죽을 때까지 멈출 수 없는 도리요, 자존심이다. 아짐의 배추는 몸통이 통통하고 포기가 큰 것들과는 사뭇 다르다. 거칠거칠 푸른 색이 강하고 알이 성기면서 쌈배추마냥 작기만 하다.

"우리 배추는 좀 자잘하고 속이 꽉 차진 않았어도 달고 맛나. 아이고! 좀 쉬어. 뭐 하나 드리까? 야는 감 쪼가린디 곶감보다 빨리 말라. 더 맛나."

엄니가 해마다 김장을 하는 이유

어설픈 일손이나마 아쉬운 대로 마다하진 않았지만 손님을 일꾼으로 부리는 게 못내 미안했을까. "일 끝나면 치즈마을 찜질방에서 자고 내일 아침 또 취재 오겠다"라는 말에 대뜸 "그냥 우리집에서 자. 밥도 채래주께" 하신다. 생면부지 젊은이들을 아무런 거리낌 없이 선뜻 집안으로 들이시는 넉넉하고 따뜻한 대인의 풍모가 느껴진다.

"스무 살 때 시집왔제. 우리 신랑은 스물다섯이고. 근디 전쟁이 나갖고 사흘 만에 군대 갔어. 시집와서부터 청국장 낄이고, 메주 뜨고, 샘베(삼베) 낳고, 미영(무명베) 낳고…. 시아재 둘에 시누 하나 키워서 여웠어. 신랑은 삼 년 만에 제대해서 오고."

육십 년을 치대며 살아온 고생담이 눈물겹다. 어느새 아득하던 절인 배추들이 모두 깨끗이 목욕을 하고 차곡차곡 쌓였다. 이젠 조필원 아짐이 마주앉아 총각무를 깎는다. 나는 두 분 사이에서 칼을 들고 무 꼭지를 도려낸다. 무 한쪽을 끊어 먹는데 향긋하고 들큼하다. 무 또한 작지만 매운 내가 전혀 없다.

"무수가 존게(좋으니까). 종자가 달라. 뿌랭이가 빨리 큰 놈은 퍽퍽해. 배추 새로(사이로) 한 쪽씩 찡가(끼워) 박을라고. 짐치 먹다가 한나씩 씹으문 맛이 별나."

아짐은 껍질을 깎으며 잎사귀를 한 차례 반으로 접어 당겨 꺾는다. 잎이 부드러워지게 하는 비법이란다. 총각무까지 대야에 갈무리하는 동안 사위가 조용히 어두워진다.

안방에 차려진 저녁밥상에 둘러앉는 아짐들의 모양이 심상찮다. 조필원 아짐은 돌침대 위에 걸터앉고 이양기 아짐은 목욕탕용 의자를 놓고 꼿꼿이 앉아 수저질을 하신다. 허리며 팔다리며, 어깻죽지며 성한 곳 하나 없는 우리네 엄니들의 밥상 풍경이 애처롭다.

아짐이 들여준 감과 석류를 머리맡에 두고, 뜨끈뜨끈 달아오른 방바닥에 뒹굴뒹굴 노곤한 몸땡이를 굴린다. 노인들은 초저녁 잠이 많다는데, 그도 아닌가 보다. 아짐이 밤새 딸그락거리며 방과 부엌, 더러 마당을 오가는 기척이 들려온다.

"당근, 다마네기(양파) 썰어놨제, 수루미(오징어) 떼놓고, 명태도 조사놓고…. 일 있으문 잠을 못 자. 쬐께 자다 말았어."

아짐의 칼질 소리는 동네 장닭들이 홰를 치는 소리보다 빨랐다. 물이 가득찬 고무통 위에 살얼음이 얼었고, 하나씩 집어든 무 가운데도 살짝 언 놈들이 있다. 아짐이 총각무에 칼질을 한다. 아주 큰 건 십자로 그은 뒤 한 번 더 칼을 넣고, 그냥 큰 건 십자로, 작은 놈은 한 번씩만 쭉 칼을 넣었다가 뺀다. 이따금 칼질을 멈추고 소금을 흩뿌린다.

"외약손(왼손)으로도 잘 쪼개제?"

엄니가 해마다 김장을 하는 이유

오른손으로 무를 대야 가장자리에 세워 잡고 왼손으로 내리치는 칼질이 아찔하다 싶었는데, 날렵한 솜씨가 신기할 따름이다.

제일 큰 무 하나를 집어 들고 부엌으로 들어선 아짐이 무를 채칼로 썬다. 깨를 뿌리고 조선간장을 빙 돌려 따른 뒤 고춧가루를 한 줌 쥐어 뿌린다. 참기름도 쪼옥 붓는다.

"인자 버무려야 돼. 넘다 팍팍 주무르면 채가 숨이 죽으니까, 살살~. 이것은 꺼멍깨 참기름. 이걸 먹으면 흰머리 안 질러."

벼락같이 차려낸 아침밥상이다. 민어조림과 김치찌개, 무채가 시원하고 맛깔난다. 아짐은 양푼에다 찬물을 붓고 밥을 말아서 양념장 하나에 몇 숟가락 뜨다 만다. 염치도 좋게 밥그릇을 마저 비우고 나오니, 조필원 아짐이 봉지 하나를 내미신다.

"새복에 확독에다 쳐서 힜어."

고운 콩가루를 듬뿍 뒤집어쓴 인절미가 난질난질 부드럽기도 하다. 꼬숩고 맛있다.

드디어 기다리던 고명딸 김미순 씨가 동료 셋과 함께 마당에 들어선다. 척 봐도 솔찬한 일꾼이요, 아짐의 살림집에 무시로 들락거린 허물없는 사람들이다. 곧이어 막내며느리 김영숙 씨도 아들 둘과 함께 도착한다. 미순 씨 일행이 늦은 아침을 서둘러 먹고 부엌과 마당에 흩어지니 일에 속도가 붙는다.

"인자 마늘은 그만 까고 기계에다 갈아. 고칫가리 갖다 가 붓고. 새우젓 두 통 여그다 놓고. 쩌어그 부안 가서 사다 가 당갔어, 새우젓. 맛 좋아."

아짐은 이곳저곳을 둘러보며 명령을 내리는 '김장 작전' 의 총감독이다. 미순 씨가 부엌에서 달인 황석어젓갈을 냄 비째 가져와 마당에 놓으니 지릿한 젓갈 내음이 확 풍긴 다. 하얀 뼈를 밭아내고 누런 기름까지 걷어내니 말갛고 짭짤한 젓국물이 남는다.

한쪽에선 고춧가루에 다시마와 멸치, 양파 우린 국물과 찹쌀 풀죽을 넣고 반죽하듯 버무린다. 뒤란에선 배, 양파, 마늘, 생강을 기계에 갈고, 장독대에선 쪽파, 대파, 여린 마 늘대를 썰어 산더미처럼 쌓아올린다. 그렇게 준비된 것들 을 차례로 걸쭉한 양념반죽에 뒤섞어 소를 만든다. 여기에 쫑쫑 썰어둔 갓도 넣고 당근채, 양파채도 넣고 걸러낸 황 석어젓갈과 멸치속액젓, 참깨와 검은깨까지. 김치가 영양 덩어리인 이유를 이제야 알 것 같다. 대체 뭣이 그리 많이 들어가는지, 당최 헤아릴 도리가 없다.

"마늘은 큰 찜통으로 하나, 고칫가리는 한 오십 근. 배, 무시, 양파도 채를 썰었는디 인자 갈아. 그래야 묵기가 좋 고. 굴, 명태, 돼지고기도 속을 박았는데 요샌 안 혀."

탁자 두 개에 비닐을 씌우고 나란히 붙인 뒤 배추를 부려 놓는다. 빙 둘러 서고, 저마다 양념을 푹푹 떠서 곁에 놓고 버무리기 시작한다.

"배추가 살아서 밭으로 갈라허그마", "간이 덜 뱄어. 이라문 도둑맞은 거 맨치로 푹 졸아들어 붙어", "괜찮애. 통에다 담고 소금 쪼까 허쳐놔", "찹쌀풀 저짝에 쒸놨어", "음마! 기냥 허지 말고 좀 식화가꼬(식혀갖고) 너랑께."

왁자한 마당에 웅얼웅얼 말잔치 풍성하고, 간혹 찬바람이 확 불어와 열기를 식힌다. 소금간이 약한 탓인지 배추 속이 벌겋도록 양념을 비비고 발라야 한다. 워낙 양이 많다보니 비비는 사람 옆에 김치통이나 비닐을 깐 종이상자에 넣는 사람이 따로 있다. 언제 왔는지 다섯째 아들 김성조 씨는 부지런히 김치통과 상자를 나르고 아내 장미선 씨는 부엌일을 도맡는다.

"울 엄니는 아들이고 딸이고 누구 몫이라고 정해두고 챙기질 않아요. 자식 아니어도 누구든지 보는 사람 먼저 줘요. 뭐, 또 생길 테지 하면서요. 아부지가 사람들을 많이 데려와도 엄니가 항상 싫은 기색 없이 다 먹여줬어요."

미순 씨 말마따나 누구하나 차별 없이 고루고루 사랑을 주신 탓에 칠남매의 우애도 각별하다. 성조 씨가 창업한 의류사업에 여러 형제가 가세해 성공가도를 달리면서 일년에 열 번이고 스무 번이고 아짐의 집에 모여 벅적대며 회의도 하고 회식도 한단다.

"어머니는 한 번도 상스런 말씀을 하신 적이 없어요. 그리고 단 한번도 눈물을 보이신 적도 없구요."

성조 씨에게도 어머니는 그렇게 태산같이 높고 든든한 존재였다.

아짐은 숫제 맨손이다. 배추를 절일 때부터, 찬물에 씻고 양념을 버무려 그릇그릇 상자상자 담을 때까지 맨손으로 일을 하신다.

"손이 들어가야 맛있는 거여. 굴? 굴은 금방 먹을 것에다가만 너야제, 오래 되면 맛이 떨어져. 옛날엔 싱거면 버려야 하니까 짜게 헌디, 지금은 냉장고 있으니까 그렇게 안 해도 돼."

미선 씨가 뜨근뜨근 막 삶은 돼지고기를 가져와 도마 위에 올려놓고 뚝뚝 썬다. 성조 씨가 따라준 임실 지역의 막걸리인 '사선(四仙)막걸리' 한 잔을 쭈욱 들이키고 막 버무린 배추 한 가닥 위에 몰랑한 고기 한 점을 올려 안주로 욱여넣는다. 탑탑한 막걸리가 속을 개운하게 쓸고 간 자리에 매움한 새 김치와 부드러운 속살이 게미지게 엉긴다.

"아, 언능 오셔. 한잔들 허시랑게.""아~따, 수~울 수~울 잘도 넘어간다!"

'김치 축제'가 별건가. 새참만으로도 푸지다. 청명한 하

"손이 들어가야 맛나." '김장 작전'의 총감독 이양기 아짐은 칠남매 일 년 양식인
김장을 오로지 당신의 손으로 완성한다.

늘, 볕도 좋고 바람도 좋다. 아짐의 마당 가득 잔치의 열기가 후끈후끈하다.

"요 짐치가 서울도 가고 분당도 가고, 여수, 군산, 거창, 경산, 진해, 전주, 암튼 팔도강산 다 가. 택배도 가고 차로 가지로 오기도 허고."

김장이 끝났다. 사백 포기가 넘는 배추와 이백 개쯤 되는 총각무들이 감쪽같이 사라졌다. 대신 아짐의 손맛과 변함없는 사랑이 김치통과 상자에 듬뿍 담겼다.

몸을 좀 노댄 덕인가? 새 김치를 쭉쭉 찢어 먹는 늦은 점심밥이 꿀처럼 달다. 아짐이 손수 농사지은 산골 배추는 김치가 되어서도 질감이 느껴진다. 아삭아삭 씹을수록 맵고 짠 고추와 양념 기운이 스러지고 단물이 배어난다. 맑고 씩씩한 자연의 맛이다.

"짐장 끝나문 고치장(고추장) 담고, 청국장도 담고 메주도 쑤고…."

아짐 앞에 헐(할) 일이 아직도 창창하다. 당장 마당의 콩타작부터 끝내야 한다. "그래도 옛날에 비해 일이 적어"라고 하시니 도대체 옛날 엄니들은 언제 잠을 잤을꼬 싶다.

그래, 한사코 일을 말린다고 그만 두실 분이 아니지 않는가. 웅숭깊은 당신의 장맛, 김치맛으로 효성 깊고 우애 돈독한 일곱 남매를 오래오래 품어주시길!

입에 착착 감기는
천연 조미료

행선지를 떠올리니 웅크렸던 마음이 해실해실 풀어진다. 화순군 춘양면 우봉마을. '춘양(春陽)'이라면 봄볕이 아니던가. 찬바람 들이치는 겨울날의 여행지로 더없이 좋은 이름일진대, 동네 엄니들이 호박죽을 쒀주실 요량이라니 금상첨화다.

따순 봄볕처럼 온몸을 후끈 달궈줄 호박죽이 벌써부터 입안에서 달착지근하게 녹아내린다.

"오메, 오니라고 되겠네. 앙거봐. 근디 호박 깎음시롱 솥에다가 넣고 불 땐 것도 보고 그래야흔디 으짜까."

"맹그는 걸 다 볼라문 일찍 와야 흔디."

"도매(도마)랑 갖다 놓고 요것을 잘라서 아까매니로(아까처럼) 해보까?"

열대여섯 명의 아짐들이 마을회관 부엌방에 둘러앉았다가 한꺼번에 인사말을 건넨다.

"천천히 와도 된다" 하시던 홍국식 이장님 말씀을 곧이곧대로 믿었던 게 탈이다. 손수 음식을 장만하는 아짐들과 기다렸다가 먹기만 하는 아재들 사이엔 적어도 한 시간쯤 시차가 있었던 게다. 늙은 호박을 포강포강(차곡차곡) 쌓아올리거나, 조르라니 줄 세운 풍경을 담고 싶었는데 낭패다. 부지런한 아짐들은 진즉 호박 서너 덩이를 토막 쳐서 팥과 함께 솥에 안치고 회관 뒤뜰에서 불을 지피고 있다.

"요거 하나 쪼개보께 속 한번 볼라요?"

"꼬트래기를 따불어야제 잘 쩨져."

"오메, 요것이 썩었네."

"괜찮애, 속 긁어내고 묵는 건께."

친절한 아짐들이 앞다퉈 칼을 들고 나선다. 힘겹게 쪼갠 호박 속을 숟가락으로 또 맨손으로 긁어낸 뒤 껍질을 벗겨내는데 칼이 튕겨 나올 만큼 딱딱하다.

"조심혀. 까닥흐문 큰일 나. 됐네 됐어. 고만치만 썰어서 솥에 여문(넣으면) 되겄네."

'덤'으로 보여주시는 아찔한 칼질에 죄던 맘이 '고만치만'에서 스르르 놓인다.

"오십 명은 나와 계시제. 구십 객도 있고. 부녀회장 엄니

입에 착착 감기는 천연 조미료

가 있는디, 내~ 여그 계셨는디, 낙상을 허셔가꼬 집에 계시구마. 거진(거의) 백 살이 다 되얏어."

일주일에 꼭 한 번씩 마을 사람들이 모두 모여 함께 점심을 먹는 날이다. 얼추 오십여 명의 회식을 위해 우봉마을 아짐들은 다섯 개로 반을 나눈 뒤 돌아가며 식사당번을 맡는다. 모처럼의 호박죽 잔치는 부녀회장 민민임 아짐이 책임자이고 칠순 넘은 동갑내기 남원떡 윤양례 아짐과 다산떡 소덕순 아짐 등 3반의 몫이다. 하지만 당번과 상관없이 방에 꽉 들어앉은 아짐들 모두 그때그때 손을 보태고 저마다의 요리비법을 내놓으니 와글와글 흥겹기도 하고 수선스럽기도 하다.

"쌀가리 빨아놨어. 너(네) 되여. 방애간에서 오천 원이나 주라등마. 폴(팥)도 두 되요. 호박은 큰 거로 시 댕인가 니 댕인가 썰어넣었어. 인자 새알 맹글어서 넣을 것이여."

찹쌀 네 되, 팥 두 되, 늙은 호박 네 개 등이 호박죽 재료인데 집집이 추렴을 했다. 여기에 나물과 짓국용으로 무 두 개, 배추 두 포기를 아침 일찍 밭에서 뽑아왔다. 양파, 쪽파, 당근, 참기름, 볶은 깨, 마늘, 생강 등 냉장고에 보관 중인 식재료들까지, 우봉 들녘에서 땀 흘려 길러낸 토종아닌 것이 없다.

윤양례 아짐이 썰어둔 호박을 양판에 담아 뒤뜰로 나간다. 솥을 여니 허연 김이 피어오르고 호박 삶는 달달하고

전라도, 촌스러움의 미학

진한 내음이 확 엉겨온다. 호박을 붓고 국자로 뒤적거리니 바닥에는 팥이, 위에는 호박덩어리들이 놀놀하게 익어가는 중이다. 그 사이 방에선 안주도 없는 술판이 열린다.

"한잔썩 묵어감서 해야겄다. 아, 이 양반이 사왔다니께. 넘다 고마워."

마을 아짐 중에 친정이 제일 멀다는 백수떡 김금례 아짐이 술잔을 돌리니 영락없는 동네잔치의 시작이다.

"내 고향은 영광 백수여. 거그서 여까정 왔어. 시집갈 데가 없어갖고 춘양 우봉리까지 왔다니께."

술이 섞여 흥이 부푼다. 그 분위기를 타고 유난히 젊어 보이는 아짐에게 "엄니가 동네서 질로 새각시제라"하며 말을 붙여본다.

"그래? 늦둥이를 낳까 어찌까 험마 시방, 하하하. 새각시는 쩌기 있는디. 예순 살 묵으문 새각시여. 칠십 줄만 앙겄어도 괜찮은디, 칠십셋이여. 손지들이 대학생이네. 아들은 오십이 넘어. 그러니 우리가 안 늙겄소."

"오메, 칠십이 넘었다고요? 한나도 안 늙었는디요. 근디 엄니 성함은요, 택호는요."

"아들 여섯 중에 딸 한나라고 양님(양념)딸 양님딸 흐던 것이 양님이가 되야 불었어. 귀헌 딸이라고 부른 것이."

음식의 맛을 내려고 조금씩 아껴 넣던 양념처럼 귀하게 여기며 이뻐했나 보다. 정동떡 구양림 아짐의 이름 풀이에

입에 착착 감기는 천연 조미료

담긴 친정 어르신들의 애틋한 사랑을 읽는다.

아짐들이 반죽할 채비를 한다. 찹쌀가루를 대야 두 개
에 나눠 붓고 각각 두 명의 아짐들이 팔을 걷고 바짝 다가
앉는다. 양정떡 이납순 아짐이 곱게 빻아 하얀 찹쌀가루를
슬쩍 뒤채며 손을 빼는 순간, 부녀회장 민민임 아짐이 뜨
거운 물을 쫙 끼얹는다. 그 물기에 가루를 버물려 조물거
리다가 또 물을 뿌리고 조물조물 이기기를 반복한다. 이제
막 팔팔 끓던 물을 다루다 손이라도 데면 어쩌나 걱정스러
운데, 아짐들의 손놀림은 재기만 하다.
"뜨건 물로 해야 안 풀어지제, 맹물로 허문 금세 풀어져
불어. 뜨건 물로 해야 손에 엉거붙지도 않고."
"째간썩(조금씩) 쳐서 버물려야 해. 항! 다 이녁(자기) 집
서 헌께 다 잘해…."
뜨건 물 살짝살짝 끼얹어가며 뒤적뒤적 슬쩍슬쩍 뒤섞
어 조물거리다가 손바닥으로 꾹꾹 눌러보다가 슬며시 들
어 올렸다가 탁 내리쳐 궁그려보고…. 찹쌀 반죽 과정도
참 재미지다.
이제 하얗고 말랑말랑한 덩어리를 뚝뚝 끊어 여러 개로
나눈다. 방안에 있던 아짐들이 모두 대야와 쟁반 앞으로
모여든다.
반죽을 똑똑 떼어다가 손바닥 위에 올리고 살살 몇 번

전라도, 촌스러움의 미학

을 궁글리니 꼭 새알만 한 구슬이 앙증맞게 영글어 나온다. 여러 개의 손이 바삐 움직이니 새알이 쑥쑥 불어나 어느 순간 허옇게 쌓인다.

"요로고 두 개썩 해야제, 왜 한나썩 해"하며 김제떡 아짐은 한꺼번에 두 개씩 새알을 비벼낸다.

"워따, 동지죽 묵기 심들다(힘들다). 더와 죽겄네."

"먼 소리여? 그럼 심도 안 들고 묵어?"

"춤(침) 튀간께 말흐지 마랑께. 춤이 벌래벌래 나오네."

"쩌~기 보고 이야기해랑께, 차말로(참말로)!"

징글징글 힘겨운 농사에 비하랴. 가만가만 손하고 입만 놀리면 되는 놀이 같다. 물 흐르듯 착착 알아서 진행되는데, 푸진 말잔치에 와락와락 웃음이 뒤섞이니 작은 마을회관이 웅웅댄다. 아! '마을'잔치란 곧 '말'잔치로구나. 흥성한 아짐들의 말! 말! 말! 그것만으로도 배가 불러온다.

"뒤안에 호박이 넘은가 끊은가 모르겄네. 잉깔라지겄는가(으깨지겠는가)?"

"잉! 폴이 낭글낭글해졌어. 호박은 쪼끔 덜 되고."

솥 점검을 하고 난 아짐들이 반찬을 준비한다. 끓는 물에 데친 배추를 찬물에 한참 불렸다가 손으로 꾹 짜서 물기를 빼 놓았고, 짓국 할 배추와 무를 꺼낸다.

"옛날부터 죽에는 나물하고 짓국이 꼭 있어야 돼. 그래야 빨딱빨딱 잘 넘어가제. 취도(체하지도) 안 흐고, 입만 대

입에 착착 감기는 천연 조미료

문 넘어가제."

호박죽에는 물김치와 배추나물을 차려내 음양의 궁합을
맞췄다는 설명이다.

뒤뜰로 나온 다산떡 소덕순 아짐이 솥뚜껑을 연다. 허연
김은 찬바람에 흩어지지만 노란 호박덩이들이 내뿜는 단
내가 확 풍겨온다.

"넘다 많애. 둘로 나놔야 해."

아짐은 국자로 솥 안을 휘적휘적 젓다가 들어올린다. 흥
얼흥얼 물크러진 호박덩이들과 아직은 자줏빛 탱글탱글한
팥을 떠서 부엌에서 가져온 검정 솥으로 덜어낸다. 그렇게
두 개의 솥으로 나눈 뒤 호박을 으깨는 작업을 한다.

"호박이 덜 물렀드랑께. 능클능클 허꺼신디."

"아직 덜 잉깔라졌그마."

서봉떡 아짐이 건더기를 소쿠리에 받쳐놓고 국자로 문
지른다. 아무렇게나 푹푹 눌러대는 것 같은데, 귀신 같이
호박만 으깰 뿐 팥은 건드리지 않는다.

물컹하던 호박덩어리들이 흐물흐물 몽글몽글 죽이 되
어갈수록 팥 알갱이들은 또록또록 도드라진다. 솥 두 개에
물을 더 부어 끓이는 동안, 아짐들은 호박죽에 설탕을 미
리 넣을 것인지 말 것인지로 격론이다.

"어이, 여그서는 누가 허문 헌대로 놔둬불어. 근디 설탕
은 호박에 안 써, 못 써. 이녁이 쳐서 묵는 것이여."

구양림 아짐이 목청을 높여 결론을 딱 내린다. 오늘 먹는 죽의 이름을 놓고도 동지죽, 새알죽, 팥죽, 호박죽으로 갈렸지만 "호박이 젤로 많이 들어갔슨게 호박죽이제" 하시며 논란의 마침표를 찍는다.

"뜨거 뜨거, 조심해! 얼굴은 저짝으로 돌리고."

드디어 새알을 넣는다. 하얀 알맹이들이 우르르 몰려가 걸쭉한 솥으로 통통통 떨어질 때 포록포록 뜨거운 방울이 튀어 오른다. 조심조심 신경을 썼지만 쟁반에 담긴 새알 몇 개가 기어이 바닥에 떨어져 샘가로 또르르 굴러간다. 이제부터는 지켜 서서 젓는 일만 남았다.

방안엔 막바지 칼질 소리 현란하다. 배추채도 무채도 지나치다 싶을 만큼 칼질이 촘촘하다.

"요건 더 몽글게 썰어야 돼. 뚝뚝해선 안 돼. 노인들 목에 걸리지 마라고."

무심한 듯 보이던 칼질에 담긴 속뜻이 곱기만 하다. 참기름과 통깨 아낌없이 넣어 비빈 배추나물과 시원한 짓국도 완성이다.

굵은 소금을 반 움큼 쥐었다가 솥 안에 고루 흩뿌려 저어 간을 맞추고 죽을 푼다. 아짐들은 일하던 부엌방에, 아재들은 회관 거실에 살갑게 어깨를 부비며 앉는다. 여럿이 손과 맘을 보탠 호박죽이 모락모락 김을 내며 그릇그릇 담기고, 상 하나하나마다 짓국, 배추나물, 묵은김치가 한 묶

입에 착착 감기는 천연 조미료

화순 우봉마을 아짐들이 손과 맘을 보탠 호박죽.
늙은 호박이 제 몸을 죄다 녹여낸 맛은 궁극의 단맛이다.

음으로 올랐다. 정이 뚝뚝 묻어나는 소박한 밥상이다.

"워메, 맛나네."

"마동 양반! 이빠지(이) 읍씅게 마니 잡쇠불어."

맛난 호박죽에 신이 난 아재들의 수다도 솔찬하다. 그 틈에서 호박죽 세 그릇을 딱딱 긁어 비웠다. 늙은 호박이 제 몸을 죄다 녹여낸 단맛은 감미롭고, 찹쌀로 빚은 미끈한 새알심은 잘깃하게 이빨 사이에 엉겼다가 쏙쏙 목을 타고 넘는다. 팥 알갱이들을 입안에서 몇 번 굴리다가 통째로 톡톡 터뜨릴 때마다 혀끝에 걸리는 오묘한 맛이라니!

짓국도 나물도 수저 댈 것 없이 호박죽 목넘김이 좋은가 보다. 이날 밥상의 최고령자인 마동 양반 기태호 아재도 반찬을 그대로 둔 채 세 그릇을 드신다.

오지고 달달하고 흐뭇한 회식이다. 기세 좋은 용암산을 둘러치고, 마을을 감아 도는 맑은 계곡물이 들판을 적시고 지석강으로 흘러드는 우봉마을이다. 사백오십 년 된 당산나무와 입에서 입으로 들노래를 전승해온 유서 깊은 마을답게 찐덥진 인정과 맛난 음식을 아낌없이 나눈다.

"해마동(해마다) 칠월 백중이문 제를 크게 지낸께, 꼭 다시 와야 흐네이~!"

음식은 손맛이요
이야기의 맛

"오메! 어찌까. 별라 맛도 없는디….."
"하이고, 이런 짜잔흔(못난) 음식을 뭐던다고 자랑해."

우리네 엄니들의 첫 반응은 대개 이러하다. "늘 드시던 대로 차려서 수저 하나만 더 얹으시면 된다"라며 졸라대지만 솔찬히(상당히) 질긴 실랑이를 벌여야 한다.

"해도라문(해달라고 하면) 허겄제만, 넘덜한테 자랑할 만한 음식은 아닌디."

전라도 골골샅샅 우리네 엄니들을 보채 애틋한 밥상을 받기까지 얼추 비슷한 과정을 겪는다. 평생 묵묵한 뒷바라지에 익숙해진 터라 당신을 앞세우는 일이 마뜩치 않으

전라도, 촌스러움의 미학

신 게다. 한사코 마다하시는 엄니들의 마음을 돌리기 위해 알음알음, 수소문, 간곡한 부탁, 더러는 막무가내까지, 이 런저런 방법을 동원한다. 농어촌 마을의 소박한 먹을거리 와 엄니들의 이야기를 담은 〈전라도닷컴〉의 '풍년식탁' 코 너는 이렇게 다달이 연재를 이어간다.

흔히들 '음식은 손맛'이라고 한다. 처음엔 그저 '엄니들 의 손끝에서 맛이 나온다'는 정도로만 이해하고 있었다. 엄 니들이 맨손으로 식재료를 매만져 양념과 버무리고 비벼 대는 사이에 배어드는 손맛이려니 생각한 것이다. 하지만 한 분 한 분, 이런 요리 저런 음식들을 만나면서 '손맛'의 진정한 의미를 짐작하게 되었다.

물론 능숙하고 정성스런 손끝에서 음식의 맛이 살아난 다는 게 틀린 말은 아니다. 하지만 그 '손'은 단순히 조리하 는 손에 그치는 것이 아니라, 뭍에서, 강에서, 갯벌과 바다 에서 건져 올린 원재료가 사람의 입에 들어가기까지 거치 는 무수한 손놀림을 모두 합산한 것이었다. 그 모든 과정 을 지켜보노라면 '아! 음식 하나에 저토록 많은 사람의 손 이 필요하다니!' 하는 탄성이 저절로 나오는 게다.

전남 진도에는 154개의 섬들을 품고 있는 조도(鳥島)면 이 있다. 푸른 바다 위에 넘실대는 섬들이 마치 새떼처럼 퍼져 있는 형국이다. 그 조도에서도 맨 끝 서남단에 자리

잡은 '맹골도', '죽도', '곽도', 이 세 개의 섬은 자연산 돌미역 주산지다.

거센 파도가 몰아치는 갯바위에 서서 마을 사람들이 함께 돌미역을 베고, 한데 모으고, 집집이 똑같이 나누고, 나무틀에다 반듯하게 추려서 붙이고, 햇볕과 바람에 널고 말리기를 거듭해 세상에 내놓기까지, 징글징글한 노동의 연속이다. 섬사람들은 손끝이 닳도록 미역을 만지고 만지고 또 만진다. 그렇게 여름 한철 미역 채취를 나선 엄니들은 끼니마다 일꾼들의 기력이 달리지 않도록 맛있고 영양가 있는 밥상도 차려내야 한다.

이틀에 한번 꼴로 연락선이 드나드는 그 섬들을 찾아간 어느 해 여름이었다. 파도와 바람이 온몸을 때리는 고된 일구덕에서 막 나온 엄니들은 '그 바다'의 생미역을 뚝딱 초무침으로 내놓았다. 온몸이 후줄근하게 젖어들도록 녹초가 된 사람들에게 생력을 불어넣는 미역무침을 입에 넣는 순간 눈물이 핑 돌았다.

두말할 나위 없는 맛이었다. 미역은 입안 가득 싱싱한 갯내음을 풍기며 새콤달콤 혀를 자극하다가, 오도독 오도독 잘근잘근 씹히며 고소한 뒷맛으로 희미하게 사라졌다. 진정한 여름 맛이었다. 그러나 입안의 향연이 더욱 가슴에 사무친 건 몸서리나는 물일의 현장에서 사력을 다하던 엄니들을 지켜보았던 탓이다. 헤아릴 수도 없을 만큼 반복되던 엄니들의 그 손놀림을.

그 섬들의 미역 맛은 수수만 번 엄니들의 손맛이었던 게다. 스무 가닥 한 뭇에 수 십 만원을 호가한다는 값도 결코 비싸게 느껴지지 않았다. 맑고 푸른 원시의 바다와 엄니들이 쏟은 몸공 맘공의 품삯이 차라리 그만한 게 다행이지 싶었다.

음식 맛에는 '이야기 맛'도 크게 한몫을 한다. 특별한 음식 맛은 틀림없이 그에 걸맞은 이야기를 품고 있다. 굽이굽이 서러운 세월을 헤쳐온 엄니들의 애환이 옴싹 담긴 짠한 음식이 있고, 어떡하면 자식새끼들 배를 곯리지 않을까 하는 궁리 끝에 나온 지혜로운 음식이 있다. 너나없이 찢어지게 가난했던 시절을 당신의 피와 땀으로 슬기롭게 넘겨온 엄니들의 사연 속에 오묘하고 웅숭깊은 한국의 맛이 배어 있었던 게다.

아홉 남매를 홀로 키워낸 화순의 한 엄니는 홍어애국을 끓여주셨다. 암모니아 가스탄을 터트린 듯 독한 고린내를 풍기던 홍어애국은 눈코, 입과 귀를 뻥 뚫어내면서 오감을 저릿하게 흔들어댔다. 험한 세상에서 어린 자식들을 억척스레 건사한 엄니의 애간장이 닳고 닳아, 삭고 삭아 저런 맛을 낼까. 엄니의 홍어애국은 홀어미의 신산한 고생담처럼 오만 가지 냄새가 났지만, 사방이 꽉 막힌 운명을 당신 스스로 씩씩하게 뚫어댔듯 끝내 시원한 쾌감을 남겼다. 잊을 수 없는 감동의 맛이었다.

'손맛'과 '이야기 맛'이 한데 어우러진 추억의 맛을 임실 덕치면 진뫼마을에서도 만났다. 김용숙 아짐은 어머니로 부터 전수받은 다슬기회무침의 맛을 보여주었다. 섬진강 상류의 맑은 물에서 나는 다슬기는 진뫼마을의 특산품이다. 먹을 것이 없던 시절을 살던 사람들에게 섬진강은 부족한 영양분을 벌충해주는 보물창고나 다름없었다. 엄니들은 농사일 틈틈이 강으로 나가 새끼들의 주린 뱃속에 넣어줄 다슬기를 잡았다.

다슬기 요리 가운데 회무침은 몹시 까다롭고 손이 많이 가는 음식이었다. 씨알이 웬만큼 굵은 것들은 국을 끓이거나 찜을 찐 뒤 날카로운 탱자 가시 따위로 파먹을 수 있었다. 그러나 너무 자잘해서 버리기 십상이던 짜시래기(쓸 만한 걸 골라낸 나머지)들은 회무침을 만들어 먹었다. 다슬기를 삶아 꺼낸 뒤 확독에 넣고 껍질째 마구 갈고 여러 번 체로 쳐서 알갱이만 알뜰살뜰 걸러내 회무침을 하기까지 쏟은 정성이 오죽했으랴. 오로지 자식들의 입속에 하나라도 더 넣어줄 요량으로, 갓난아이 새끼손톱만 한 알갱이를 기어이 모았던 게다.

돌아보니 우리네 음식은 엄니들의 사랑 덩어리다. 토장국 한 그릇, 김치 한 보시기에도 고단한 인생과 자식들에 대한 옹골찬 희망이 담겨 있다. 엄니들은 당신의 몸뚱아리와 당신의 수고로 자식들의 허기를 메울 수 있는 일이라면 뭐든 마다하지 않았다. 그리하여 가난이 빚어낸 눈물겨운 사랑의 먹을거리들은 자식들의 영혼을 튼실히 살찌우고 오래오래 지울 수 없는 고향의 맛과 기억으로 남았다.

음식은 손맛이요 이야기의 맛

3. 전라도의 맘

짠해서 어쩔 줄 모르는
측은지심의 화수분

하얀 사기그릇에 새벽을 담아,
마음을 담아

"오메! 엄니도 물 떠놓으셨어요? 울 엄니도 새복마다 물 떠 놓고 빌었는디…."

전라도 어디에서든 정화수 한 그릇 놓고 '비손'했다는 할매를 만나면 고향집 어머니 얼굴이 퍼뜩 떠오른다. 그리고 파르스름한 새벽 하늘이 어른거리던 장독대의 물그릇과 솥단지와 벽 사이의 부뚜막 위 우묵 튀어나온 자리에 놓였던 조왕중발도 머릿속에 가물거린다. 두 손을 다소곳이 합장하고 연신 몸을 숙이며 입으로는 끊임없이 '뭐라 뭐라' 외시던 어머니. 그 알 듯 모를 듯 신비로운 장면에 선뜻 다가서지 못하고 멈칫대던 유년의 기억이 되살아난다.

이제 팔순을 훌쩍 넘기신 어머니는 초저녁에 주무시고 새벽부터 거동을 하시지만, 어릴 적 기억을 더듬어보면 당신은 늘 깨어 있었다. 스무 살이 되어 집을 떠나 객지살이를 할 때까지 한 집에 살면서도 어머니의 주무시는 모습을 단 한 번도 보지 못했다.

어쩌다 소피가 마려워 잠에서 깬 뒤 마당을 가로질러 변소를 향하던 이른 새벽이면 어머니는 부엌이나 장독대, 샘가에서 바지런히 아침 끼니를 준비하고 있었다. 부엌문을 열어 몇 걸음이면 담 밑으로 장독대가 있고 마을에서 가장 깊은 우물이 자리하고 있던 우리 집은 아버지, 어머니가 일꾼을 부리며 손수 지은 와옥이었다.

잠에서 덜 깬 눈을 비비며 도로 이불 속으로 들어가기 일쑤였지만 이따금 어머니에게 응석을 부리며 부엌이나 장독대를 뽀짝거리기도(가까이 다가가기도) 했는데, 그때마다 눈에 띄는 물그릇이 있었다. 어머니는 올망졸망 들쭉날쭉 항아리들 가운데 가장 키가 큰 장독 위에 샘에서 길어낸 깨끗한 물을 사기그릇에 담아 올려놓으셨다. 부엌의 부뚜막에도 비슷한 크기의 물그릇이 놓여 있었는데 행여 다칠세라 애지중지 여기시는 터라 굳이 당부를 하지 않아도 나도 누이들도 무심코 손 한번을 대지 않았다.

그러나 어머니께서 물그릇을 앞에 두고 조아리는 모습을 본 건 손가락을 몇 번 꼽지 않아도 될 만큼 드문 일이었

하얀 사기그릇에 새벽을 담아, 마음을 담아

다. 일찍이 아버지를 여의고 가세가 기운 뒤 어머니는 손수레를 끌고 나가 배추장사를 하시기도 했는데, 그 시절에도 정갈한 비손의 물그릇은 날마다 부엌과 장독 위 제자리를 지키고 있었다.

"되두룩 새복 일찍 시암물을 질어서 올렸제. 장꾸방(장독대)에서 젤로 큰 독 위에 놓고, 조왕중발 놓을 자리는 집 지슬(지을) 때 부뚜막에 흙을 이겨갖고 맹글고. 항! 우리 새끼들 건강해라고 빌었제. 어쩌든지 몸 안 다치고 넘헌테도 모진 짓 흐지 말고 잘 살라고 빌었제. 난중에 집을 뿌수고 나올 때 그걸 암데나 놓으문 못쓴다 해서 시암에다 묻고 나왔제."

구례 용방면 산골마을 감천리가 친정인 어머니에게 순천은 사방을 둘러보아 일가붙이 한 명 없는 외로운 객지였다. 게다가 서른여섯에 청상이 되었으니 철없는 어린 자식 여섯의 잠든 얼굴을 쓰다듬으며 새벽마다 얼마나 속울음을 삼키셨을까. 장독대와 부엌의 가신들에게 정화수를 바치며 막막하기만 하던 당신의 하루하루를 치성으로 시작하셨던 게다.

가뭄이 들 적이면 동네 아낙들이 줄줄이 양동이를 들고 와 물을 길어가던 우물은 어머니의 자랑이었다. 한여름이면 김치나 나물을 담은 그릇을 비닐봉지로 둘둘 감아 긴

정갈한 비손이 거기 담겼다. 부뚜막 위 조왕중발. 곡성 가목마을.

줄에 매달아 넣어두기도 했고 수박을 동동 띄웠다가 꺼내
먹었다. 온종일 동무들과 뛰어놀다가 흙먼지를 뒤집어쓴
채 땀을 뻘뻘 흘리며 들어서는 나를 엎드리게 해놓고 등목
을 해주실 때, 온몸에 소름이 돋도록 선뜻하던 샘물의 맑
은 한기와 찌르르한 희열을 어찌 잊으랴.

봉숭아, 채송화 울긋불긋 피어올라 장독대까지 조르라
니 어여쁘게 이어지던 우물을 메울 때 어머니는 또 얼마나
피눈물을 흘리셨을까. 아버지가 남긴 유일한 재산인 집 한
채가 송사에 휘말려 남의 손에 넘어갈 때 어머니의 의지가
지였던 신들의 거처마저 사라졌음을 나는 이제야 알았다.
가슴이 갈기갈기 찢기는 고통을 꾹꾹 참아내며 조왕중발
을 묻었을 가여운 내 어머니에게 조그만 집 한 채도 아직
안겨드리지 못한 가난은 참담한 불효이리라.

어머니는 뜻하지 않게 집을 잃고 굽이굽이 서러운 남의
집살이를 하는 세월 동안에도 비손을 멈추지 않으셨다. 성
묘를 하거나 명절에 차례나 제사를 올릴 때도 두 손을 모
아 똑같은 주문을 외우셨다. 날마다 조왕신과 철륭신을 모
실 수는 없었지만 차례든 제사든 언제나 성주상을 먼저 차
리고 제물을 정성껏 바치셨다.

우리는 정화수를 떠놓고 비손을 하는 의식을 오래된 민
간신앙이라고 애써 두남두기도 하지만, 고대광실마냥 넓
고 우뚝한 성소에서 저마다 잘 차려입고 모여 앉은 사람들

은 미개한 미신이라 폄훼하기 일쑤다.

그러나 정화수 한 그릇을 고이 모시고 단정하게 합장하던 비손은 우리네 어머니들의 삶을 견결하게 지탱해준 지고지순한 수양법이 아니었을까. 신새벽의 맑은 기운으로 몸과 맘을 정히 씻어 가다듬은 그 마음자리에는 티끌만 한 삿된 생각도, 턱없는 욕심도, 사치도 낭비도 끼어들지 못했으리라.

선비들이 글을 읽고, 목사와 신부들이 기도를 올리고, 스님이 염불을 외며 수행을 하고 저마다의 신을 경배하는 이치와 하등 다를 바 없는 신성하고 경건한 행위가 아닐 수 없다. 스스로에게 직접 돌아올 그 어떤 바람도 품지 않고 애오라지 자식들을 위해 당신들의 몸가짐과 말을 삼가는 수신(修身)의 의식을 날마다 치러내는 신앙이라니, 집집이 정겹기도 하고 무섭기도 한 신들을 모시고 한 생을 걸쳐 삼가고 또 삼가며 살아온 어머니들의 영혼은 진정 고결하여라!

새벽마다 그 작고 소박한 물그릇 위에 강림하던 어머니들의 의지가지 집신들은 지금 모두 어디로 거처를 옮겼을까. 장독대도 아궁이도 자꾸만 사라지는데….

하얀 사기그릇에 새벽을 담아, 마음을 담아

남씨 자매 기자의
전문 분야

남인희와 남신희는 친자매다. 십육 년 동안 전라도 골골이 섬섬이 발자국을 꾹꾹 찍으며 순정한 할매들, 할배들의 말씀을 받아 적어온 〈전라도닷컴〉의 기자들이다. 물때를 꼽아보고 날씨를 살피고 오일장 날짜를 헤아려 행장을 꾸려온 세월 동안 둘의 공책과 사진기에는 전라도의 말씀과 얼굴, 풍경들이 빼곡하다. 실로 방대한 역사를 두 사람은 보고 듣고 적고 찍는다.

지금이야 스마트폰이라는 '귀물'이 생겨 슬며시 곁에 두고 어르신들의 말씀을 담기도 하지만, 불과 몇 년 전까지만 해도 싱싱한 날것처럼 훼손되지 않은 전라도 입말을 동지선달 꽃 본 듯이 좋아하는 두 사람은 녹음기 없이도 정확하게 받아 적어 왔다. 참 탁월한 재주요 집요한 기록의 정신이다. 학교 문턱을 들락거렸거나 타관살이를 했던 남자 어르신들은 아무래도 오롯한 고향말을 구사하지 못하다 보니 둘의 맘과 몸이 할매들에게 뽀짝 땡기는 것은 자연스런 이치였다.

논밭에서 갯벌에서 호미질 조새질에 여념이 없는 할매들이 두 사람에게 실꾸리 풀어내듯 속내 이야기를 좔좔 털어놓는 데는 그만한 이유가 있다. 둘은 노상 할매들의 기색을 살피는 도우미요 기쁨조다. 늘 할매들의 일감을 덜어주려는 어여쁜 맘을 취재수첩보다 먼저 챙기는 사람들이다. 남씨 자매와 함께 있을 땐 난데없이 부과되는 노동을 각오해야 한다.

섬 마을 길바닥이 온통 새카맣게 톳으로 뒤덮인 어느 여름 날, 진도 가사도에서다. 두 사람은 톳 채취가 한창인 섬마을을, 나는 '톳밥'과 '톳나물'로 차린 제철 밥상을 찾아 모처럼 동행취재를 나섰다.

"언능 여그 잔 오씨요!"

저만치 앞서 간 두 사람이 이구동성으로 다급하게 불러댄다. 뱀이라도 밟았나 싶어 놀라 달려가 보니 한창 톳을 널어 말리고 계신 할매 한 분을 붙잡고 쭈그려 앉아 있다.

"여기 톳 좀 뒤집게요. 세상에! 이 너룬 디를 입때껏 엄

남씨 자매 기자의 전문 분야

니 혼자서 하셨나 봐요. 인자 좀 쉬시라고요."

햇볕을 고루고루 쬘 수 있도록 해초를 제때 뒤집어줘야 하는데, 워낙 면적이 넓어 할매는 그늘 쉼 한번 못하신 게다. 이토록 지엄한 분부를 뉘라서 거역할 수 있을 터인가. 두 사람 역시 수첩도 카메라도 내려놓고 팔을 걷어붙였다. 우리는 다음 날까지도 섬마을 곳곳에서 할매들의 건조작업을 거드느라 땡볕에 땀을 뻘뻘 흘렸다.

"톳밥 해도라고? 이장 어매가 질(제일) 잘해. 부탁흐문 해주꺼시여. 낼 새복엔 일찍 우리집으로 와. 톳너물에 밥 묵게."

할매들은 틈틈이 두 사람에게 저마다의 개인사를 진솔하게 털어놓으셨다. 새벽에 나가 오밤중에 들어오느라 부엌일 할 새가 없는데도 기어이 짬을 내셨다. 꼭두새벽에 지친 몸을 일으켜 생면부지 사내에게 성가시기 그지없는 밥상을 차려주신 것도 오로지 두 사람의 고운 마음에 대한 할매의 화답이었다.

두 사람은 시골장을 취재하고 오는 날엔 곡식과 푸성귀, 해초와 조개, 과일과 양념, 심지어 비린내 나는 생선까지 봉지봉지 들고 돌아온다. 온종일 잔돈푼을 헤아리며 쭈그려 앉아 있는 할매들의 난전을 도저히 그냥 지나칠 수 없는 사람들이다. 할매들의 일터에선 품삯도 새참도 탐하지 않는 자발적인 놉이요, 시골장터에선 큰손들이다.

전라도 할매들의 삶을 경외하며, 말씀을 다그치기보다 하염없이 기다릴 줄 아는 기자들이다. 할매들의 서러운 사연에 눈물을 뚝뚝 흘리고, 사소한 기쁨에도 크게 행복해하는 사람들이다. 두 사람과 한솥밥을 먹으며 목격한 일화들은 장마 뒤끝의 호박처럼 주렁주렁하다.

"엄니, 넘다 추와서 안 돼요. 참말로 안 된당께요."

매서운 눈보라가 채찍처럼 살갗을 후려치는 겨울날, 무안 월두마을에서 갯일에 나서는 할매 한 분을 만났을 때다. 어찌나 춥던지 이가 덜덜 떨리고 온몸이 저절로 오그라드는데 할매는 자연산 굴을 채취한다며 고샅을 나서다 두 사람을 맞닥뜨렸다. 둘은 필사적으로 할매의 앞길을 가로막았고 할매는 "암시랑토 않다. 쫌만 흐다 올랑께" 하며 한참 실랑이를 벌였다. 그렁그렁 눈물이 맺힌 채 할매의 옷자락을 부여잡고 졸졸 따라가던 모습은 영락없이 어미를 걱정하는 속정 깊은 딸자식들이었다.

화순 능주에서 열린 박정녀 할매의 씻김굿에서는 관람객들이 두 사람을 아예 할매의 손녀들로 착각했다. 긴긴 굿이 진행되는 내내 이런저런 수발을 들던 둘은 뒤처리까지 도맡았다. 남은 제물을 나눠주고 제기들을 챙기고 굿판을 쓸고 닦는 둘은 할매와 한 식구였다. 담양 창평에서 열렸던 진도씻김굿 공연이 끝나고서도 동네 할매들과 함께 새벽까지 기름진 그릇을 닦느라 땀을 뻘뻘 흘렸다.

남씨 자매 기자의 전문 분야

전북 임실 진뫼마을에서 김도수 시인의 출판기념회를 할 때도 그랬다. 두 사람은 외지 손님들에게 밀려 동네 할매들이 밥때를 놓칠까봐 애를 태웠다. 돼지고기며 생선회며 과일이며 음식들을 고루고루 챙겨서 마을회관 앞 정자에 앉아계신 할매들에게 가져다 드린 뒤, 참석자들 가운데 맨 나중에서야 수저를 들었다. 수백 개의 접시와 그릇, 수저의 설거지도 자청했다. 정말 어디에서도 손님행세라고는 할 줄 모르는 사람들이다.

> 나 놈(남)한테 요만큼도 걸리게 안 살아. 놈을 좀 도울라고 해야 사람 축에 가는 거이제 놈을 벳껴묵을라 글문 그거는 사람 아닌 거여. 요새말로 뭐 봉사활동 뭔 활동 돌아댕기는 거 해쌌드만. 놈을 돕는다문 크게 소리냄서 허는 거이 아녀. 그저 내 심 닿는 디까지 조용조용 허니 도우문 되야. 나 요렇게 짝게 벌어도 뭐 생기문 놈 줄 생각이 앞에 나. 그 사람을 암만 조깨 주문 얼매나 좋아한 꼴 볼 것이고 내 맘도 후북하겄다 그 생각이 모냐 나. 호랑(주머니) 꽉 닫고 있으문 그 사람도 안 웃고 나도 웃을 일 없어.
> — 남인희의 '김옥순 할매의 밭 가는 말씀' 중

장에 갔다 오다가 (딸을) 길에서 났어. 그래서 길님이여. 그날 눈이 너벙너벙 와서 발이 쏙쏙 빠지게 쌓였는디 시어마니가 장에 가라 그래. 장까지 십리 길인디 갈 때는 암시랑 안하게 갔어. 우리 성님이 광목 사다도라고 해서 그 심바람까지 맡아갖고 갔제. 근디 급재기 애기가 나올라 그래. 엉접절에 질갓집으로 갔는디 쥔네도 없더라고. 마당갓에서 혼차 애기를 났제. 나놓고 있응께 추와서 못쓰겄어. 우선 광목 야달(여덟) 자 바꾼 놈으로 애기를 둘둘 싸서 한쪽에 놔두고 마당을 치왔제. 놈의 마당에 피가 묻어서 쓰겄능가. 애기를 보듬고 눈을 맞음서 집으로 오는디 고무신으로 피가 흘러서 미끄덩미끄덩 못 걸어. 집마당에 마악 들어서는디 시어마니가 '아야, 너는 꼭 애기 보듬고 온 거 같다' 그라더만.

— 남신희의 '정정옥 할매의 길에서 딸을 낳은 사연' 중

두 사람이 낱낱이 기록하는 전라도 할매들의 말씀엔 금쪽보다 귀한 말씀들이 다뿍 들어 있다. 온몸으로 살아내며 체득한 인간의 도리와 세상의 순리가 빛을 발한다. 그러나 할매들의 말씀을 적어내는 건 녹취를 풀어내는 단순한 작업이 아니다.

전라도의 입말도 고장에 따라 천차만별이어서 오랫동안 듣고 또 들으며 구별해낼 줄 알아야만 올바른 기록을 할 수 있게 된다. 남도와 북도, 동쪽과 남쪽이 다르고 산골과 갯마을의 확연한 차이를 섬세하게 가릴 줄 알아야 한다. 누구의 말이든 경청하는 자세 없이는 들리지 않는 법인데,

남씨 자매 기자의 전문 분야

경청이란 말하는 이에 대한 존중 없이는 좀처럼 익숙해지지 않는 태도다.

두 사람이 할매들의 생애에 바치는 존중과 감사는 입에 발린 인사치레가 아니다. 둘은 해진 빗자루, 닳고 닳은 빨랫방망이 하나, 뭉툭해진 호미, 빛바랜 대문, 찌그러진 양푼, 깨진 대야, 작은 호박덩어리, 터진 홍시, 미역 한 가닥일지라도 허투루 흘려보내거나 심상하게 뭉퉁그려 글을 쓰지 않는다. 하잘것없어 보이는 물건들에 깃든 정한이 누구의 것인지 할매들의 이름을 밝힌다. 평생 누군가의 어미로 아내로 할매로, 혹은 댁호로만 불리는 바람에 스스로도 가물가물하고 아리송한 이름자를 비석에 새기듯 정확히 적는다.

지난 2009년 겨울날 서울 대학로에서 열린 '전라도닷컴 독자의 밤' 이후 두 사람은 '할머니 전문기자'가 되었다. 행사에 참석했던 언론인 정운현 선생이 붙여준 별명인데, 이것은 전국을 통틀어 전무후무한 전문직종이지 싶다.

남인희, 남신희 자매는 전라도가 낳은 독보적인 할머니 전문기자다. 자식과 지아비를 내세우며 한사코 스스로를 낮추는 할매들처럼 두 사람은 필명을 날리거나 낯을 세우는 데는 도통 염사가 없다. 궂은일 마다 않는 할매들을 한없이 가여워하고 존경하는 마음으로 묵묵히 발품을 팔고 끈질기게 기록할 뿐이다.

백운산 자락에 선
옥룡사 부처님

광양 백운산 자락의 옥룡사지 가는 길, 족히 천 년을 묵었다는 동백 숲은 따갑게 내리쬐는 햇볕을 가리기에 넉넉했다. 가을 하늘은 파란 절편처럼 동백나무 이파리들 사이사이에 촘촘히 박혀 있고, 그 틈을 비집고 떨어지는 빛줄기들은 조붓한 길을 따라 흐르는 실바람에 흔들거렸다.

　비어 있음을 알면서도 걷고 또 걸어 기어이 빈터에 닿는다. 신라말 도선국사가 삼십오 년 간 주석했다는 절집을 머릿속에 그려 확연히 드러난 땅바닥 위로 띄워본다. 사람이 이뤘다는 그 무엇도 남아 있지 않음을 확인하는 허망함! 선각도 대덕도 말과 뜻을 남겼을 뿐이요, 기실 그 말과 뜻도 찰나에 맺혔다 사라지는 포말처럼 가뭇없음을 깨단는다. 허허로운 옛터는 무상한 세월, 생과 몰의 엄연한 이치를 일러주는 텅 빈 도량이었다.

　그렇게 고요한 절터를 하염없이 서성이다가 내려오는 길에서다. 올라갈 때는 보이지 않았던 할머니 한 분이 길가의 밤나무 밭을 이리저리 밟고 다닌다. 허허롭게 인적 없는 빈터를 더듬다가 뜻밖에 마주친 할머니의 얼굴은 깊은 산중 고찰에서 만난 부처님인 양 반갑다.
　"할머니, 밤 주우러 나오셨어요? 오메! 대추랑 밤이 많이 떨어져 있네요, 이~."
　"말을 하고 주서가문 기냥 주제. 근디 대고 드롸서 몰래 헤비고 가믄(가면) 미운 맘이 일어나."
　흥중의 노여움을 에둘러대지 못하고, 그렇다고 험한 말을 함부로 던지지도 못하는 순박한 시골 할머니시다. 할머니의 밤나무 밭은 도대체 얼마나 많은 외지인들의 손을 탔을까. 할머니는 승용차 바퀴 소리가 들리자, 급한 맘에 밤을 주워 담을 양재기 하나 챙기지 못하고 부랴부랴 밭으로 달려오신 모양이다. 그러고는 윗저고리를 밑으로 길게 들춰 펴서 한 손 가득 모아둔 밤을 넣은 뒤 허리를 구부렸다 폈다 하시면서 밤 줍기를 계속하신 것이다. 토실토실 알밤을 줍는 쏠쏠한 가을의 맛을 시도 때도 없는 파수의 고역으로 바꿔버린 서리꾼들이 덩달아 미워졌다.

"제가 좀 주워드릴까요? 아 참! 저 밤서리 하러 온 사람 아니예요."

할머니 혼자 너른 밭 사방에 널려진 알밤을 줍기에는 남은 해가 너무 짧아 보였다. 설렁설렁 둘러친 울타리를 훌쩍 넘어 밤나무 숲으로 성큼성큼 들어선다. 여기저기 밤송이가 널려 있고 밤톨이 어지럽게 흩어지고 굴러다닌다. 줍고 또 줍고, 걸음걸음 밤이요 또 밤이다. 한참 밤을 주우며 수확의 기쁨을 만끽한 뒤, 탐스런 알밤들을 할머니 발밑에 수북이 쌓아놓았다.

"기냥 갖고 가. 밤 주스니라 고생했는디. 넘다 많애서 나는 다 갖고 가도 못 해."

나는 재미 삼아 몸을 놀렸건만 한사코 애썼다며 터무니없이 삯을 챙겨주려는 할머니의 마음자리가 참 곱다.

"할머니! 그럼 막걸리라도 사 드세요."

호주머니를 뒤져 지폐 한 장을 건네려니 술 못하신다며 손사래를 치며 멀찌감치 달아나신다. 몇 번의 실랑이 끝에 겨우 손에 쥐어드리니, 당신이 주워 모은 밤까지 죄다 부어주신다.

"나가 이랄라고 헌 것이 아닌디⋯."

나로서도 난데없이 이렇게 많은 생밤을 사려던 건 아니었는데⋯. 할머니가 드시려고 이 많은 밤을 모은 건 아닐 터인데, 어림으로 봐도 너무 헐값에 넘기시는 건 아닌가

백운산 자락에 선 옥룡사 부처님

허허로운 옛터는 무상한 세월, 생과 몰의 엄연한 이치를 일러주는 텅 빈 도량이다
광양 백운산 옥룡사지

하는 생각도 들었다. 어쨌거나 특산품으로 유명한 광양 밤
도 가득 얻고 인정도 담뿍 맛보는 더할 나위 없는 가을날
이다.

옥룡사지를 빠져나와 근처의 도선국사 마을에 들어섰
다. 마을 초입에 할머니 몇 분이 나와 좌판을 열었다. 옥룡
사지를 찾아오는 외지 사람들은 꼭 들렀다가 가는 이름난
마을답게 제법 장의 분위기가 느껴지고 거래도 꽤 진진하
다. 잘 말린 고사리와 토란대, 올망졸망 호박, 닭똥 묻은 달
걀에 감과 밤, 팥, 그리고 잰피(초피)까지 그릇그릇 담겨 조
르라니 펼쳐졌다. 자그마한 시골 장터 한쪽을 뚝 떠다가
그대로 옮겨놓은 듯 정겨운 풍경이다.

무공해니 유기농이니 따질 것도 없이 할매들 심성만큼
착한 먹을거리가 싸고 푸지다. 게다가 맑은 샘물은 욕심껏
채워가도 거저다. 할머니들은 긴긴 여름날 잡초를 매느라
땡볕에서 땀을 쏟고, 비탈진 산속을 기어다니며 나물을 채
취하던 몸공을 셈해 가격을 올려붙일 줄 모른다. 그저 가
을 한철의 풍성함을 무람없이 나눠주려는 인심으로 장사
를 한다. 그 마음 그 얼굴에서 잠시 옥룡사에서 내려온 부
처님을 만난다.

전라도, 촌스러움의 미학

다물도가 품은
보물

목포항 여객선터미널을 출발해 서쪽으로 두 시간 남짓, 망망하던 푸른 바다 위 새까만 점들이 어느새 우뚝우뚝 섬들로 다가선다. 마침내 흑산군도 첫 관문 다물도(多物島)다. 물빛이 말갛다. 깨끗한 초록바다다.

쾌속선에서 작은 종선으로 갈아타고 섬 안으로 들자 좌우로 가두리 양식장이 늘어진다. 커다란 항아리마냥 둥그러니 에두르는 방파제 길 쪽으로 수십 척의 배들이 이물을 비비대며 밀물에 흔들거린다. 집들의 배치는 옴팍 패인 포구를 향한 도열이다. 동향이니 남향이니 가리는 게 무의미하다. 죄다 바다향(向)이다. 골목길조차 바다를 향해 직각으로 뻗는다.

"어서 왔소? 막걸리 한잔 하쇼. 복분자 섞어서 맛나."

마을 한복판, 바다가 볼록 배를 내민 곳에 놓인 정자에서 아짐들 대여섯이 둘러앉아 두런두런 막걸리를 마시다가 불쑥 잔을 내민다. 그 옆에서 아재들 둘이 화투를 치고 몇몇은 물끄러미 지켜보며 한담중이다. 언덕배기 교회당에서 땡땡 종소리 들려온다. 일요일엔 아예 고깃배도 띄우지 않는가 보다 했는데.

"요즘은 사리(만조와 간조의 차이가 가장 클 때)라 작업을 안해. 조금에 하제. 흑산도에서도 우리 마을이 유일하게 연승어업을 계속해. 낚시에다 미깝(미끼) 끼어서 고기를 잡제."

빙빙 회전의자를 돌리고 앉은 아재가 다물도 이장 안석진 씨다.

"팔십사 호에 실제 사는 사람은 백팔십육 명인디 주민등록상은 삼백육십 명이 나와. 여그에 놔두고 도시에 있제. 학교는 흑산초등학교 북분교, 학생이 두 명뿐이여. 방학은 26일 날이고, 선생님은 목포 분 한 분 계시제."

이장님은 마치 기다리기나 한 듯 거침없이 브리핑이다.

"여가 천혜 요새 항구요. 태풍에도 피해가 없슨께 배가 몰리제라. 동네 분들이 거의 배 한 척씩은 갖고 있제. 육십 호 정도는 세 척씩 가지고 있다고 봐야제. 연승어업을 하면 주낙을 거둬야 되는데, 조금(조차가 작을 때)에는 바빠. 아주머니들이 낚시에 미깝을 꿰요. 계절마다 달라. 멸치 나올 땐 멸치, 깡다리 나올 땐 깡다리 쓰고. 그래가꼬 주로 잡는 것이 장어, 우럭, 간재미, 불볼락, 전대미 그라고 상어. 쩌기 홍어배에 가보쇼. 우리 마을 배는 아니고. 저것이 홍어 잡는 주낙이여. 옛날엔 미깜 낑는디 요샌 안 껴."

허리를 잔뜩 수그린 할매들이 손수레를 거꾸로 밀며 몰려간 배는 18톤급 홍어잡이배 대광호다. 뱃사람 둘이 할매 한 사람당 열 개씩 동그마한 대야를 나눠준다.

"주낙고리여. 이거 좋게 개래(간추려서) 오문(오면) 고리 한 개에 삼천 원씩 쳐줘. 한 이틀 걸리제."

낚싯바늘과 낚싯줄이 엉키고 주먹만 한 돌멩이와 플라스틱 공들이 뒤섞여 얼핏 봐도 여간 성가신 일감이 아니다. 하지만 수북하던 대야는 할매들 손수레 줄을 한참 남기고 금세 바닥이 난다. 할매들은 섬 둘레를 더트며 미역, 다시마, 소라, 홍합, 고둥, 거북손, 배말, 돌게, 가사리, 톳 등속을 캘 수도 있다. 하지만 이런 건 일로 치지 않는다.

"눈이 빠질라 흐고(하고) 손꾸락이 꼬부라지고, 폴(팔)다리, 어깨 쑤시고 허리 결리는 골병이제!"

한 고리에 삼천 원씩 돈이 딱딱 떨어지는 일을 받아들고 '진짜 일을 하겠구나' 하는 안도의 한숨을 몰아쉬며 당신 몫의 고생거리를 챙겨가는 꾸부정한 등 뒤로 바닷바람만 푸지게 불어댄다.

수수만 년 동안 자연이 깎고 빚은 아름다움. 신안 다물도 촛대바위.

학교 뒷동산 잔등으로 오르는 아리랑 고갯길은 인적이 묘연하다. 허연 조개껍데기가 볼가질 정도로 나달거리는 시멘트 포장길은 이내 끊기고, 사방에 칡, 찔레, 청미래, 고사리, 들국, 엉겅퀴다. 덩굴 혹은 무더기를 이룬 풀들이 울창한 소나무 숲과 어울려 원시의 감흥을 선사한다.

마침내 산등성이에 올라 북쪽으로 심섬, 대섬, 갓대섬, 촛대바위, 고래바위 등 조각처럼 깎아지른 절경을 마주한다. 그 너머로 확 트인 망망대해다. 굽어보니 다물도는 영락없이 장고 모양의 자그마한 마을이다. 동서로 오목하게 만이 패여 섬 중간이 잘록한 형국이다. 대둔도가 길게 드러누워 동남쪽을 막아서니 얼핏 호수처럼 보인다. 섬들마다 인공 방파제를 쌓기 전까지는 거센 바람과 풍랑을 막아줄 흑산도 유일의 천연 피항지였다. 어머니 품속처럼 안온한 항으로 수백 척의 고깃배들이 몰려와 욱적거렸다는 호시절이 아른거린다.

"흑산도 홍어는 원래 다물도 홍어요. 우리 동네 배들이 홍어를 제일 많이 잡았제라."

비록 어장은 관두고 주낙고리 간추리는 일을 부업삼지만, 다물도가 '흑산홍어'의 원조라는 이야기를 사람들은 쉬이 놓지는 않을 성싶다.

다물도의 정경은 마치 동전의 양면처럼 극적 대비를 보인다. 포구를 빙 둘러 주낙과 그물이 즐비하고, 선착장 주변엔 양식장 미끼를 보관하는 냉동창고들, 그리고 다시마와 미역을 말리는 고샅의 돌담들이 늘어섰다. 하지만 비릿한 땀내마냥 갯내음 물씬 풍기는 이 생업의 현장을 살짝 뒤집으면 기막힌 절경이 사람을 압도한다. 호젓한 해변에 몽돌을 굴리는 초록 물결, 발갛게 바다로 떨어지는 장엄한 해넘이, 기기묘묘한 바위와 동굴, 그리고 온갖 해조류와 조개류가 층층이 빼곡하게 섬 둘레를 친친 감고 있는 게다.

홍어배가 퍼질러놓고 간 주낙고리에 할매들은 옴쭉달싹을 하지 못한다. 두 사람이 서로를 동무 삼거나 삼삼오오 무리 지어, 더러는 외떨어져 바지런히 손을 노댄다. 따가운 햇살을 정자 끝 처마로 간신히 가린 이길신 할매도 바쁘다. 엉킨 낚싯줄을 풀어 고르고 낚싯바늘을 물렁한 대야 가장자리에 가지런히 꽂고, 돌멩이와 뜰망을 짝지어놓는 작업이다.

"이거 개래서 병원에 갈라고, 아픈께. 낚시가락이 천 가락이여. 이거 아니문 돈 벌어묵을 것이 없는게. 영감은 벌써 죽어불고, 자식들도 다 즈그 자식들 갈치고 할란디 부모까장 어찌게 날마다 돈을 줘. 일 년에 한두 번이제. 어깨, 다리, 허리가 아파. 이라고 앉겄응께. 많이 흐문 하루 다섯 고리여. 이런 거 해가꼬 혈압약도 사 묵고 주사도 맞고. 목포 나가서 영양제 맞고 조사도 허제. 한 본(번)씩 나가문 30만 원씩 들어가. 젊었을 적엔 미역도 해서 묵고 밭 해서 보

바람과 햇볕과의 동업이다.
몽돌밭에다 다지만 말리는 다물도 할매.

리도 비서(베어서) 묵고…. 인자 늙어서 미역도 농사도 못 허고 짐치거리(김치거리)도 사 묵어. 고추가리, 설탕, 미원 다 사 묵어. 이것이 골병까심(골병거리)이여. 약으로 약으로 살제."

더 이상 긋자니 그을 데가 없을 만큼 주름이 자글자글한 얼굴을 한 할매. 천 개의 줄과 천 개의 바늘, 각각 아홉 개 의 돌멩이와 뜰망, 그리고 삼천 원…. 삯일랑 내버려두고 뉘라서 저토록 징상스런 일거리에 젊은 품을 팔까. 다물도 할매들 안 계실 날이 오면 진짜배기 흑산도 홍어 맛도 사 라지는 건 아닐까. 새삼 이 땅 할매들의 경이로운 노동에 고개를 숙인다.

싸목싸목(천천히) 해찰을 부리며 돌아다녀도 동네 한 바 퀴가 금세 끝난다. 워낙 작은 섬에 한 동네인지라 자동차 한 대, 오토바이 한 대가 없다. 소, 돼지, 염소, 오리 한 마리 찾을 수 없고 가두리 양식장은 개가, 미끼 창고는 고양이 가 지킨다.

"여가 뻘이고 뒤짝은 모래 자갈이고, 백사장이 아주 넓 었어요. 우리 어려서는 공도 차고 그랬제. 쥐바우라고 저쪽 에 완전히 쥐 형태 바위가 있었고 이짝으론 고양이 바우라 고 좋은 돌이 있었는디, 방파제 만들고 도로 만든다고 다 부솨불었어."

집 앞에서 선선하게 거풍중인 김종기 어르신은 6·25 난리를 피해 부모를 따라 다물도로 들어와 육십 년 넘게 고깃배를 타고 생선을 다뤘다.

"상어하고 홍어를 제일 많이 잡았제. 상어는 제사 반찬이라 소금에 절였어. 고것이 아조 특기여. 그 뒤로 우럭 같은 거 말려서 쪄 묵고 그랬어. 우리 섬 앞에 일제 때 아주 큰 어선이 침몰했단디 고것이 어장이었어. 옹구 하는(옹기 만드는) 사람들이랑 엿장사가 철근 빼낸다고 남포(다이너마이트로 폭파하는 일)를 해갖고 없애분 뒤로 그만한 고기가 안잽혀."

천혜의 어장에서 사철 해산물이 넘쳐나 얻게 된 다물(多物)이라는 이름. 하지만 흥성했던 어장의 추억은 가뭇없고 '기르는 어업'을 채근하던 정부시책에 따라 앞서거니 뒤서거니 가두리 양식장에 뛰어든 어민들의 시름이 깊다. 미끼 값은 치솟고 값싼 외국산 수산물이 범람하면서다.

"오죽하문 정부가 권장하는 것 반대로 하문 된다, 따라 하다간 망한다는 말이 나왔겠어요. 시키는 대로 했으문 책임을 져줘야 하는데 어민들만 빚더미에 앉겼제라."

"요샌 생전 듣도 보도 못한 고기들이 나와. 그걸 인터넷으로 뒤져보면 우리나라 어종이 아니고 필리핀이나 일본 어종이야. 앞으로 흑산이 수온변화가 또 있을 거여."

"길게 잡아서 망흐든 홍흐든 십 년이여. 그땐 때려치고 도시로 나가 노가대라도 해야제. 에이, 한잔 홉시다."

저 끝까지 빠져나갔던 바닷물이 어느새 도로 높이까지 찰랑찰랑 차올라 문밖에서 서성인다. 일곱으로 시작한 술자리가 셋으로 줄고, 술을 팔아줄 가게 문이 완전히 닫힌 새벽 세 시쯤에야 이야기가 끝났다. 사오십 줄의 다물도 남정네들은 모두 두주불사하는 주량만큼이나 탁월한 이야기꾼들이다.

'뗏마(노젓는 배)'를 타고 나가 이웃 섬에서 밤새 놀다가 어른들에게 매타작을 당한 이야기며, 갑갑한 섬에 사느니 차라리 죽겠다며 시커먼 바닷물로 뛰어든 친구를 따라 '니 없으문 나는 어쩌꺼냐'며 줄줄이 몸을 던졌던 기억이며, 담력을 키운다며 벼랑 아래로 뛰어내리고 바위틈으로 무모한 다이빙을 시도한 일이며, 들어보니 죽을 고비를 수도 없이 넘긴 전사들이다.

"우리가 살아 있다는 것이 기적이여 기적! 나는 저마다의 '개인 신'이 있다고 믿어. 누군가가 지켜주지 않고서야 벌써 죽은 목숨들이제."

김용일 씨는 삶과 죽음이 백짓장 한 장 차이로 하루에도 몇 번씩 교차하던 어린 시절을 회상할수록 신통방통할 뿐이다.

늦은 술자리를 파하고 맞은 월요일 아침, 오늘의 풍경도

전라도, 촌스러움의 미학

홍어배가 퍼질러놓고 간 주낙고리에 할매들은 옹쭈담석을 하지 못한다. 다물도 고실고실에서 주낙고리를 쌓아놓고 바쁘게 손을 노대는 할매들을 만날 수 있다

어제와 다를 바 없다. 골목골목마다 집집마다 그늘 아래엔 할매들이 주낙고리 작업으로 여념 없는 모습이다.

"이걸 진 간짓대로 들고 배가 가면서 밑창에다 좔좔좔 풀어놔. 이틀 만에 건지문 홍애가 걸린다 해서 걸낙이여. 이 일을 한 이십 년이나 했을까. 낚시도 갈아 꿰야 흐고, 끊어진 줄도 잘못 뭉끄면 끊어져."

박은례 할매는 고수다. 숙련된 손끝에서 헝클어진 주낙고리가 말끔하게 정리되는 속도가 놀랍다.

"딴 동네 사람들을 어찌게 만나겄쏘. 어디를 못 나강께, 일가 안 되고 친척 안 되고 흐는 흑산 사람끼리 만내서 살았제. 옛날엔 남자들도 애기들도 다 고생했제. 쌀도 없응께 보리 쪼까를 식량으로 싣고 고기 잡으러 나가서 일주일 만에도 오고 열흘 만에도 오고. 농사가 없슨께 산에서 쑥 뜯어다가 끼래 묵고 갯바닥 톳에다 보리쌀 조금씩 너서 밥해 묵고."

박옥자 할매, 차종숙 아짐도 흑산에서 나서 흑산에서 산다. 평생 흑산군도의 섬 안에서 고된 갯일을 이어왔지만 그 인생은 결코 단조롭지 않다. 저렇듯 한량없이 따숩고 너그러운 할매들이 길러낸 수많은 자식들이 형형색색 세상의 빛이 되고 있으니 말이다. 다물도가 품은 수많은 보물들 중 으뜸은 기실 할매들이렷다.

진도 엄니 소리로
한세상 구성지게 꺾이고

"아이고 나는 못해. 다 이자부렀어(잊어버렸어)."

"그라문요 엄니, 막걸리나 한잔 허씨요. 소리야 흐든지 말든지."

"크어! 시언타. 근디 짜잔흔 소리를 뭐던다고 자꼬 내놔라 해싸?"

"소리 허문 진도 엄니들인게 그라제라."

"거참, 안된디…, 차말로 안 된디…. 고나헤~, 사람이 살면 은 몇백 년~!"

한사코 마다하던 진도 엄니가 마침내 입을 연다. 육자배 기 흥타령 한 구절이 길게 쑤욱 뽑혀 나온다. 아! 이 소리를 들으려고 새벽길을 달려와 질긴 실랑이를 벌였나보다. 구성진 노랫말이 끊길 듯 끊길 듯 끝도 없고, 엄니들의 한 세상이 자락자락 풀려나와 흥건하게 퍼질러진다. 깊고 서늘한, 질박하고 찰진, 애절하되 씩씩한, 꺾일 듯 꺾일 듯 끝내 꼿꼿한 진도 엄니들의 장엄한 삶이 고스란히 녹아든 소리에 소리가 이어진다. 때론 격정적으로 고달픈 세상사와 엉키고, 때론 체념하듯 멀찍이 바라보는 소리의 변화무쌍함이라니! 노랫가락이 사람의 맘을 친친 감고 온몸이 착잡해진다. 그 노래에 빠져들면 금세라도 뜨거운 물이 뚝뚝 떨어질 듯 감정이 북받치기도 하고, 한세상을 다 겪은 듯 고요해지기도 하고, 까닭 없는 격랑이 일기도 한다.

몇 해 전 '우리 소리'를 찾아다니는 방송국 프로그램을 따라 진도에 갔다. 제작진은 진도 초입에서 제일 먼저 막걸리에 안줏감부터 챙겼다.

가뜩이나 추운 겨울이라 마을회관에 모인 어르신들의 흥이 오르지 않아 언제쯤 한 대목을 들어보나 조바심이 일었다. 이때 무슨 술을 저리도 많이 장만할까 싶은 의문이 비로소 풀렸다.

"아따 그라문 술이나 한잔 헙시다."

"그래! 한잔 걸쳐야 나오든지 말든지 하제."

"진작에 좀 내놓제."

좌중이 소란해지고 이른 아침부터 술판이 벌어졌다. 이

전라도, 촌스러움의 미학

옥고 걸쭉한 막걸리를 들이키며 목청을 가다듬은 어르신들은 저마다의 소리를 뽑아내셨다. 지긋지긋한 노동의 내력이 담긴 노동요들, 끝없는 매김으로 한없이 늘어지던 진도아리랑과 강강술래, 아재들의 뱃노래와 판소리까지. 열대여섯 어르신들은 누구 하나 빠지지 않고 당신만의 소리를 딱 부러지게 내놓았다.

"배웠가니. 기냥 따라 흐고, 또 맹글어 불르기도 흐고."

노래방에서 가사를 자막으로 보아가며 기성 가수들의 흉내를 내는 정서로는 이해할 수 없다. 진도의 소리는 백이면 백 천이면 천, 저마다의 정조가 유별하다. 오직 입을 열어 소리를 내놓는 딱 한 사람의 인생에서 비롯된 맞춤한 문화요 예술이다. 노랫말도 음정박자도 거개가 비슷해 보이지만 주의를 기울여보면 천차만별에 각양각색이다. 사람의 삶이 천 갈래 만 갈래이듯 소리 역시 천 갈래 만 갈래이니 진도의 소리는 무진장 풍성할 수밖에 없다.

삶이 곧 문화라면, 진도의 문화는 소리에 방점이 찍힌다. 길 가던 누구라도 자신만의 소리를 내놓을 수 있는 유일한 곳이다. 진도의 삶은 곧 소리이며 진도 사람은 모두 소리꾼이다.

'진도 소리, 삶을 그리다'라는 테마로 화가들과 함께 사흘 간의 진도 답사를 할 때다. '소리'로 풀려나오는 진도의

위_ 당신들의 삶이 그대로 투영된 진짜배기 예술의 모둠.
진도 소포리 어르신들의 진도소리 공연.
아래_ 진도의 삶과 가락을 담아낸 신양호 작가의 작품 '꼭두.'

삶과 문화를 온몸과 맘으로 맞닥뜨릴 수 있는 대표적인 마을로 지산면 소포리를 찾았다. 너른 갯벌을 끼고 살던 바닷가 마을, 나루터와 선창의 추억이 남아 있는 곳. 그러나 쌀이 포한이었던 시절에 피땀으로 간척지를 일궈 '상전벽해'의 무상함을 맛보았던 사람들. 온 나라가 노래방 기계로 뒤덮이기 훨씬 전부터 엄니들이 소리북과 장고에 맞춰 노래를 배우던 대한민국 원조 노래방이 있는 곳이다.

소포리 어르신들의 공연은 당신들의 삶이 그대로 투영된 진짜배기 진도 예술의 모둠이었다. 온 마을의 할매, 할배들이 하나같이 소리꾼이요 춤꾼이다. 호미와 조새(굴 까는 데 쓰는 연장)를 쥐었던 손으로 장고를 두드렸고 그물을 놓고 북채를 휘둘렀다. 숨을 죽이며 지켜보던 작가들이 흥에 겨워 판에 뛰어들었고, 밤늦도록 진도 소리의 여운에 떨었다.

진도는 '놀 줄 아는 사람들의 섬'이다. 일하면서 놀고, 쉬면서 놀고, 기뻐서 놀고, 슬퍼서 논다. 논에서도 밭에서도 갯바닥에서도 바다에서도, 손발을 노대며 입을 쉬지 않으니 노래로 노는 게 진도의 삶이다. 오죽하면 초상집에서 재담을 하고 소리 공연으로 날밤을 지새우겠는가.

진도에서는 남에게 보여주려고 노래와 춤을 연마해온 '프로'가 아니라 삶의 희로애락을 자연스레 예술로 풀어내

진도 엄니 소리로 한세상 구성지게 꺾이고

온 무수한 '아마추어'들을 만난다. 그 아마추어들의 기예가 이른바 전문가들을 압도하는 것을 보는 감격을 누릴 때야 말로 진도 여행의 짜릿한 진수를 만끽하는 게다.

수수만년 온갖 풍상을 겪으면서도 기어이 서럽고도 질 긴 역사를 이어가는 이 땅 민초들의 생명력, 그 삶과 문화의 끌텅(깊은 뿌리)이 곧 진도라는 이름 안에 옴싹 들어있는 것이다.

진도의 삶이, 진도의 소리가 박물관과 전수관으로 사라지는 수많은 전통과 민속의 전철을 밟지 않고, 살아 숨 쉬는 삶이요 문화로 영속하기를 바라본다.

전라도, 촌스러움의 미학

세상이 좁은 건지
우리가 가까운 건지

'만인의 걸음걸음으로 지리산의 생명과 평화를 지키자'는 취지로 시작된 '지리산 만인보'는 2010년 2월 27일 구례 화엄사에서 첫걸음을 내딛었다. 온 나라에 개발의 삽질이 거세지고 지리산에도 케이블카와 댐 건설이 다시 추진된다는 소문이 흉흉하던 때였다. 매월 둘째, 넷째주 토요일 전국에서 몰려든 백여 명의 시민들이 간절한 마음으로 지리산 둘레길을 뚜벅뚜벅 걸었다. 산길, 강길, 들길, 논길, 밭길을 걷고 걸으며 사계절을 돌아, 다시금 꽃샘추위 속에 봄의 기운이 무장무장 커지는 이듬해 2월 26일 남원 실상사에서 장정의 막을 내렸다.

젊은 시절엔 지리산을 한사코 오르려고만 했던 사람들

'만인의 걸음걸음으로 지리산의 생명과 평화를 지키자'는 취지로 시작된
지리산 만인보'의 도보 행렬.

이 아니었던가. 지리산 종주는 청춘의 의례와도 같았고 천왕봉 일출을 보며 벅차오르는 가슴마다 옹골찬 꿈 하나씩을 심지 않은 이가 없었다. 지리산은 자락자락 너른 품을 펴고 세상에 치여 상처받은 어린 영혼들을 껴안고 미완의 꿈에 신명을 북돋아주던 안식처였다.

그 신령스런 산이 인간의 끝없는 탐욕으로 신음하는 날이 기어이 오고야 말았으니, 호기롭게 지리산을 오르던 청춘의 시간들이 무참하기도 하다. 이제 지리산을 수직으로 오르지 않고, 수평으로 감싸 어르고 용서를 빌듯 둘레를 걷는 어른으로 만나 꼬박 일 년을 함께 하고 마지막 밤을 맞은 게다.

산골의 어둠은 짙다. 밤이 밤 같지 않은 휘황한 도시와는 달리 밤이 참 밤답다. 어둑어둑하던 그늘에 무수한 까만 점들이 확 번지면서 어느새 천지간이 컴컴해진다. 이윽고 하늘에 희끄무레한 별들이 하나둘 얼굴을 내민다. 시절이 시절인지라, 꽃샘하는 구름이 맵찬 바람을 일으켜 별빛은 가물거리고 사람 몸뚱이는 으슬으슬하다. 명산 명찰을 휘감고 불어오는 청량한 바람이 틀림없다. 티없이 맑은 기운에 머릿속은 찡하니 개운하다. 아무리 청해도 도무지 잠이 올 것 같지 않은데, 방바닥엔 침낭이 펼쳐지고 몇몇은 몸을 눕힌다. 그러나 또 다른 삼삼오오는 슬그머니 밖으로

전라도, 촌스러움의 미학

나간다.

눈을 부릅뜨고 굽어보던 사천왕상을 지나 절집에 들어올 때만 해도 승가람의 품에서 조용히 하룻밤 가피를 구하리라 맘먹었는데…. 언제 그런 기특한 신심이 일었던가 싶게 술 한잔이 간절해진다. 이심전심이다. 대놓고 말은 못해도 마다할 리 없던 몇 사람이 마지막 열차를 놓칠세라 안달하는 여행객처럼 절집 밖으로 나오고 말았다.

명색이 이름난 명승지라지만, 첩첩이 산을 둘러친 작은 마을이다. 겨울 끝자락이 길게 늘어진 간절기에 기약 없는 손님을 보려고 불을 밝힐 주점이 있을 리는 만무하고, 앞선 일행들이 밑자리를 걸게 깔았다는 민박집으로 찾아들었다.

"거그가 고향이라고요? 그라문 아무개 압니까?"

"잘 알제라. 아조 똑똑흔 후배지요."

"오메! 저랑은 친한 친구인디라. 며칠 전에도 같이 한잔 했는디."

"허참 근디도 그리 몰랐네요."

"아따 인자 말씀 편허게 허씨요. 후배 친군디…."

"에이, 그래도 초면에 쓰간디."

왁자한 술자리의 정경은 어디나 비슷하다. 데면데면하던 기색일랑 밀린 통성명에 이어 막걸리 한두 잔 돌면 바스라지고 이런저런 인연들이 친친 얽히고설킨다. 하긴 좋은 뜻을 모아 지리산으로 달려온 사람들이니 이미 서로의 마음을 붙든 지 오래다. 굳이 먼 데 있는 사람들을 끌어다 이리저리 인연의 줄을 그어댈 까닭이 없다. 하지만 우리가 한날한시에 적막한 산골의 좁은 방에 모여 앉아 몹쓸 세상을 안주 삼는 술동무가 될 줄 어찌 알았으랴!

"넘다 아쉽네예. 이리 끝낼 수는 없는 기라."

"긍께 뭘 해본다 안 흡디여."

지난 일 년을 돌이켜보면 산도 물도 마을도 좋았지만, 한데 어울려온 사람들이 더욱 좋았다. 서울 아저씨는 전라도 동생을, 경상도 아지매는 경기도 친구와 충청도 삼촌을 얻었다. '온전한 지리산'을 간절한 꿈으로 삼아 어느새 느슨한 듯 끈끈한 공동체가 꾸려진 셈이다. 게다가 '지리산 케이블카를 놓는다'느니 '지리산댐 건설이 다시 추진된다'느니 하는 흉흉한 소문 가라앉지 않으니, 발걸음을 멈출 수 없었다. 결국 사람들은 야음을 틈탄 비밀결사인 양 "이대로는 헤어지지 말자"라고 입을 모았다. 소소한 개인사와 잡다한 세상 이야기, 자못 비장한 결의까지 뒤범벅이 되어 '지리산 만인보'의 마지막 밤은 깊어갔다. 실상사는 어둠에 잠겨 고요히 잠이 들었건만, 속세를 떨쳐내지 못한 중생들은 소란을 떨다 뿌연 새벽을 맞았다.

'지리산 만인보'를 끝내고 돌아온 뒤, 불과 보름 사이에

많은 일들을 치렀다. 독자와의 만남부터 '전라도의 마음'을 주제로 한 강연 등으로 바쁘게 사람들을 만나고 새로 사귀고 밤늦도록 어울렸다.

희한하게도 생전 처음 본 사람인데도 마주앉아 말을 섞다 보면 영락없는 '지인'이었다. 몇 다리를 걸칠 것도 없이 둘 사이에 딱 겹치는 관계가 있었다. 그 접점이 혈연이기도 하고, 출신 지역이기도 하고, 학교이기도 했지만 더러는 똑같이 앓던 아픔이기도 했고, 사랑이기도 했고, 분노이기도 했다. 그것이 애가 타도록 열망하는 꿈이었을 땐 서로의 가슴에 뜨거운 불덩이가 일었다.

"참말로 세상이 좁네요!"

"그게 아니네요. 알고 보니 우리가 참 가까운 사이구만요."

나는 반가운 만남을 두고 세상이 좁다 하지 않기로 했다. 대신 그가 애초부터 얼마나 소중한 '절친'이요 '지음'이었는지를 새삼 깨달아 하던 일에 신명을 내곤 한다. 어제를 딛고 오늘에 서고, 또 내일로 걸어갈 힘이 솟는 것이다.

세상이 좁은 건지 우리가 가까운 건지

할매 히치하이커의 "나 잔 태와주씨요"

화순 운주사로 가는 길, 들판엔 노란 나락들이 고개를 푹 푹 숙이며 주억거리는 한낮이었다. 가을볕 짱짱한 길가에 서 얼마 동안이나 애를 태우고 발을 굴렀을까. 버스 승강 장이 저만치 보이는가 싶더니 허리 구부정한 할매 한 분이 내 차를 향해 주춤주춤 오른손을 치켜들었다.

가까이 다가가서 보니 행여 그냥 지나칠까 봐 조바심을 치며 길 한복판으로 성큼 들어설 듯 다급해 보였다. 할매 의 바람대로 승용차를 딱 멈추자 차안을 슬쩍 훑는가 싶더 니 "나 잔 태와주씨요"하며 냉큼 차문을 열었다.

"오메! 지랄이네. 저것이 해필사(하필이면) 시방 지나가 네. 저걸 타꺼신디(탈 것인데). 미안흐요."

전라도, 촌스러움의 미학

할매가 내 차에 타자마자 한 시간 남짓 기다렸다는 버스가 쌩 스쳐 지나갔다. 할매는 못내 아쉬운 표정으로 버스 꽁무니가 시야에서 완전히 사라져서야 엉덩이를 털썩 내려놓으며 내내 졸였을 마음까지 풀어놓았다.

시골길에서 종종 차를 세우고 어르신들을 태워드리곤 한다. 대부분 "모셔다 드릴까요?"라고 먼저 여쭤보는데, 선뜻 차에 올라타는 분도 있지만 요즘은 경계의 눈길을 보내며 손사래를 치는 경우가 많다. 그런데 적극적으로 생면부지의 차를 세우고 몸부터 들이미는 경우는 처음이었다.

"고맙쏘 고마워. 아이가! 그랄 께 아니라 이거라도 잔 받으씨요. 아니, 아가 니가 받을래?"

뒷자리를 돌아보니 할매가 천 원짜리 지폐 한 장을 꺼내 딸아이의 손에 쥐어주려고 성화다. 꼬깃꼬깃 구겨진 지폐는 보기만 해도 시지근한 땀내가 풍겨온다. 접고 또 접어 딱지만 하게 작아진 지폐를 호주머니에 넣고 얼마나 만지작거렸을까. 아무리 기다려도 오지 않는 버스를 보려고 애를 태우며 정류장을 서성였을 할매를 생각하니 눈에 왈칵 물기가 솟았다.

"아이고 엄니! 냅둬도 돼요. 요럴 때 차비 한번 애끼시라고 태와드렸구만요."

"어짜까, 미안시러와서."

이제 실랑이는 끝나고 시원하게 가을길을 내달릴 참인데, 난데없이 외마디 소리가 연방 터져나왔다.

"어찌꺼나", "옴마", "어딨다냐", "여보씨요!"

허둥지둥 두리번거리며 시장바구니를 헤집는 모양이 틀림없이 뭔가를 빠뜨리신 게다. 나는 차를 돌리고 오던 길을 되짚어 부리나케 달렸다.

"울 메누리가 사 준 개뱅(가방)인디, 해필사 말고 가꼬 나와가꼬! 그새 누가 가꼬 가불었으문 어찌까. 언능 가봅시다. 오메 미안흐요 미안해. 기냥 버스를 타고 갔어야 흔디…!"

할매는 숫제 울상으로 달리는 차에 채찍질이다.

안절부절 못하며 저절로 튀어나오는 짤막짤막한 말씀에서 복잡한 심경이 짚였다. 할매는 버스 승강장에 다시 도착하자마자 부리나케 달려가 앉았던 자리를 뒤졌다. 그래도 핸드백이 보이지 않자 주위를 두리번거리다가 가까운 밭에서 일하는 사람들에게로 종종걸음을 쳤다.

"허허, 없구마 없어. 헐 수 없제이. 기냥 갑시다. 안에 든 것은 벨라 없는게…."

허탈한 표정으로 되돌아오는 할매가 너무 안쓰러워 내 속이 다 끓었다.

"음마! 여가 있네."

다시 차에 올라타자마자 할매가 소리를 내질렀다. 야단법석을 떨며 찾아 헤매던 핸드백은 시장바구니 옆에 얌전

전라도, 촌스러움의 미학

히 모셔져 있었던 게다. 그렇게 난데없는 한바탕 소동을 치르고서야 홀가분하게 들판을 달릴 수 있었다.

"폐가 안 좋아. 골골해. 선인장이 좋다 해서 데래(달여) 묵었는디, 아까 그 동네에 좀 있다 해서 갔당께. 요 쬐끔을 이만 원 달라그네. 인자 다 살았는디 냅둬부까 했는디, 오메, 이라다가 불쌍흔 울 새끼한테 짐 되겄다 싶등마. 으짜든지 스스로 나사야제 허고 맴을 묵었제."

할매는 단방약을 만들어 먹을 요량으로 수소문 끝에 선인장을 사러 나갔다가 돌아오는 길이었다.

할매의 얼굴은 주름으로 가득했지만 목소리는 짜랑짜랑했다. 늙고 병들었지만 주저앉을 수 없는 이유, 옹골찬 투혼의 원천은 애오라지 '불쌍흔 울 새끼'였다. 죽는 날까지 자식에게 부담이 되어서는 안 된다는 결연한 의지, 깊고 깊은 품속에 고이 간직해온 붉디붉은 어미의 마음이었다.

할매를 집 앞에 모셔다드리고 한참 늦게 도착한 화순 운주사의 축제는 '풍등 날리기'로 절정이었다. 모두 간절한 소망을 풍등에 실었다. 풍등은 한순간 공중에 떠 파란 가을 하늘 속으로 아스라이 멀어졌다가 감쪽같이 사라졌다.

나도 이런저런 소원들을 욕심껏 챙기고 오늘 만난 할매의 쾌유를 비는 바람까지 담았다. 그리하여 꽤나 묵직해진 풍등 하나가 천불천탑의 머리 위로 훠이훠이 날아갔다.

할매 히치하이커의 "나 잔 태와주씨요"

갯마을 일터가 있다면
죽는 날까지 현역!

기사 양반! 저짝으로 조깐 돌아서 갑시다

어찔게 그란다요 버스가 머 택신지 아요?

아따 늙은이가 물팍이 애링께 그라제

쓰잘데기 읎는 소리 하지 마시오

저번참에 기사는 돌아가듬마는…

그 기사가 미쳤능갑소

노인네가 갈수록 눈이 어둡당께

저번참에도

내가

모셔다드렸는디.

— 이대흠, '아름다운 위반'

전라도, 촌스러움의 미학

무심하게 장흥 땅에 들어섰다가도 지나가는 군내 버스만 보면 시인 이대흠이 번뜩 떠오른다. 그의 시를 가만히 읊조리자면 저기 버스 안에 장보따리 곁에 두고 자울자울 졸고 있는 할매 얼굴이 보이는 듯하다.

'물팍이 애리고', '갈수록 눈이 어두워지는' 할매와 겉으론 무뚝뚝하지만 속정 깊은 버스기사의 타시락대는 전라도 입말이 행여 바닥에 떨어져 망가질세라 마음의 귀를 쫑긋 열어둔 시인의 감수성이 아름답다. '아름다운 위반'을 일삼아 경로를 이탈하면서까지 '노인네'를 모셔다드리는 시골 버스기사의 착한 맘씨에도 와락 정이 쏠린다.

할매들은 버스 타고 장을 보러도 가고, '물팍이 애링께' 병원에도 혼자 다녀오신다. 사래 긴 밭도 매고, '갯것 하러' 바다에도 가고, 이웃집에 품앗이도 가고, 일당 몇 만원의 놉이 되기도 한다. 통계상 '비경제활동인구'로 분류되는 할매들은 날마다 일을 쉬지 않는 엄연한 '경제활동인구'다.

"어무니들은 일찍 나오시제라?"

"항! 새복 여섯 시에 나와서 이라고 있구만."

"그라문 집엔 언제 들어가시고요?"

"으응, 오후 여섯 시. 우덜은(우리들은) 하리(하루) 열두 시간씩 해."

"식사는 어찌케 하고라."

갯마을 일터가 있다면 죽는 날까지 현역!

"그란께 아홉 시에 라멘 한 본 낄애(끓여)주고, 낮밥 해줘서 묵고, 인자 저녁은 집에 가서 해 묵어."

"새참은 나오지요?"

"아니 엄써. 작년에는 주둥마 올핸 파끔(값)이 떨어져 갖고 참이 없구마."

"하루 일당은 얼매나 받으시고라."

"삼만오천 원! 아이고, 자석들은 못 허게 허제! 근디 우덜은 이라고 모태서 일도 허고 이약(이야기)도 헝깨 좋네. 요 일조차 업스문 하리 종일 뭘 흐꺼신가(할 것인가)."

영하의 날씨에 눈비가 섞여 치는 겨울날이었다. 대파 주산지인 진도의 어느 마을 작업장에서 스무 명 남짓 되는 할매들을 만났다. 모자와 수건으로 얼굴을 동여매고 조르르 주저앉아 쉴 새 없이 손을 노대는 할매들 곁으로 대파가 산더미처럼 쌓여 있었다. 침침한 공간 안에는 맵싸한 공기가 가득 들어차 금세 코가 알싸하고 눈도 따끔따끔해졌다. 대부분 칠순을 훌쩍 넘기신 노인들이 꼬박 열두 시간 몸을 부리는 중노동의 현장이다.

할매들의 속내에 도대체 얼마나 무섭고 위압적인 채찍질이 있어 이 추운 겨울날에 '뭐라도 해야 한다'며 한데로만 몰아댈까. 제발 보일라 팡팡 땜서 방안에 계시라는 자식들의 통사정은 귓등으로 흘려보내고 말이다.

한겨울 전라도 갯마을 곳곳에는 '한데라도 바람막이 거적 하나만 있으면 좋으련만' 하는 할매들의 일터가 지천이다. 겉옷만도 두 겹 세 겹 껴입고 어기적어기적 갯바닥을 기며 조개 캐는 할매들, 첨벙첨벙 바닷물을 차고 다니며 검실검실 흔들리는 해초를 걷어올리는 할매들을 만나면 차마 말을 붙이기 미안스러워 한동안 우두커니 바라볼 뿐이다.

"우리 새끼덜한테 보내야제. 팔아서 손지들 한 닢썩 쥐어주는 재미제."

"내 몸땡이로 땀 흘리고 살문 떳떳허제. 놈(남)한테 손 벌릴 일도 없고."

"가만 있으문 아깝제. 나가기만 흐문 찬거리도 맨들고 가용도 흐꺼신디."

밤새 온몸이 쑤셔 끙끙 앓았다는 팔순 할매들도 갯바닥에 들어서면 펄펄 날아다닌다.

갯가 할매들이 갯내음과 파도소리에 이끌려 물때에 맞춰 몸을 부린다면, 논밭을 끼고 사는 할매들의 사시사철은 흙내음과 햇볕의 부름에 순종하는 날들이다.

"인자 봄이여. 방에 들앙겄다가(들어앉아 있다가) 밭에 엎지문(엎드리면) 봄이여."

할매들의 봄은 이렇듯 간명하다. 땅이 녹녹해지고 흙이

갯마을 일터가 있다면 죽는 날까지 현역!

생애의 간절함을 동력 삼아 나아가는 뻘배. 저물도록 갯벌 위에 수많은 길을 낸다.
보성 벌교.

고슬고슬 풀리는 봄날이면 밖으로 나갈 궁리에 맘이 서둔다. 아니, 몸과 맘이 저절로 밖으로 불려나간다. 쑥도 캐고 산나물도 뜯고, 괭이질 호미질로 밭을 갈아 씨 뿌리고 모종 심느라 눈뜨면서부터 베개에 머리를 댈 때까지 손에서 일을 놓지 않는다.

"많이 하도 못해. 쬐까썩(조금씩) 한께 인자 폴든(팔지도) 못하제. 우리 새끼들 노놔주고 나 묵고, 그거이 전부여."

"인자 안할라근디 맘대로 안 돼. 땅하고 종자가 나를 일을 시키구만. 여름에 쪄묵으문 파근파근 맛나제. 우리 아그들 손지들 오문 쪄주고."

깨농사를 지으려고 밭에 풀을 매고, 씨감자 구덕구덕 파묻고, '나락 한 톨에 땀이 일곱 근'이라는 쌀농사도 멈출 수 없는 이유는 작년 봄이나 올봄이나 똑같다. 땅을 놀리는 건 죄가 되는 일이요, 쨍쨍한 햇살도 아까워 마음이 서두는데, 몸뚱이가 천근만근이라도 돌아볼 틈이 있으랴.

젊어서는 자식들 '멕이고 입히고 갈치려고' 억척스레 일욕심을 부렸고, 장성한 자식들이 제 앞가림을 하는 노년의 겨울날엔 스스로 떳떳하기 위해 일구덕으로 들어가신다. 마침내 베고 캐고 훑고 추려 나누고 입에 넣어줄 때까지 할매들은 이 땅에서 가장 긴 시간 일을 하는 노동자다. 노동만이 명징한 삶의 증거인 할매들은 숨이 붙어 있는 날까

전라도, 촌스러움의 미학

낙지잡이는 몸뚱아리를 뻘 속으로 깊이 집어넣어야 하는 고된 노동.
할매는 아직 뻘밭의 현역이다. 고흥 우도.

지 일손을 멈추지 않을 게 분명하다. 도저히 몸을 가눌 수 없어 자리보전을 하는 순간이 되어서나 기나긴 노동의 대열에서 조용히 비껴날 뿐이다.

시골마을 우체국 앞마당에는 올 가을에도 산더미처럼 택배물건이 쌓일 것이다. 할매들이 일구고 거둔 온갖 먹을거리들은 자식들이 사는 곳이라면 지구 끝이라도 찾아갈 터이다. 그 보따리 보따리를 받아줄 '새끼들' 때문에 할매들에게 은퇴란 없다.

전라도의 멸종 위기
희귀 종족

"밥은 묵었으까?"

"잉~, 우덜 걱정은 말고 잡사봐."

"이것 가지갈라요? 짜잔해도 한 끄니(끼니) 묵을 만혀."

"서운하구마. 냅둬, 돈 도라고 준 것이 아니랑께."

"기냥 따서 묵어."

　가을은 역시 넉넉하고 푸진 계절이다. 전라도 골골샅샅 싸돌아다니는 재미가 쏠쏠하다. 우리네 어르신들은 감이며 밤이며 대추며 호박이며 오이며, 하여튼 '앵기는 대로' 아낌없이 나눠주신다. 하기야 가을뿐이겠는가. 시골마을 어디를 가든, 사시사철 당신들이 가진 것을 선선하게 내어주는 인심을 만날 수 있다. 논과 밭을 두르고 오래된 당산나무 끼고 사는 마을들의 아름다운 정경이 아닐 수 없다.

어르신들은 생전 처음 보는 젊은 사람들을 무람없이 집 안으로 들여 밥상머리에 앉히기 일쑤다. 생각해보면 얼마 나 대단한 일인가. 타인에 대해 그 어떤 경계심도 품지 않 는 마음자리의 널찍한 크기가 부럽기도 하다. 대도시에선 냉장고가 미어지도록 음식물을 쌓아놓았다가 종당에는 썩 어 문드러져 쓰레기로 버릴지언정 엄두도 내지 못할 일이 아닌가 말이다.

가을날 구례 토지면에서다. 저만치 섬진강 물줄기가 가 만가만 모래밭을 지나가는 풍광을 등 뒤로하고 산비탈을 따라 걷다가 밭일하는 노부부를 보았다.

호젓한 산길에서 만난 뜻밖의 인기척인지라 반갑게 다 가가 "안녕하세요"라는 인사말을 건넸을 뿐인데, "요것 잔 가지가 볼라요?" 하며 대뜸 울외 두 개를 내미신다. "고맙 습니다" 하고 엉겁결에 손을 내밀어 주춤주춤 받아들자, 한참 뒤처져 따라오던 우리 일행 한 명을 보셨는지 "여기 한나 더!" 하신다.

전주 한옥마을 민박집 '양사재'에서 여럿이 하룻밤을 묵 고 툇마루에 앉아 햇볕바라기를 하다 횡재를 한 적도 있 다. 양사재와 담 하나를 사이로 이웃한 옆집에서 어르신 두 분이 감을 따고 계셨다. 탐스러운 감이 주렁주렁 달려

전라도, 촌스러움의 미학

있는 모양을 바라보다 "어르신! 감이 참 많이 열렸네요"라고 알은 체를 했다. 그러자 나무 위에서 간짓대를 들고 홍시를 따다 말고 대뜸 "요리 와봐. 자! 잘 받아야 돼. 널치문 깨져불어"라는 대답을 건네신다.

이윽고 두 분이 번갈아가며 거푸 감을 던져주시는 바람에 우리 일행들은 손이 부족해 더 이상 받을 수가 없을 지경이었다. 단물이 줄줄 흘러내리는 벌건 감을 핥아먹느라 모두들 신이 났다. 달콤한 감물처럼 찐득하고 몰캉한 온정이 전해져 몸도 마음도 훈훈해졌다.

일 년 내내 전라도 마을들을 찾아다니는 〈전라도닷컴〉의 기자들 손에는 올망졸망 보자기나 덜렁덜렁 비닐봉지가 들려 있는 경우가 잦다. 오일장이든 마을의 장터든 할매들의 난전을 그냥 지나치지 못하고 장을 봐야 직성이 풀리는 이들이지만, 돈을 주고 사지 않더라도 빈손으로 돌아오는 날이 거의 없다. 물목도 다채롭다. 기어이 손에 들려주는 푸성귀나 나물, 과일 등속을 들고 오기도 하고 갯마을에 다녀와서는 미역가닥이나 파래같은 걸 풀어놓기도 한다.

한참 배가 고팠는데 마침 밭에서 일하시던 할매들이 계셔서 새참을 나눠먹었다. 고샅에서 처음 마주친 할매를 졸졸 따라가 부침개를 얻어먹었다. 다짜고짜 잡아끄는 바람

당신의 고달픔이야 '암시랑토' 않고, 남들이 짠해 어쩔 줄 몰라 하는 전라도 어매들.
장흥 태덕.

에 볼이 미어지게 상추쌈을 하고 왔다, 기어이 싸주시는 호박 한 덩이를 챙겨오느라 온종일 낑낑댔다 등등.

언제부터였을까. 우리들의 '뒷담화'도 가을걷이만큼이나 흥성흥성 흐드러졌다. 세상을 돌아보면 온통 남의 몫마저 빼앗으려는 아귀다툼인데, 이토록 순정한 할매들, 할배들을 만날 수 있다는 건 훈김 폴폴 나는 선물이요 축복이 아닐 수 없다.

"시골 할머니들 다 돌아가시면 진짜 토종들도 다 없어질 것 같아요."

지리산 자락 남원 인월에서 깨끗한 자연과 평화로운 세상을 염원하는 노래를 짓고 부르는 가수 한치영 선생을 만났을 때다. 어릴 적부터 산골에서 할머니들을 보고 자란 그의 아들 태주 군이 불쑥 꺼냈다는 말을 전했다. 참깨 한 됫박과 콩 한 말을 얻기 위해서도 땡볕에서 뻘뻘 비지땀을 흘리는 모습을 지켜보며 저절로 품게 된 생각이었다.

맑고 환한 심성만큼 청아한 흙피리 연주를 하는 마음에도 당최 수지가 맞지 않을 듯한 고된 농사를 할머니들 아니면 누가 할까 싶었던 게다. 그리도 애면글면 얻은 작물들을 흔연하게 나눠주시는 인심 또한 해마다 보고 자랐으니, 값싼 수입산 지천인 세상에서 진짜배기 토종을 지키는 버거운 농사가 오로지 할머니들의 몫이 된 게 안쓰러웠던 것이다.

전라도, 촌스러움의 미학

"동식물뿐이겠어요? 시골 어르신들이야말로 멸종 위기 희귀 '종족'이지요."

〈전라도닷컴〉의 남인희, 남신희 기자는 취재를 다녀온 뒤 탄식인 양 입을 모은다. 빈집은 늘고 인적은 끊겨 적막한 마을에서 '천연기념물'보다 귀한 존재들이 무장 사라져가는 현장을 목격하는 일이 못내 쓰리고 허망한 게다.

당신의 고달픔이야 '암시랑토' 않고, 남들이 짠해 어쩔 줄 몰라 하는 어르신들의 마음자리는 측은지심의 화수분이다. 그 마음을 대물림하지 않고 어떻게 우리가 더불어 잘 사는 사회를 꿈꿀 수 있으랴. 지금 쇠락해가는 농어촌을 이대로 방치하는 건 한국적인 삶과 전통문화, 누대를 이어온 민속의 탯자리를 무지르는 어리석은 일이 아닐까. 하여 낙엽처럼 쌓여만 가는 이 아쉬움과 안타까움을 호남선, 전라선 기차에 실어 고향 떠나 멀리 있는 '그대들'에게 보낸다.

4. 전라도의 멋

농사도 예술도
물처럼 바람처럼

한순간의 쉼도 없는
위대한 손의 역사

"아이고 물짜. 이날 팽상(평생) 흙만 몬치고 산께 짜잔해."

"땡땡 얼어갖고 말도 못해. 갯부닥(갯바다) 혜집을랑께 으짤
수 없제."

전라도 어르신들의 손을 잡을 때마다 오목가슴이 시큰
해지며 물결이 출렁인다. "내놓기 부끄럽다" 하시는 말씀
을 듣잡기엔 반질반질한 내 손이 참으로 무참하다.

평생 호미나 조새, 낫과 괭이를 한 몸인 양 붙들고 사시
는 분들이다. 나무 껍데기처럼 딱딱한 손등, 깊은 골에 잔
주름까지, 헤아릴 수 없을 만큼 찍고 파고 베고 캐온 징글
징글한 노동의 세월이 거기 오롯하다. 그 손이 아니고서야
어찌 오곡백과가 영글고 어물해초가 밥상에 오를 수 있으

전라도, 촌스러움의 미학

랴. 그 생명과 살림의 손이 아니고서야 어찌 이 땅을 밟고
선 무수한 자식들의 오늘이 있을 것인가.

〈전라도닷컴〉에 '손을 만났다'라는 주제로 전라도 어르
신들의 손을 담은 수천 장의 사진을 펼쳐놓았다. 그 손으
로 살아낸 인생의 무게와 굽이굽이 헤쳐온 역정일랑 애써
말하지 않아도 또렷하게 들려왔다.

씻나락을 움켜쥔 늙은 농부의 손은 보는 이를 숙연하게
한다. "이 손에서 이 나라 들판의 숭고한 초록, 장엄한 생명
이 시작되었다!" 헌사를 붙이며 간당간당 위태로운 이 땅
의 쌀농사와 수수만 번의 숟가락질을 떠올린다. 깨지고 찌
그러진 새카만 손톱 열 개는 흙투성이로 살아낸 수십 성상
과 나락 한 톨에 뿌려진 일곱 근의 땀방울을 여실히 웅변
한다. 그 손은 살리는 손이요 생명의 손이다. 초록을 살리
고 쌀을 살리고 밥을 살리고 세끼 밥을 먹는 우리들의 목
숨을 살려온 손이다.

한시도 쉬지 않는 '살림'의 손을 가진 이의 생애는 아
름답다. 그 손은 함부로 버리는 손이 아니다. 시골 고샅에
서 만난 어르신들의 손에는 '차마 내버릴 수 없는 그 무엇'
이 들려 있기 십상이다. 보리 이삭 하나, 호박 한 덩이, 깻
잎 한 장도 허투루 내버리지 않는다. 타작을 끝낸 마당에
서 한 톨 한 톨 알갱이를 일일이 줍고 바람에 떨어져 뒹구

위_ 작은 온기에 기대어 한겨울 새벽시장을 여는 손. 장흥장.
아래_ 할매들의 주름진 손에는 한 생애의 이력이 새겨져 있다. 여수 서시장.

는 깨진 과실 하나도 먼지를 털어내고 알뜰살뜰 챙겨온다. 하늘과 사람의 공력으로 길러낸 먹을거리에 바치는 순정이다.

평생에 걸쳐 검약이 배인 손은 한번 들어온 물건들을 도무지 버릴 줄 모른다. 장화, 몸뻬, 모자, 그릇, 바가지, 빗자루, 칼, 도마, 낫, 삽, 조새, 괭이, 호미…. 옷가지든 부엌살림이든 농기구든 갯일하는 도구든, 닳고 닳아 해지고 빛바래고 뭉툭해져도 깁고 꿰매고 때우고 덧대어 마지막 순간까지 그 쓸모를 포기하지 않는다. 멀쩡한 것들을 마구 버려가며 걸핏하면 새것을 사서 쓰는 세상의 모든 버리는 손들을 부끄럽게 만든다.

시린 생애일수록 마음자리는 한량없이 따숩고 단내가 나는 법이다. 그 손은 남에게 받기보다는 한사코 주는 일로 길들여져 있다.

"밥 묵고 가. 끼니 땐디 기냥 가문 안 되제. 찬은 밸 것이 없제만 한술 흐고가랑께."

"잡솨봐. 생긴 건 이래도 속은 암시랑 안 해. 묵을 만허꺼시네."

생전 처음 보는 길손을 집 안으로 불러들여 밥상 앞에 앉히고 숟가락을 꼭 쥐어주는 인정의 손이다. 가을이면 단감을 깎고 홍시 껍질을 벗겨주며 흐뭇한 미소를 짓고 호박

한순간의 쉼도 없는 위대한 손의 역사

한 덩이, 밤 몇 톨이라도 챙겨줘야 직성이 풀리는 손이다.

이 땅의 골골마다 섬섬마다 잇속 따위는 아랑곳하지 않는 무수한 '주는 손'이야말로 마을공동체를 이어온 끈끈한 연대의 고리일 터이다. 맵찬 겨울바람이 무시로 불어대는 오일장도 눈물겨운 손들의 집결지다. 채전, 어물전, 건어물전, 닭전, 나물전, 과일전 할 것 없이 새벽부터 쭈그리고 앉아 난전을 편 어르신들의 손놀림은 멈추지 않는다. '깡통불'에 언 손을 녹여가며 생선을 매만지고 곱아진 손을 훅훅 불어가며 푸성귀를 다듬는다. 밤을 깎고, 은행 껍데기를 벗겨내고, 조개를 까고, 명태포를 뜨고, 장어살을 발라내고, 검불을 집어내고, 쩍을 추려내고, 과일을 닦고….

삼시 세끼 '한뎃밥'을 먹어가며 파장이 될 때까지 그 단순한 동작을 끊임없이 반복하는 정경을 지켜보노라면 어느 순간 망연해진다.

그러나 소가죽처럼 거칠고 질긴 손들에 박힌 지긋지긋한 고난의 이력에도 불구하고 내놓은 말씀들은 무심한 듯 평화롭고 곱기만 하다.

"아문! 나는 암시랑토 안해."

세상의 모진 풍파를 얼마나 겪어내야 저런 배짱이 나올까. 진정한 달관과 관조란 학문이나 종교를 통해 도달하는 관념의 경지가 아니라 온몸으로 부대껴온 사람살이가 닿는 궁극의 이치인가 보다. '아무렇지도 않다'는 말씀을 받잡을 때마다 여린 바람에도 이리저리 휩쓸려온 날들이 하냥 민망할 따름이다.

"포도시 믹이기만 했어. 그렇게 짠하제."

"개보와. 보깡(단단히) 심(힘) 한본 쓰문 돼."

"여럿이 노놔(나눠) 묵어야 맛나제."

"항꾼에(함께) 모태서 윽신윽신 뛰고 놀아."

"새끼들 오물오물 묵는 것만 봐도 오져."

"항! 여롸서(부끄러워서) 지대로 채리보도(쳐다보지도) 못 흐고 시집왔제."

쇠털같이 많은 날들의 온갖 간난신고를 꿋꿋하게 헤쳐오신 장한 손의 주인들은 이렇게 정겹고도 애잔한 전라도의 입말을 토해내신다. 온몸으로 치열하게 살아낸 한 생 한 생의 절절한 사연이 아닐 수 없다.

글로 업을 삼는 나약한 손으로 위대한 손의 역사와 귄있고 게미진 말씀을 기록하고 쌓아왔으니 나는 실로 분에 넘치는 행운을 누려온 셈이다.

논흙으로
쌀도 짓고 예술도 짓고

지난밤부터 내린 봄비가 제법 흐벅졌는지 사방천지가 촉촉하다. 두 마을의 중간쯤을 쑤욱 파고들 듯 뻗은 길 위엔 흙무더기 어지럽다. 누군가 이른 아침부터 젖은 논밭을 들락거렸나 보다. 그 수선스런 흔적일랑 바지런한 농사꾼의 설레는 봄마중이리라.

무뎌진 칼끝마냥 만만한 바람결을 따라 담양 무월마을 한복판 허허도예공방에 이른다. 토우 하나가 얼굴 가득 함지박만 한 웃음꽃을 피워 연신 울 밖으로 건넨다. 주인 없는 마중으로 이만한 환대가 어디 있으랴. '입이 귀에 걸린다'는 말뜻 그대로를 빚어낸 송일근 작가의 걸작이다. 공방을 빙 둘러 모난 구석이라곤 도무지 찾을 수 없다.

얼굴 가득 함지박만 한 웃음꽃을 피워낸 토우. 담양 무월마을.

크고 작은 돌멩이들을 요리조리 꿰맞춰 쌓아놓았는데, 기둥과 서까래는 하나같이 휘휘 굽고 비틀린 소나무가 틀림없다. 볏짚에 흙을 이겨 벽을 발랐고, 켜켜이 너와지붕은 크기도 모양도 두께도 제각각인 널빤지들을 이고 있다. 몇 걸음이면 닿을 법한 산과 들, 논과 밭에서 그러모은 자재들이다. 언제든 풀어헤쳐 본래의 자리로 쉬이 돌아갈 성싶다. 과연 논흙으로 토우와 그릇을 만드는 농사꾼 예술가의 작업실답게 안팎이 온통 흙투성이다.

토우들이 겹겹이 포개어 걸리고, 흙벽엔 지푸라기 머리칼이 헝클어지도록 환호작약하는 형상들도 붙었다. 그뿐이랴. 앉고, 서고, 뛰고, 배배 꼬고, 쭈그리고, 드러눕고, 엎어지고, 꼬옥 얼싸안고, 어깨 걸고, 두 팔을 들고, 또 내려뜨리고, 엉덩이를 들이밀고, 입술을 비비대고, 사랑을 나누고, 턱을 괴고, 양다리를 벌리고…. 흙으로 빚어낼 수 있는 무궁한 몸짓들이 한량없이 푸지고 넉넉한 웃음을 얼굴에 달았다.

아무도 흉내 낼 수 없는 단순하고 질박한 조형미, 허허로운 삶의 경지를 좇는 작가정신을 만난다. 그는 객지를 에둘러 세월을 보내다 고향으로 돌아와 쌀농사를 지었다. 그리고 농사일 틈틈이 쉬엄쉬엄 논둑에 앉아 논흙을 주물거리다 도예가가 되었다. 농사도 예술도 물처럼 바람처럼 자연스럽게 그의 일상이 된 것이다.

전라도, 촌스러움의 미학

공방 건너 살림집에도 인기척이 없다. 흙마당을 밟자 말랑말랑한 흙의 감촉이 전해온다. 부연 가랑비를 담뿍 머금은 홍매가 눈길을 확 잡아끈다. 선홍빛 점점이 붉은 피를 뚝뚝 떨어뜨린다. 반질반질 가지런한 장독대, 군데군데 철사를 꼬거나 빈 깡통을 줄줄이 매달아 올린 작품들, 마루 위나 담벼락이나 여기저기 오만 가지 생김새의 형상들, 겨우내 쓰고 남은 장작더미, 덩치 큰 농기계부터 자잘한 농기구들까지. 무심한 듯 유심한 듯 제자리에 놓인 만물들이야말로 삶과 예술을 무시로 넘나드는 그의 면면을 진솔하게 이야기한다.

한참 빈집 구경을 하는데, 송일근 작가가 털털거리는 낡은 트럭을 몰고 온다. 언제 봐도 순박한 시골 아재요, 점잖은 큰형님이다.

"논흙은 퇴적토잖아요. 퇴비를 다량으로 넣고 해마다 볏짚이 썩어 들어가고 뿌리들이 쌓인 흙들이라, 도자기를 만들기엔 쉽게 찌그러들지요. 그런데 논이라는 게 엄청나게 소중한 땅이고, 거기서 나오는 식량에 온 식구들이 입 대고 살았던 것이라 이걸로 오만 가지 다 해내잖아. 그러니까 그릇도 될랑가 해보는데 자꾸 불에 녹고 찌그러져요. 어느 땐가 보니 안되는 게 아니라 억지로 맞추기 때문에 안 되는 것이야. 그 흙이 가는 것으로 따라가면 될 수도 있

논흙으로 쌀도 짓고 예술도 짓고

농사일 틈틈이 쉬엄쉬엄 논둑에 앉아 논흙을 주물거리다 도예가가 된 송일근 작가.
논흙은 그에게 생업의 터전이요 작품의 원천이다.

겠다 싶은 거예요."

잡티와 불순물 범벅인 논흙을 쓰는 도예의 출발이었다. 자신의 욕심대로가 아니라 논흙의 본성을 맞추려는 궁리에서 비롯된 것이다. 옹기를 만들던 옛사람들의 지혜를 떠올리며 유약의 온도를 낮추고 황토와 제약을 섞는 등 이런저런 시도를 한 결과다. 토우 형태는 가마에 구울 수 없지만 웬만한 그릇들은 도자기로 만들어낼 수 있었다.

"논흙은 물레질을 하자마자 찌그러드니까 두껍게 하지 않으면 안 돼. 그러다 보니 두껍고 무거운 컵과 그릇이 나오고 흙의 질감이나 느낌들이 바로 손에 와서 닿는 시골 생활 느낌이 나요. 논흙이라는 게 거칠고 불순물도 많아서 한계가 있어요."

아마 미술대학에서 도예를 전공했더라면 발상조차 못 했을 터이다. 매끈하게 성형해 반질반질 때깔 좋게 구워낼 수 없기에 그의 작품들은 천 개를 만들든 만 개를 빚어내든 똑같은 게 나올 수가 없다. 사람마냥 개성이 있고 자존이 있고 독특한 물성을 품은 세상에 단 하나뿐인 작품들이 탄생하는 것이다.

"토우는 내가 조각을 전공해서 헌 것도 아니고, 어따 내놓고 자랑을 해볼려고도 안 하고…. 그냥 시나브로, 우리 어렸을 때 눈사람 만들듯이 놀다 보면 코 달고 입 달고 해서 자연스럽게 된 것이지요. 균형미가 중요한 게 아니라 큰 틀에서 이야기가 전달되면 좋고, 또 굳이 전달할 필요가 없을지도 모를 일이에요. 어떻게 수용할지는 보는 이의 몫이니 책임이 있을 수도 없고요."

지극히 자연스런 놀이처럼 토우는 태어났다. 그리고 탄생과 동시에 흙이 바스러지고 지푸라기가 날리면서 변해가고, 끝내는 흙으로 돌아가 새 생명을 틔워낼 터이다. 사람이 늙어 죽듯이 토우들도 환경에 따라 시시각각 변화무쌍 살아 숨쉬는 존재들이다. 영원히 변치 않는 위대한 조형물을 남기고픈 욕망 따위를 소멸시킨 예술의 오묘한 이치가 이러하다. 그는 자신이 남다른 예술적 재능을 타고 났다고 생각하지 않는다.

"사람이란 알고 보면 다들 뛰어난 목수예요. 다들 따져 보면 엄청난 영화감독이에요. 농사도 지어보면 아주 유능한 농사꾼이에요. 내가 하고자 하는 것을 하고 다른 건 안 할 뿐이지요. 내가 도시에서 생활했으면 집을 지을 수도 없고 짓지도 않았겠지만 시골에서 살면서 벽돌 하나씩 쌓아보고 기둥도 세워보고 하다 보니 집도 지어지고 그런 거예요. 도자기도 그렇지요. 누구든지 다 똑같은 능력이 있고 다 할 수 있어요."

그에게 생업의 터전이요 작품의 원천인 논흙은 일 년 내내 쉼 없이 변해간다. 경이로운 자연의 신비가 논바닥 안

전라도, 촌스러움의 미학

에서 사시사철 연출되는 것이다.

"논흙도 마당의 흙도 눈여겨보지 않으면 잘 모르고 지나갈 수 있는데, 자연에서 생활해보면 흙이라는 게 얼마만큼 생명이 커갈 수 있도록 하는지 알 수 있어요. 여름에는 땡볕에 흙을 바싹 말려요. 마르면 마를수록 비를 맞아들이는 힘이 그만큼 강력하게 작용해요. 그러다 물을 맞으면서 흙의 성분 자체가 완전히 변해서 자연의 모든 것들을 받아내고 움터내는 거예요. 흙도 부드러워지고. 한겨울 추위에 땅이 얼었다 부풀었다 하면서 미생물들이 많이 서식을 하고, 곰팡이가 일어나고, 신발에 흙이 달라붙어 난리가 나듯이, 살아 움직이는 흙으로의 변이가 일어나요. 겨울에 추워야 농사가 잘 되는 원리도 이 때문이에요. 땅이 두껍게 더 많이 얼면 얼수록 생명력을 갖는 거죠. 지표 위의 퇴적물들이 땅속 깊숙이 스며서 뿌리가 왕성하게 활동을 하고요. 그런 자연의 신비가 대단해요."

그는 논흙을 유심히 들여다보며 깜짝 놀랄 만한 변화를 감지한다. 흙은 끊임없이 움직이면서 봄을 맞을 준비를 해낸다. 빛과 바람의 세기와 각도에 따라 시시각각 달라지는 풍경이 있다. 풀이 오르고, 물이 담겨 출렁거리고, 사람이 들어가고 새가 날아들고, 농기계가 들고 나고, 모를 심으면 푸른빛을 키우다 누렇게 일렁이고, 겨울 논바닥에도 볍씨를 쪼아대는 새들이 꽉 들이차고…. 논흙은 뭇 생명을 잉

논흙으로 쌀도 짓고 예술도 짓고

송일근 작가가 논흙으로 빚어낸 토우, 허허로운 웃음을 소리 없이 세상으로 전한다.

태해 낳고 생명줄을 부지하게 해주는 어머니의 자궁이요 그의 예술을 키워내는 젖줄이다.

"논에서 놀아지는 것들, 흙이 해내는 그런 경이로운 변화들을 말로써 전달하고 교육을 시킬 수도 있겠지만, 그 생명들과 함께하지 않고서는 온전히 전달할 수 없는 일이지요. 책을 천 권 만 권 읽어도 알 수 없는 것이기에 누구에게든 '살아생전 한 번이라도 농사를 지어보시오' 하고 권하고 싶어요."

논흙이란 오랜 세월 대를 이어 우리와 부대껴온 가장 친밀한 자연이 아닐 수 없다. 까마득한 옛날 조상으로부터 오늘날 이 땅의 농부들에 이르기까지 그 위로 피땀과 눈물을 쏟아 다진 퇴적토인 셈이다. 벼논 스무 마지기를 짓는 그 역시 논에 얽힌 마을 사람들의 절절한 사연을 품고 있다. 논 한 배미를 장만하려고 몸뚱이를 아낌없이 부려온 순정한 사람들에게 논흙과 지푸라기로 빚은 토우의 함지박 웃음만 한 위로가 어디 있으랴. 시리고 고달프며 쓸쓸하고 고독한 가슴가슴을 보듬고 다독이려는 농사꾼 도예가의 애틋한 바람까지 꾹꾹 담겨 있으니 말이다.

"아이가! 봄이 인자 온 줄 알았등마, 진즉 왔는갑서야."

마을길에 바짝 붙은 논에 들어간 그가 자못 놀란 기색이다. 윗배미 도랑을 타고 쫄쫄 물이 드는 논바닥의 가장자

전라도, 촌스러움의 미학

리에 삽을 꽂자 허망하게 쑥쑥 들어가는 게다. 몇 삽을 퍼올려 흙을 뒤집자 땅강아지 한 마리가 볼볼 기어 나오더니 감쪽같이 흙속으로 사라진다.

"이걸 또 갈아엎어서 바싹 말린 다음 물을 넣으면 흙이 싹 부스러지니까 모를 내고 벼를 키워내는 거지요. 농기계가 변변치 않았던 옛날 사람들이 힘이 좋아서가 아니라 다 이런 요령으로 농사를 지었지요."

무월리는 산간지역이라 황토가 귀하고 논흙엔 돌과 모래자갈이 섞여 있다. 아직 썩지 않은 지푸라기며 볍씨들이 논바닥에 깔려 있고 벼의 밑둥 또한 비뚤비뚤 줄줄이 평행을 이루고 있다. 아마 그대로 썩어가며 올 농사의 밑거름이 될 게다.

그가 퍼낸 논흙을 맨손으로 쏙쏙 비비는가 싶더니 어느새 논바닥에 커다란 사람 얼굴을 만들어 보인다. 물에 잠긴 지푸라기를 걷어 머리카락으로 올렸다. 역시나 허허로운 웃음이 소리 없이 세상으로 퍼져간다. 새봄에 바치는 그의 선물이다.

"손이 한나도 안 시럽네."

허리를 펴고 일어서는 그의 얼굴에도 봄날을 흡족해하는 미소가 번진다.

"논흙은 마음의 감성이랄까? 옛날엔 논, 그러면 너무 힘들고 다른 걸 볼 겨를이 없는 노동이었는데, 이제는 많은

논흙으로 쌀도 짓고 예술도 짓고

변화가 일어서 마음의 감성을 일으킨다고 할까요."

논이 가족을 부양하는 삶터이자 끝도 없는 상상과 창조의 곳간이 되었으니 그는 참으로 행복한 농사꾼이요 현장예술가다. 수수한 미소가 오누이처럼 영락없이 판박이인 그와 아내 정다정 씨는 허허롭고 무던하게 살아온 무월리의 삶을 담아《허허공방 이야기》라는 책도 펴냈다. 덤덤한 일상 안에 깨알 같은 재미와 기쁨이 다뿍한 책 속에서 논흙을 쓰는 도예가의 작가정신을 만난다.

> 토우를 만들고 그릇을 만들 때 내가 태어나서 농사지으며 살고 있는 논흙을 주로 씁니다. 논흙은 퇴적물과 불순물이 많아 얍상하니 예쁜 형태는 나오지 않고 논흙의 성질을 닮은 질박하고 너그러운 형태의 그릇이 나옵니다. 그래도 논흙 쓰는 걸 멈출 수 없습니다. 거무튀튀한 논흙에서 생명을 느끼기 때문입니다.

그는 앞으로도 질척질척 퍼질러놓은 논흙을 조무락조무락 매만져 사람 냄새 물씬 풍기는 투박한 갓난쟁이 토우들을 낳아낼 터이다. 집 마당을 길게 가로지르는 빨랫줄도 자주 가득 채워질 성싶다. 그의 아내는 '흙놀이'에 빠져 흙범벅이 된 빨래를 칼칼하게 씻어 눈부신 봄빛 아래 내다 걸 게다. 옷가지들이 펄럭이고, 간짓대 깐닥깐닥 흔들릴 때마다 여기저기서 토우들의 행복한 웃음도 날아들겠지.

구도심 시장통의
예술가들

'구도심'이라는 낙인이 찍혀 천덕꾸러기 신세가 된 동네는 저마다 오래된 시장을 품고 있다. 이런 곳은 비록 이우는 꽃처럼 날마다 쇠락해가는 장터이지만 그리 만만하게 봐선 안 된다. 한때는 온갖 물산이 넘나들고 사람들로 북새통을 이뤄 흥성흥성 절정을 맛본 곳이다.

따닥따닥 붙은 작은 점포들이 속절없이 빛바래가는 성싶어도 재주 많고 부지런한 장꾼들이 아직 현역으로 건재하다. 실한 몸뚱이 하나로 새벽부터 밤늦도록 땀을 흘려 자식들을 키워낸 억척스런 도시의 서민들이다. 그중엔 큰 부를 이룬 성공 신화의 주인공도 있고, 지금이야 잔돈푼 매만지며 소일거리를 하는 노인이지만 돈푼깨나 굴리며 전성기를 구가하던 고수들도 있다.

광주의 대인시장도 전형적인 구도심의 전통시장이다. 광주역과 버스터미널을 곁에 끼고 있을 적엔 날마다 대목이었다. 발 디딜 틈이 없을 만큼 전라도 전역에서 사람들이 밀려와 성시를 이루었다. 상인들 가운데는 "돈을 헤아릴 틈이 없었다"라며 다시 볼 수 없을 그때의 광경을 그리곤 한다.

광주지역 화가들과 문화기획자들이 대인시장의 빈 점포를 임대해 하나둘 둥지를 튼 것은 2008년부터다. '삶이 곧 문화'라는 예술운동이기도 했고, 폐허가 되어가는 구도심을 재생하려는 정책의 요구이기도 했다. 시장 상인들과 예술가들의 어색한 동거는 여러 가지 실험을 통해 숱한 우여곡절을 낳았지만, 대인시장의 옛 영화가 다시 오는 게 아닌가 싶을 만큼 사람들 욱적대는 장면들을 연출하곤 했다.

시장과 예술의 이색적 만남을 구경하려는 발길이 이어졌고, 한밤까지 불야성을 이룬 '야시장'이 대표적인 성공사례로 알려지면서 급기야 대통령까지 방문하는 등 유명세를 탔다.

〈전라도닷컴〉도 몇 해를 묵혔는지 알 수 없을 정도로 먼지가 켜켜이 쌓이고 구석구석 거미줄을 친 심란한 점포 한 칸을 세냈다. 안팎을 씻고 닦고 칠하고 꾸며 사 년 남짓 잡지와 책을 펴내며 부대꼈다. 상인들은 예술가 부류로 취급했지만, 시장에 입주한 작가들과는 입장과 처지가 다르니 어쩔 수 없이 관찰자가 되었다. 그리고 두 진영의 경계에서 모호하게 양다리를 걸치며 쓸데없이 맘고생을 하기도 하고 이른바 관청의 '갑질'로 망가지는 문화현장을 목도하며 분통을 터뜨리기도 했다.

평생 딱 부러지게 이문을 따져온 상인들의 삶과 돈으로는 환산이 불가능한 예술가들의 세계는 처음엔 물과 기름 같았다. 그러나 어떤 사람들끼리이건 같은 공간에서 말을 섞게 되고 술밥까지 나누다보면 정이 들게 마련이다.

삶의 현장에서 예술을 빚겠다는 젊은 작가들이 인생의 대선배들에게 고개를 숙이고 동화되는 것은 당연한 일이기도 했다. 의미 있는 시도들이 계속되었고, 무엇보다도 예술가들의 작품에 오래된 시장의 소소한 삶과 정겨운 일상들이 포착되기 시작했다. 지켜보는 재미가 쏠쏠한 변화였다.

신양호 작가는 어물전의 갈치를 한지 위에 먹으로 치기 시작했고, 윤남웅 작가의 질박한 풍속화는 갈수록 풍성해졌다. 또 박문종 작가는 작업실보다 선술집에서 보내는 시간이 더 많았다. 특히 '홍어 거시기'에 꽂혀 그림 대신 설치 작품을 내놓기도 했다. 전라도의 토속적인 맛과 멋, 흥을

시장통의 정서가 자연스레 스며든 윤남웅 작가의 그림.

진득하게 탐구해온 중견작가의 열정이 대인시장을 서성이던 시절이었다. 이 세 명의 대표적인 작가 이외에도 국내외에서 수많은 작가들이 대인시장을 들락거렸고 저마다의 작품세계에 오래 묵은 시장통의 냄새와 이미지를 투영했다. '삶이 곧 예술'이라는 말이 수사에 그치지 않고 실제로 구현되는 현장이라고 할 만했다.

하지만 지금도 진행형인 '대인예술시장 프로젝트'를 통해 탄생한 최고의 작가로 나는 주저없이 곽일님 아짐을 꼽는다. 평생 그림붓 한번 쥐어본 적이 없는 아짐은 시장 상인들에게 손글씨를 가르쳐주는 무료강좌를 통해 삐뚤빼뚤 글씨를 써보다 마침내 그림까지 그리게 되었다.

"이날 평상(평생) 젤로 많이 보고 산 것인께, 우리 자식들 다 키워 줬응께."

그가 생애 첫 작품으로 내놓은 것은 닭 그림이었다. '함평오리닭'이라는 간판을 내걸고 헤아릴 수 없을 만큼 닭과 오리를 잡아 팔아온 시장 상인다운 소재였다. 뉘가 나도록(물리도록) 매만졌을 닭이련만 외려 마음 깊이 감사하는 순정이 느껴졌다.

탁월한 눈썰미야 무수한 닭을 다루며 절로 생길 법하지만 미술교육 근처에도 가보지 못한 아짐의 그림 솜씨는 가히 타고난 재능이랄 수밖에. 형형한 눈빛과 다채로운 색깔

생업과 일상이 예술이 되었다. 광주 대인시장 닭집 주인 곽일님 아짐이 그린 닭.

들이 겹쳐진 과감한 터치의 깃털은 여느 작가의 솜씨와 견주어도 손색이 없었다.

생업과 일상이 곧바로 예술로 증명되듯 닭과 오리, 그리고 소소한 일상을 그린 아짐의 작품들은 마침내 시장 골목의 작은 갤러리에 걸리게 되었다. 젊은 작가들이 마련한 전시회에서 한복을 곱게 차려입고 환하게 웃던 아짐은 행복한 예술가였다.

나는 대인시장이 배출한 첫 번째 화가 곽일님 아짐의 감동적인 첫 작품 닭 그림을 놓칠 수가 없었다. 제일 먼저 달려가 빨간 스티커를 붙였다. 오늘도 아짐의 닭은 빨간 벼슬을 흔들며 눈을 부라리며 나를 굽어보곤 한다.

몸을 부대끼며
한데 어울리던 날들

"나가 오래 있으문 야들 에미만 고생이제…."

오랜만에 아들집에 오신 어머니는 광주에서 딱 사흘 밤을 주무신 뒤 가실 채비를 하셨다. 온 세상이 꽁꽁 얼어붙고 찬바람 수그러들 기미가 없어 겨울나기를 함께하고 싶었지만 그마저 맘대로 되지 않았다. 어머니를 모시고 순천으로 가는 길, 산천이 허연 가루를 뒤집어쓴 채 덜덜 떨고 있다.

"춘디 아그덜 나댕길 때 감기 조심허그라."

"눈 많이 오문 차는 놔두고 댕기고…."

"엄니 본다고 자꾸 집에 올라고 애쓰지 말그라. 길 미끄런디."

전라도, 촌스러움의 미학

어머니는 한 시간 남짓 차 속에서 내내 신신당부를 하신다. "예, 예, 알았당께요"만 연발하다 보니 어느새 고향 들머리에 접어든다. 널찍한 포장도로로 바뀐 둑길 아래로 길게 뻗은 동천의 물길이 시퍼렇게 이어지다가 군데군데 얼어 있다. 저 강물을 따라 흘러가버린 어린 시절의 겨울풍경이 새록새록 떠올라 가슴이 콩콩 뛴다.

아이들의 겨울은 참 분주하고 소란했다. 틈만 나면 개천으로 내달려야 했던 우리는 조막만 한 손으로 썰매도 만들고 스케이트도 만들었다. 판자와 각목을 톱으로 자르고 철사를 펴고 못을 박으며 낑낑 안간힘을 썼다.

마음은 진즉 얼음판으로 달음질을 쳤지만 작업은 늘 지지부진 애간장을 태웠다. 가까스로 완성된 조악하고 어설픈 놀이기구들을 보물인 양 품고 나가 지치도록 얼음을 지쳐댔다. 팽이치기로 쌈질을 하기도 하고, 제법 머리가 커서는 큼지막한 얼음 덩어리에 구멍을 뚫고 긴 작대기를 꽂아 강바닥을 밀며 '얼음배'를 타기도 했다.

아찔한 순간도 많았다. 둥둥 떠다니던 얼음배가 갑자기 발밑에서 쩍쩍 갈라지기도 하고, 늘렁늘렁 늘어진 '고무 얼음' 위로 호기롭게 썰매를 달리는 중에 갑자기 바닥이 푹 꺼지기도 했다.

온몸에 찬물을 뒤집어쓰는 바람에 이가 저절로 딱딱 부

덮히는 한기에 오돌오돌 떨었지만 그대로 집으로 갈 순 없었다. 종일 싸돌아다니다 젖은 옷을 입은 채 그대로 집에 들어갔다가는 당장에 불벼락이 떨어질 게 뻔했다. 아! 날은 점점 어둑어둑해지는데, 잡목을 주워 강변에 불을 지피고 다같이 시린 어깨를 서로 비벼대며 옷을 말리던 친구들 그리워진다.

그뿐이랴. 빈 들에 나가 연을 날리며 연줄 끊어먹기 경연을 벌이고, 참새를 잡겠다며 새총을 쏘아대다 애먼 장독을 작살내기도 했다.

온종일 뜀박질을 하고 한시도 가만히 있지 못하고 몸을 노댔다. 우리는 씩씩하게 추위를 이겨내며 겨울의 재미를 만끽했던 것이다. 새카만 손등이 쩍쩍 갈라져서 피가 나고, 시도 때도 없이 콧물을 줄줄 흘리던 개구쟁이들이었건만, 그 시절 아이들은 겨우내 장인(匠人)이었고, 변변찮은 입성으로 혹한에 맞서던 전사(戰士)였다.

아이들은 모두 연을 제 손으로 만들어 하늘로 훨훨 띄울 줄 알았다. 날카로운 대나무 가시에 손을 찔리고 베어가면서도 정성 들여 댓살을 깎았다. 바람구멍을 제대로 뚫고 실을 매달아 연의 균형을 잡고, 멋드러진 문양도 그려 넣었다. 가오리연이야 거기서 거기지만, 방패연은 하늘에 띄우는 순간 솜씨의 우열이 확연하게 드러났다. 바람을 타고 늠름하게 하늘을 나는 연의 주인은 가슴을 쫙 펼 수 있었다. 하지만 연이 자꾸 한쪽으로 기울거나 뱅뱅 돌다가 곤두박질치기라도 하면 얼굴이 벌개질 만큼 창피할 노릇이었다.

깨진 사기그릇 조각들을 차돌로 간 뒤 풀을 이겨 연줄에 먹이고서 연싸움에 나섰다. 나름 치밀하게 준비를 하고 강둑이나 언덕에 올라갔더라도, 능숙하게 얼레를 다루며 눈깜짝 할 새에 연줄을 자유자재로 줬다 풀었다 하는 고수들과 맞붙으면 낭패였다. 몇 합을 겨루지도 못하고 허망하게 연줄이 뚝 끊기면서 애써 만든 연이 저 멀리 날아가 버렸다. 분을 삭이지 못해 눈물까지 훔치면서 돌아와 씩씩거리며 다시 댓살을 깎는 어린 마음에는 근성과 오기, 불굴의 투혼 비슷한 것이 꼼지락대고 있었을지도 모른다.

어느 겨울방학에는 온 동네를 발칵 뒤집어놓는 사건이 벌어지기도 했다.

"재성이 성이 개다리총 맹그는 법을 배왔단다. 시방 광용이 집으로 모태란다!"

"뭐시여, 총을 맹궁다고(만든다고)? 진짜로?"

당시 흑백 텔레비전의 최고 인기 드라마는 '전우'였는데, 마을마다 주인공 나시찬을 흉내 내는 아이들이 여럿이었다. 아이들은 편을 가르고 대장을 뽑은 뒤, 헛간이나 짚더미를 '본부'로 삼고 군인들 흉내를 내며 놀았다. 총싸움이라야 나무막대기를 겨누며 입으로 "땅땅", "드르륵드르륵"
소리를 질러대는 게 다였는데 급기야 '진짜 총'을 만들자
는 바람이 분 게다.

공터에서 자치기를 하던 동네 아이들이 우르르 몰려가
보니 벌써 몇몇이 톱질을 하고 있었다. 연필로 총의 꼴을
그린 금을 따라 낑낑거리며 나무판자를 도려내니, 앞쪽은
기다랗고 뒤쪽은 제법 그럴싸한 개머리판이었다. 우산대
를 총열로 붙였고 뾰족한 못 끝을 잘라낸 뒤 공이를 삼았
던 것 같다. 또 어디서 주워왔는지 모르는 탄피로 탄환을
만들었는데, 납 조각을 넣은 뒤 성냥 끄트머리를 긁어서
화약으로 채웠고 양초를 녹여서 밀봉을 했다.

어른들에게 들킬까 봐 숨을 죽여가면서 며칠 동안 땀을
뻘뻘 흘렸더니, 동네 개구쟁이들 모두가 개다리총을 한 자
루씩 갖게 되었다. 충무공 이순신 장군 휘하의 병졸들이
이렇듯 사기가 충천하고 의기가 양양했을까. 아이들은 제
손으로 총을 만들었다는 사실에 흥분을 감추지 못했다.

그러나 조악한 총을 치켜들며 우쭐대던 분위기는 그리
오래가지 못했다. 총소리가 너무 요란해 비밀스레 진행해
온 '무장계획'은 여지없이 들통나고 말았던 것이다. 방아쇠
라는 게 작은 막대기에 노란 고무줄을 매달아 팽팽하게 당
겼다 놓는 식이었는데, 불발도 많았지만 한번 터지면 간이
떨어질 만큼 소음이 굉장했던 게 문제였다.

"멀쩡한 우산을 분질러서 총을 맹글어야? 에라이, 이 속 창아리(철)없는 놈아! 저놈은 여름에 비 철철 맞고 핵교를 가봐야 정신을 채릴 것이여."

"오메, 이 썩을 놈! 금메 아무리 찾아도 엊그제 사놔 논 성냥이 없드랑께. 양초도 니가 갖고 나갔제?"

"허허! 차말로 동네 애기덜이 갈수록 부잡해지네그랴. 난리를 안 저꺼농께(겪어놓으니) 총이 얼매나 무선 줄을 모른당께."

출동한 부모들에게 '체포'된 아이들은 혼이 쏘옥 빠지도록 야단을 맞았고, 어떤 아이는 회초리를 피할 도리가 없었다. 개다리총을 들고 강둑을 달리던 그 겨울의 추억이 강물에 아른거린다.

겨울이 그러했으니 날마다 물속을 제 집처럼 드나들던 여름날은 오죽했으랴. 아이들은 옷을 홀렁홀렁 벗어 던지고, 쑥을 찧어 귀를 틀어막고 텀벙텀벙 강물에 뛰어들었다. 입술이 새파래지도록 멱을 감고 지치도록 물장구를 치고 물싸움을 벌였다. 납작한 돌멩이를 귀에 대고 폴짝폴짝 뛰면서 귓속의 물을 빼기도 했고, 햇살이 자글거리는 자갈밭에 몸뚱이를 굴리면서 말리기도 했다.

바위틈에 손을 집어넣고 더듬질로 물고기를 잡아 올릴 때, 그 파닥거리던 감촉은 또 어쩌했던가. 강아지풀에 아가

미를 줄줄이 꿰어 보무도 당당하게 집으로 돌아오던 해질
녘 여름날의 정경이라니!

우리들은 저마다 물총을 만들어 고기잡이를 하기도 했
다. 대나무를 잘라 마디 한가운데에 구멍을 뚫고 제법 두
꺼운 철사의 한쪽을 날카롭게 벼려서 꿰어 넣었다. 갓난아
이 기저귀에 두르던 노란 고무줄로 방아쇠를 만들어 쏘던
타고난 잠수사요 어부였다. 온 동네 아이들이 긴 그물을
들고 나와 강물을 거슬러 올라가며 천렵을 하고, 다리 밑
에 솥을 걸고 매운탕도 끓여 먹었다. 여름 한철이 지나갈
때마다 우리들이 나눴던 이야기도 강물만큼 넘실대며 흘
러갔다.

이렇게 또래 친구들과 어울려 놀며 치대던 어린 시절을
돌이켜보면 추억에 감사하면서도 요즘 아이들에게 미안한
생각이 든다. 뭐든 제 손으로 만들어내기보다는 돈을 주고
사서 쓰면 그만이요, 몸을 부대껴 스스로의 감각으로 체득
하지 못한 구경꾼을 만들지 않나 싶어서다.

어린아이들이 텔레비전 예능프로그램을 지켜보며 웃고
즐기는 모양이 안쓰럽다. 여행을 가고, 놀이를 하고, 내기
를 하고, 우스갯소리를 주고받고, 변변한 재료도 없이 소
꿉놀이처럼 요리를 하고, 온갖 궁리를 해가며 도구도 없이
뭔가를 만들고….

텔레비전 안에서 벌어지는 이 모든 것은 기실 우리 아이들이 제 몸을 노대며 오감으로 느끼고 동무들과 어울려 공감해야 할 행위들이 아니겠는가. 성장기에 반드시 거쳐야 할 과정을 예능프로그램을 통해 구경만 한다면 어떻게 여러 갈래의 감수성을 키우고, 위대한 예술가의 재능을 일깨우고, 이리저리 얼굴을 마주하고 살을 맞대며 느끼는 소통과 연대의 묘미를 맛볼 수 있을까.

몸 부대낄 일 없고, 한데 어울릴 일도 없이 아이들이 마땅히 누려야 할 즐거움을 연예인들의 직업적인 역할극에 맡겨버린 세태가 안타까울 뿐이다.

몸을 부대끼며 한데 어울리던 날들

고향 흙에서 피어난
가장 위대한 문학

고향이란 사람에 따라서는 지긋지긋한 가난의 처소인지라 남루한 속옷마냥 꽁꽁 동여매 숨기고 싶기도 하지만 나이가 들수록 그립고 사무치는 얼굴들과 유년의 추억들만이 아름다이 떠오르는 영혼의 안식처이기도 하다.

그러나 이제 고향은 한번 몸을 빼내 객지를 떠돌게 되면 좀처럼 되돌아가 삶의 보따리를 풀어놓기 힘든 곳이 되었다. 부모 형제 누구라도 붙박여 살지 않으면 발길이 끊기고 기억 속에서조차 사라지기 십상이다. 탯자리와 성장지가 세월 따라 낯설게 변모하거나 흔적 없이 지워져가고 고향과 고향 사람들에 얽힌 숱한 이야기들조차 가물가물해지면 마침내 고향을 영영 잃고 마는 것이다.

전라도, 촌스러움의 미학

제아무리 고향을 사랑한다 할지라도 빛바랜 사진첩을 이따금 들춰보며 향수를 달래는 게 타향살이 장삼이사의 정서이련만, 전남 광양에 사는 '평범한' 회사원 김도수는 기어이 고향의 실경 속으로 되돌아간 '비범한' 사람이다.

그의 고향인 전북 임실군 덕치면 진뫼마을은 전라도 여느 시골마을처럼 젊은이는 객지로 나가고 노인은 하나둘 세상을 떠나가는 적막한 산중강촌이다. 소살소살 흘러가는 섬진강변을 따라 옹기종기 지붕을 잇댄 집들마다 변변찮은 논밭뙈기를 일구며 주렁주렁 달린 자식새끼들을 억척스레 키워낸 어미 아비의 자취가 서린 눈물겨운 곳이다.

그는 이미 남에게 팔린 고향집을 십 년 넘게 찾아다니며 행여 태풍에 무너질까 큰비에 지붕이 샐까 전전긍긍 기웃대며 보살폈다. "제발 집을 팔게 되면 저한테 파십시오" 하며 애원하는 그의 말에 기가 막힌 집주인이 집 팔 일 없다며 역정을 내기도 했단다.

고향집을 다시 사서 안방 벽에 허름한 옷가지들 주렁주렁 내걸리던 날, 나는 꿈을 실현한 자만이 지어 보일 수 있는 환한 웃음을 그 벽에 함께 걸었다. 구멍 뚫린 양말, 해진 속옷, 낡은 운동화에 빛바랜 겉옷 걸쳐 입고 삽 들고 텃밭에 나가 씨앗 뿌리던 그해 봄이 내겐 얼마나 따스하고 행복했던지.

— 김도수 산문집《섬진강 진뫼밭에 사랑비》중

고향 흙에서 피어난 가장 위대한 문학

오직 고향을 천착해 마침내 '고향의 문학'을 꽃피운 김도수 씨가 나고 자란
임실 진뫼마을.

마침내 마음을 돌린 집주인에게 당초 헐값으로 팔았을 때의 열 배도 넘는 값으로 고향집을 되산 뒤, 그는 주말마다 고향으로 달려가 부모님 일구시던 묵정밭에 씨를 뿌리고, 큰물에 떠내려간 징검다리도 다시 놓고, 죽어가는 정자나무를 살려내고, 도시의 관공서 표지석으로 끌려간 섬진강가 바윗덩어리를 천신만고 끝에 되찾아 오는 등 마을의 옛 풍경을 복원해왔다.

그리고 글을 쓰기 시작했다. 〈전라도닷컴〉에 '도수네'라는 제목으로 그가 보내온 이야기들은 징글징글한 고향 사랑으로 편편이 절절했다. 죽을힘으로 자식들을 키워낸 어미 아비의 흙투성이 생애에 바치는 지극한 헌사였다. 옷, 신발, 학용품, 주전부리, 용돈은커녕 학비까지 온통 없는 것뿐이던 날들을 도타운 우애, 천진한 우정으로 무질러온 씩씩한 성장기였다. 순박한 이웃들의 끈끈한 연대기요, 산골의 정경을 꾸밈없이 그려낸 꼼꼼한 풍속화였다. 집요하고도 탁월한 기록을 통해 고스란히 복원된 전라도 민초들의 어제요 오늘, 곧 정직한 역사였다.

전문적인 글쓰기 교육을 한 번도 받은 적 없었던 그의 글은 꾸밈없고 질박했지만 사람살이를 그대로 투영해낸 진정성으로 수많은 독자들의 심금을 울렸다. 유장한 섬진강물처럼 진뫼마을 이야기도 무궁무진 마르지 않는 화수분이었다. 깨복쟁이(벌거숭이) 친구들, 부모형제 일가친척, 이웃들은 물론 길섶의 돌멩이 하나, 강기슭의 나무 한 그루, 뒷산의 풀 한 포기까지, 마을의 모든 존재들이 정답고도 애잔하게 얽히고설켰다가 좔좔 풀려나와 총망라되었다.

그의 글은 지난 2004년 첫 산문집 《섬진강 푸른물에 징·검·다·리》(전라도닷컴)를 펴낸 뒤에도 그치지 않았고, 2015년에는 첫 시집 《진뫼로 간다》(푸른사상)와 두 번째 산문집 《섬진강 진뫼밭에 사랑비》(전라도닷컴)로 잇달아 엮였다.

고향을 사랑하는 마음만으로 시작한 글쓰기였지만 이제는 모두가 그의 이름 석 자에 따라붙는 시인이라는 호칭에 고개를 끄덕인다. 오직 고향 진뫼마을만을 천착해 마침내 꽃을 피운 고향의 문학이다. 그가 생전에 부모님이 땀 흘리던 고추밭 가장자리에 "어머니 아버지, 가난했지만 참으로 행복했습니다"라는 글귀를 새겨 세운 '부모님 사랑비'는 이 땅에서 가장 아름답고 우뚝한 빗돌이요, 문학비가 되었다.

배추밭에 들어가 풀 매고
밭두렁 올라서는데
고무신 속 몽근 흙
발걸음 옮길 때마다 곰지락거린다

울 어매 발바닥 닳게
내 생명 키워준

그 흙 한 톨도 아까워

다시 밭으로 들어가

탈탈 털고 나왔다.

— 시집《진뫼로 간다》중 '흙'

　나는 그의 글이 연재되는 동안 눈물바람을 하지 않을 수
없었다. 울컥울컥 가슴을 치며 눈물샘을 자극하는 대목들
은 대부분 어머니에 대한 회상이었다. 애오라지 자식사랑
으로 일관한 '월곡떡'은 글을 몰라 버스를 탈 수 없었기에
자식을 군대에 보내놓고 면회 한번 못가고 애만 태웠던 전
형적인 우리네 시골 어머니였다. 월사금을 내지 못해 학교
에서 쫓겨온 아들을 보며 발을 동동 구르고, 휴일이면 집
에 왔다 돌아가는 자식들의 손에 차비를 쥐어주기 위해 맨
발로 이 집 저 집 돈을 꾸러 다니던 어머니였다.

　온종일 중노동에 지친 어머니가 누에똥을 가리다 깜박
졸음에 고꾸라져 돌멩이에 이마를 찧은 대목에서는 아예
엉엉 울어야 했다. 그 이마의 상처에 입맞춤하며 어머니를
저승길로 보냈다는 김도수의 통한에 가슴이 시렸다. 거울
을 앞에 두고 선 듯 합치된 김도수의 삶과 문학은 지고지
순한 모성이 빚어낸 결정체였다.

　그는 떠나가신 어머니의 삶에 바치는 외경과 보은의 마

음을 살아계신 마을 어르신들에게 쏟는다. 마을회관으로 철철이 과일을 나르고 틈틈이 술상밥상을 차려 그분들 틈에서 즐거이 시간을 보내곤 한다. 한 생애를 한데 얼려 의지하면서 저마다 허리가 휘어지도록 버거운 삶의 무게를 이고 지었던 부모 세대에게 바치는 심심한 위로이자 마을 사랑이다. 나아가 그의 삶과 문학은 고향과 모성에 빚진 모든 자식들의 마음자리에 던지는 살갑고도 매서운 돌팔매질 같다.

2015년 장맛비와 태풍이 밀고 당기는 한여름, 그는 고향집에서 첫 시집과 두 번째 산문집 출간을 기념하는 잔치를 열었다. 섬진강도 감질나게 내리던 비를 알뜰히 모아 제법 찰랑찰랑 흐르고, 논밭, 산들의 짙은 녹음은 쉴 새 없이 일렁여 산골은 온통 초록빛이었다. 전국 곳곳에서 가족과 지인, 시인들이 모여들어 그의 시를 읊고 산문을 읽었다.

그날의 조촐한 잔치마당에서 가장 감동적인 장면은 새벽길을 달려온 서울의 독자 신정화 씨의 순서였다. 그는 작업복과 해진 신발차림으로 나와, 김도수 시인의 글을 통해 흙 묻은 손발과 흙 묻은 옷이 부끄럽지 않음을 깨달았다고 했다. 그리고 시인의 부모님은 자기 인생의 스승이라며 방안에 걸린 두 분의 사진을 향해 넙죽 큰절을 올렸다.

삶을 글로 찍어내는 문학의 힘이 사람의 삶에 미치는 따뜻한 울림을 그날 보았다.

고향 흙에서 피어난 가장 위대한 문학

할매들이 벌이는
난전의 좌판에는

담양 창평면의 삼지내마을은 슬로시티, 곧 '느리게 사는 미
학을 추구하는 도시'로 지정된 뒤 외지인들의 발길이 끊이
지 않는다. 이 마을에는 구불구불 고샅을 따라 풍채 좋은
고택과 나지막한 살림집이 어우러져 늘어져 있다. 맑은 물
길이 마을을 휘돌아 너른 들판을 적시는 고즈넉한 풍광을
즐기려는 사람들로 북적인다. 오래된 마을답게 대를 이어
서 쌀엿, 유과, 약과 같은 특산품을 만들거나 한 땀 한 땀
바느질로 삼베 수의를 짓는 집도 있는데, 역시나 집집이
전통의 맥을 잇는 이는 손끝 매시라운 할매들이다.

　찬바람 쌩쌩 부는 겨울날, 돌담 밖으로 달착지근한 엿
내를 솔솔 풍겨내는 김정순 할매는 며느리에게 '엿 맹그는

기술'을 물려주고 계신다. 조선시대 때부터 이름이 났다는 창평 쌀엿은 그렇게 내림이 이뤄지지만, 정갈한 마음과 섬세한 손길로 짓는 조순임 할매의 수의가 후대의 솜씨로 고스란히 이어질지는 좀 더 두고 보아야 할 일이다. 조순임 할매는 "마지막 가는 길에는 주머니가 필요 없제"라며 수의에 호주머니를 달지 않는 이유를 일러주셨다. 빈손으로 나고 빈손으로 가는 생몰의 이치를 명쾌하게 밝히는 말씀이었다.

여느 시골처럼 삼지내마을을 지탱해온 할매들의 솜씨와 인정은 가까운 장터에 모아진다. 창평면사무소 바깥으로 큰길 건너 몇 걸음이면 5·10일마다 창평 오일장이 서는데 삼지내마을 할매들도 장날이면 난전을 편다. 엿이나 유과 같은 마을 특산물, 곡물이나 나물, 푸성귀 등을 조금씩 내다 파는 정도다. 아무래도 돈을 만지는 재미보다는 사람 보는 재미에 염사가 있는 듯하다.

조르라니 늘어진 좌판마다 몇몇이 둘러앉아 옹잘옹잘 이야기를 나누기도 하고 창평장의 명물인 국밥과 순대를 안주 삼아 막걸리 잔을 부딪치는 광경이 정겹다.

그런데 마을이 '슬로시티'로 지정되자 할매들의 일상은 '슬로'는커녕 오히려 전보다 더 바빠져 '패스트'가 되었다.

할매들이 벌이는 난전의 좌판에는

위_ 닮은 듯 서로 다른 개성으로 이룬 한세상. 곡성장.
아래_ 둥글게 둘러앉으면 그곳이 밥상이요, 인정의 자리.

외지 관람객들이 몰려오고 별별 행사들이 열릴 때마다 바지런히 몸을 움직여야 한다. 마을을 찾아오는 사람들은 누구나 훈훈한 시골장터의 정취를 느끼고 싶어 하기 때문이다. 그런 손님들이 헛걸음을 할까 봐서 오랫동안 5일마다 장을 봐온 할매들이 요즘엔 시시때때로 난장을 펴시는 게다. 고샅에 할매들 몇몇이 쭈그리고 앉아 있는 모습을 그저 흔한 시골 정경으로 여긴다면 물정을 몰라도 너무 모르는 것이다.

시골을 웬만큼 다니고 속내를 꿰는 이라야 안다. 뭐든 푸지게 얹어주는 할매들의 장터에서 얼마나 '오진 꼴'을 볼 수 있는지. 그것이 할매들 하나둘 가고 나면 다시는 돌아오지 않을 희귀한 장면이라는 것도.

"워메! 뭣을 그라고나 바리바리 싸서 나온다요?"

"이 시래기 좀 보실랍니까? 좋지요? 서울에서는 못 삽니다, 이런 거."

전국의 '파워 블로거'들이 창평 슬로시티로 초대된 어느 해 봄날, 이틀간의 일정을 마치고 삼지내마을의 민박집을 나서는 지인들을 만났다. 무분별한 개발로부터 지리산의 자연환경을 지키자며 보름마다 둘레길을 함께 걸었던 '지리산 만인보'의 동행인데, 늘 단짝처럼 붙어 다니던 선배와 후배다. 헌데 웬만하면 귀찮아서도 마다할 남정네 둘이서 무얼 그리 장만했는지 손에 들린 보따리가 묵직해 보였다.

할매들이 벌이는 난전의 좌판에는

먼저 선배가 주섬주섬 배낭에 욱여넣었던 짐들을 도로 꺼내놓으며 자랑한다. 시래기, 쌀엿, 산야초 효소, 나물, 푸성귀. 삼지내마을 할매들이 내다 파는 것들이 잔뜩이다.

선배는 말쑥한 용모하며 반지르르한 말투까지 영락없는 도회지풍이다. 꼭 필요한 것이 아닌 바엔 이렇듯 촌스런 물목들에 한 푼도 쓰지 않을 깍쟁이 서울내기려니 짐작했는데, 뜻밖에도 할매들의 매출을 올려주는 마을 장터의 '큰손'이었다. 후배도 질세라 나름 '한 살림'을 장만했는지 짐을 꾸리기가 여간 성가신 게 아니었던 모양이다. 솔찬히 큰 배낭에 꾹꾹 욱여넣었는데도 결국 양손에 비닐봉지 몇 개를 들고 길을 나서야만 했으니 말이다.

'외지에서 온 손님들이 좋아한다'는 장터를 열기 위해 할매들은 들뜬 마음으로 아침 일찍부터 서둘러 나물이며 곡물이며 푸성귀를 갈무리해 나오셨을 터이다. 따가운 봄볕에도 아랑곳없이 사람 보는 재미, 잔돈푼 사는 재미로 한나절 품을 파는 할매들이 도시 사내들의 가슴에 훈훈한 온기를 채워준 셈이다. 그 정겨운 난전을 야박하게 지나치지 않고 지갑을 열어 타시락타시락 흥정도 하고 도란도란 즐거움을 나눌 줄 아는 사람이라면 마을 장터의 멋과 맛, 기쁨을 한껏 누릴 만할 것이다.

해마다 새봄이면 도시 사람들의 시골 나들이가 봄꽃마냥 흐드러진다. 꽃구경도 그러려니와 '볼거리, 먹을거리 꽨

전라도, 촌스러움의 미학

찮다'는 한 줄기 희미한 소문만 나도 전국 어느 곳이든 골골샅샅 사람과 차가 들어차기 일쑤다. 그렇게 봄 내내 상춘객들이 우르르 지나가고 나면 머지않아 피서 인파가 몰려들었다가, 어느새 단풍 찾아 온 걸음걸음이 알록달록 이어진다.

요즘 웬만한 시골마을은 환갑은 청년 축에 들 정도로 고령화되어 있다. 아이 울음소리 끊긴 지 오래인 한적한 고샅에 사람들 들고 나는 정경은 어르신들에게 오진 일이다. 사람이 그립고, 사람이 보고 싶은 어르신들은 "젊은 사람들 본께 재미지제" 하며 손님들을 반긴다. 그런 열린 마음이 있기에 도시 사람들은 어디든 불쑥불쑥 찾아갈 수 있고 산수유, 매화, 진달래, 벚꽃 구경도 실컷 할 수 있다. 돌담길을 시나브로 걸으며 열린 대문 안을 들여다보고 담장 너머를 기웃거리며 시골살이의 정서를 느껴보기도 한다.

깨끗한 자연, 대대로 공동체를 이루며 살아온 오래된 삶터를 무방비로 펴 보이는 것은 시골 어르신들의 큰 선심이다. 올망졸망 형형색색 고무 대야와 그릇들이 조르라니 잇대어진 애틋한 풍경, 산골은 산골대로 어촌은 어촌대로 저마다 특산물 푸지고 덤도 말씀도 넉넉히 얹어주는 장터는 선물이요 보너스다. 돈보다는 사람을 반기는 난전, 손수 키우고 캐고 다듬고 말리고 갈무리한 노동에는 삯을 매기지 않는 순정한 셈법으로 거래하는 장터를 세상 어디에서 만날 수 있으랴.

"제발 돈 좀 써. 뭐라도 좀 사, 언능! 이 좋은 마을 돌아 댕기는 입장료도 안 되겠구마."

할매들의 마을 장터를 본체만체하지 않았으면 좋겠다. 중국산이라느니, 마트보다 되레 비싸다느니 하면서 사정 모르는 말 하지 않기를 바랄 뿐이다. 알고 보면 텃밭 푸성 귀, 뒷산 고사리, 가을걷이한 콩, 깨, 팥, 서리태 같은 '진짜 원조 순무공해 자연산'을 싸게 파는 알짜배기 시장, 그러나 이제 곧 사라져 가슴 아리는 추억으로 남을 시장이기에.

전라도, 촌스러움의 미학

갯마을 아재의 뒤태는
당당도 하여라

"여서 한 삼십 년 잡어쓰까? 이 지게 다리가 잘룹디(짧디)
잘룹제. 이 다리가 이만치나 닳아졌을 꺼여. 지게 이것이
몇 억짜리세."

전남 영광군 염산면 두우리 갯벌은 선홍택 아재의 삶터
고 전장터다. 마을의 맨꼭대기 집에서 끝도 갓(경계)도 없
는 광활한 갯벌을 굽어보며 물때에 딱 맞춰 숭어를 잡으러
들락거린다. 말뚝을 박고 그물을 길게 펼쳐 친 뒤 물 따라
들어왔다 걸린 고기를 따내는 작업이다. 담백한 맛과 찰진
식감의 참숭어가 제철인 겨울엔 식당들마다 고기 잡아달
라는 성화요, 장사꾼들 전화가 빗발친다. 음력으로 동짓달,

누군가에겐 그냥 풍경이 아니라 삶터이고 전장터. 영광 두우리.

섣달이 절정인 게다.

"뻘이 좋은게 젤 맛있는 때제. 여짝 깊은 데로 간 놈은
같은 숭어라도 능글능글해. 숭어는 고기를 안 잡아먹고 뻘
만 먹고 살아. 겨울에는 물만 품어내지 뱃속에 암껏도 없
어. 그란게 깨끗하지. 쓸개만 따내고 먹어. 여름에는 뻘이
다뿍 찼어. 살은 여름에 찌고 지금은 맛만 오르지 살은 그
대로여. 살이 쫀득쫀득해."

사방에서 숭어 좀 보내 달라며 아우성을 쳐도 날이 궂
으면 고기는 얼씬도 하지 않는데, 기어이 숭어잡이 현장을
보겠다는 불청객을 위해 아재가 새벽 바다에 나오셨다. 바
다를 훑고 와서인지 날이 바짝 선 겨울바람이 윙윙 귓가를
스쳐간다.

아재의 등짐을 찬찬히 들여다보니 새로 깎은 말뚝 다섯
개와 지게작대기, 뜰망, 마대자루와 비닐포대를 개켜 넣은
고무대야가 차곡차곡 올려져 있다. 그리고 장갑 하나를 접
어 지게 끝에 꽂아놓았다. 물방울이 튄다 해도 웬만해서는
닿지 않을 성싶은 높이다.

낫질로 껍질을 벗겨낸 말뚝만이 새것 모양새이고, 나머
지는 아재만큼은 아니지만 나름 풍상깨나 겪었을 법하다.
빛바랜 물장화, 닳고 닳아 뭉툭한 지게다리, 두 겹 세 겹 테
이프로 때운 고무대야까지 죄다 세월과 부대낀 흔적이 역

선흥택 아재의 뒤태는 완전무결이다. 팔순 노인이 찰방찰방 비닷물을 차며 걷는
걸음걸이에는 마치 노병의 진군 같은 위엄이 있다.

력하다. 저만치 물속으로 비스듬히 꽂힌 간짓대와 "이 쪽
으로 오시라" 하듯이 팔랑거리는 깃발 또한 수십 년은 족
히 아재의 길잡이 노릇을 하였을 터이다.

이런 아재의 뒤태는 완전무결이다. 팔순 노인이 찰방찰
방 바닷물을 차며 걷는 걸음걸이를 두고 '아주 기운차다'
라고 할 수는 없겠지만, 마치 노병의 진군 같은 위엄이 있
다. 야무지고 빈틈없으되 간결하기 그지없는 군장을 메고,
천 리도 만 리도 한 발 한 발 일정한 보폭으로 행군할 자세
다. 아니, 그렇게 굽이굽이 인생길을 넘고 넘어온 생업의
전사다!

갯일이란 노상 물때를 기다렸다 하는 일인데, 물 빠짐
의 정도에 따라 다루는 일감이 달라진다. 두우리 마을에서
도 물이 완전히 빠지고 맨바닥이 훤히 드러나면 자연산 석
화를 캐는 아낙들의 손놀림이 바빠진다. 하지만 아재처럼
그물을 걷는 어부들은 그때까지 어물쩍거리다가는 낭패를
볼 수도 있다. 산 채로 고기를 거두자면 물이 자박자박 차
있어야 좋다.

김 채취는 방방한 물 위로 배를 띄워서 하고, 감태는 물
이 발목쯤에서 찰박거릴 때 어른거리는 해초를 휘휘 손으
로 감아 저으면서 걷어 올리는 식이다. 보통 사람들이야

밀물 아니면 썰물이겠지만, 어촌에서는 시시각각이 다른 물때라 하는 일에 따라 민감하기만 하다.

아재에게 두우리 갯벌은 노다지요 든든한 밑천이다. 칠남매를 먹이고 입히고 가르치느라 수수만만 번 들락거리던 치열한 삶터다. 아재는 여름이면 뻘(개흙)이 끼었다가도 겨울이면 싹 쓸려나가고 모래갯벌이 되는 신비로운 생태 변화를 온몸으로 체득하며 살아왔다.

"여름에는 남풍만 분게 요놈(뻘)이 까라안져서(가라앉아) 뻘이 틉틉해지거든(탁하고 진해지거든). 그런게 모세(모래)가 없어 뻘이 그렇게 좋아. 겨울에는 북풍이 분게 이것이(뻘이) 배깨져불고. 그래서 옛날에는 한나도 뻘 찐 것이 없어. 그런디 지금은 사방데서 막어가지고 물심이 없어. 쩌어기 백수로 어디로 다 막아버렸능가 안. 물이 왔다 갔다 해야 뭔 꼬랑(고랑)도 생기고 어찌고 하는디 다 미어져(메워져) 불었어. 그렁게로 무장(점점) 뻘이 쩌서 포도시 댕개(다닌다니까)."

바닷물이 육지 쪽으로 힘차게 들어갔다가 다시금 빠져나오는 복원력으로 진흙을 바다 쪽으로 벗겨내야 말끔한 모래갯벌이 될 터인데, 여기저기 간척사업으로 물길을 막고 훼방한 후유증이 깊어진다. 아재의 숭어잡이가 예전만 못한 이유는 또 있다. 두우리 갯벌까지 올라올 새도 없이 저기 아랫녘에서 어선들이 그물로 훑어버리는 탓이다.

"겁나게 잡았어. 여그서 쩌그 오는디 한 60키로 지고 와. 30키로는 물속에 담가놓고 두 번 댕개. 우리 애들도 모르네. 따라댕겨야 아는디. 회도 즈그가 썰어서 못 먹어. 그라고 신찬헝게(시원찮으니) 못허게 허고."

행여 고된 물일 대물림할세라 갯벌엔 얼씬도 못하게 한 아비였다.

지난밤에 쳐둔 그물의 길이가 얼추 1킬로미터는 됨직하게 아스라한데 아재는 겨우 숭어 한 마리와 모치(숭어새끼) 한 마리를 거둔다. 얼마나 몸부림을 쳤는지 그물을 친친 감은 숭어 한 마리가 묵지근하게 휘어져 있다. 죽은 줄 알았는데 손을 대자 꿈틀거린다.

떼어낸 고기를 건네주고 그물을 따라 돌아서 걷는 아재의 등짝으로 칼바람이 쉴 새 없이 몰아치지만 끄덕이 없다. 한때는 "풍에 떨어져 죽을 지경"이었지만 (광주) 송정리에서 명의를 만나 회복한 뒤 드넓은 갯벌을 무시로 걷고 걸으며 다잡은 건강이란.

"동네 (동)갑들은 다 가불어 한나도 없다" 하시지만, 머잖아 두우리 갯벌에서 한결같은 보폭과 속도로 찰박찰박 물길을 걸어가는 백세 노인을 만날 수 있을 것만 같다. 그 보무도 당당한 진군! 태산이 흔들려도 미동조차 하지 않고 당신 몫의 삶을 묵묵하게 살아낸 유장한 걸음걸음이다.

갯마을 아재의 뒤태는 당당도 하여라

우리 동네
'핸빈'이 형

서화가 우보(又甫) 김병규. 아니, '핸빈'이 성(형). 우리는 전
라도의 작은 도시 순천의 변두리 마을에서 함께 자랐다.
참 훤한 인물이었다. 어린 맘에 핸빈이 성이 진짜 우리 성
이었으면 하고 바라기도 했다.

형의 세계엔 소리가 없었다. 무엇 하나 남부러울 것 없
는 유복한 가정의 맏이였지만 가혹한 운명은 형에게 청각
장애라는 굴레를 씌웠다. 동네 아이들이 벙어리라고 수군
대며 놀려대곤 했지만 나는 형을 따랐고, 단 한번도 철없
는 따돌림에 덩달아 달랑대지 않았다. 그런 나를 형도 무
척이나 좋아해주었다.

어느 해 여름이었다. 나는 친구들과 어울려 멱을 감으러

개천에 나갔다가 깨진 유리병에 발바닥을 깊이 베고 말았다. 시뻘건 피가 퐁퐁 솟구치는 발을 부여잡고 겁에 질려 동동댈 때 '멀쩡한' 두 귀를 가진 누구도 나의 비명에 관심을 두지 않았다.

그 순간, 어디에서 보았을까. 형이 허겁지겁 달려와 목에 두른 수건으로 내 발을 둘둘 감싸매더니 돌아앉아 등을 내밀었다. 이미 머릿속이 하얗게 비어버린 나를 들쳐 업고 형은 정신없이 마을을 향해 뛰기 시작했다.

얼마나 달렸는지 형의 땀과 내 눈물이 뒤엉켜 범벅인 채로 집 마당에 들어서자, 놀란 어머니는 장독에서 누런 된장을 퍼와 발라주었다. 그때 온몸이 땀에 전 채로 숨을 할딱이며 근심스레 바라보던 형의 눈망울을 나는 죽을 때까지 잊을 수 없을 게다.

사실 겨우 두 살 터울인 형 역시 나처럼 연약한 어린아이에 불과했다. 제 몸뚱이만 한 무게를 지고 족히 오리는 됨직한 흙길을 한달음에 뛰었던 형에게 진 빚을 나는 그저 아스라한 기억으로만 품고 있었다.

"황풍연 선생 맞는감. 현빈이 형 알어?"

누군가 휴대폰 문자 메시지로 말을 걸어왔을 때, 나는 답글을 쓰지 않고 곧장 통화버튼을 눌렀다. 형은 내 이름 풍년을 풍연으로, 나는 형의 어릴 적 이름 현빈을 핸빈으

우리 동네 '핸빈'이 형

로 착각했던 게 틀림없었다. 그런데 신호음이 두 번쯤 울렸는데 갑자기 뚝 끊기는 소리가 들렸다. 이상한 느낌에 나는 "누구신지요"라는 글을 찍었다. 메시지 전송버튼을 막 누르려던 찰나, "문자하시게"라는 답신이 먼저 떴다.

아, '성' 맞구나!

쩌릿한 기운이 지르르 온몸에 번지고, 형과 함께했던 유년의 추억들이 총총하게 떠올라 감질난 행복감에 젖어들었다.

우리는 그날로부터 며칠간 휴대폰 '문자질'을 해대며 묵은 회포를 풀었다. 마치 수십 년 밀린 숙제를 한꺼번에 해치우듯 대화를 주고받았다.

도대체 형이 어떻게 알고 나에게 연락을 했을까 궁금했는데, 우리들의 끊긴 만남에 오작교를 놓아준 이는 뜻밖에도 소리꾼 배일동 명창이었다. 광주문화방송의 〈얼씨구학당〉이라는 국악프로그램 녹화장에서 그의 판소리 한 소절을 듣고 나는 대번에 반해버렸다.

웅숭깊은 전라도 장맛처럼 질박한 소리를 폭포수처럼 기운차게 내지르는 그는 동향에 동갑내기였다. 소심한 샌님 주제인 내가 술기운도 빌지 않고 생면부지에게 벗을 청할 정도로 매력적인 소리꾼이었다. 핸빈이 형은 그가 서울에서 꾸리는 '구민 판소리 교실'에 놓인 잡지에서 내 이름을 발견했던 것이다.

두 사람의 인연 또한 아름다운 드라마 같았다. 신비로운 필봉을 휘두르는 청각장애 서화가와 천지간을 쩌렁쩌렁 울리는 소리꾼이 서로 마음으로 눈빛으로 통하며 끈끈하게 나눠온 우정은 경이로운 경지였다.

돌이켜보면 형은 진정 영민한 아이였다. 웬만하면 입모양으로 상대의 말을 알아들었다. 다만 사람들이 형의 말을 들어주려 하지 않고 피하려고만 들었을 뿐이다. 나 역시 한 살 두 살 나이를 먹어가면서 형과 시나브로 멀어져갔고, 이따금 그리운 옛 사람으로 반추하곤 했다.

초등학교 때부터 특출한 서예가였던 형은 이제 독특한 서화의 경지를 연 예술가가 되어 있었다. 자신의 의지와는 무관하게 세상과 일정한 거리를 둬야 했을 외로움에 얼마나 사무쳤을까. 스스로의 내면에 침잠하며 끝없이 갈고닦아온 세월의 고통은 얼마였을까. 마침내 불덩이 같은 응어리를 거침없는 예술로 토해낸 형의 오늘이 참으로 장하고 위대했다.

형은 월간 〈전라도닷컴〉 100호 기념식에 판소리 부조를 하러 온 배일동 명창의 손에 휘호 한 점을 들려 보냈다. '관심증도(觀心證道).' '마음을 성찰하고 도를 체험한다'는 풀이까지 봉투에 적어 축하해주었다. 묵직하고 유려한 형의 필체에서 요지부동의 철학과 장엄한 기상이 전해졌다. 그 말은 무수한 성찰로 도를 깨친 형이 내리는 교지처럼 가슴팍에 박혔다.

"나는 쉬는 거 잘 몰라. 하루 종일 서서 붓 가지고 씨름하고 있네."

형이 하루도 쉬지 않고 선 채로 용맹정진하고 있다고 생각하자 가슴이 먹먹해졌다.

우리가 다시 만나 오 년의 세월이 흐르는 동안 서울과 광주에서 술밥을 나누기도 했고, 여럿이 함께 어울리기도 했다. 그러나 각자의 영역에서 생업에 치이다보니 기별도 뜸해지고, 벌써 언제 얼굴을 마주했는지 가물가물하다. 어린 시절 형에게 진 빚을 갚지도 못하고 세월은 또 흐르고 우리는 늙어간다.

전라도, 촌스러움의 미학

공부해야 할 것과
지켜야 할 것

순천 송광면 삼청리(三淸里)는 '공기 맑고 물 맑고 달도 맑다'는 심산유곡이다. 삼청리에서도 왕대마을은 산짐승 들짐승과 무시로 눈을 마주친다는 산 중턱 맨 끝 동네다.

아카시 하얀 꽃은 가뭇없이 지고 밤꽃 향기 징하게 흐벅진 계절에 주암호를 이리저리 에둘러 다리를 건넌다. 굽이굽이 비탈을 오르락내리락, 깊고 깊은 모후산의 품속으로 쑤욱 파고든다. 다랑논엔 어린모가 속닥거리고, 우뚝우뚝 키를 맞춘 옥수수들이 좌우정렬 단정하게 두런거린다.

능이버섯을 듬뿍 넣어 끓인다는 소문난 촌닭백숙으로 복달임을 하자며 동행을 불렀지만, 사실은 '언젠가는 왕대마을을 꼭 찾아가보리라' 작심한 지 사 년 만에 나선 길이었다. 왕대마을 나들이를 소원하게 된 건 2010년 늦봄, 〈전라도닷컴〉 남인희 기자가 받잡아 적어온 팔순 할매의 말씀 때문이었다. 단순 호쾌한 충격과 함께 두고두고 따뜻한 여운을 준 명문의 주인공이 바로 왕대마을 윤순심 할매였다.

"우리 손지가 공부허고 있으문 내가 말해. 아가, 공부 많이 헌 것들이 다 도둑놈 되드라. 맘 공부를 해야 헌다. 인간 공부를 해야 헌다, 그러고 말해. 착실허니 살고 놈 속이지 말고 나 뼈 빠지게 벌어묵어라. 놈의 것 돌라묵을라고 허지 말고 내 속에 든 것 지킴서 살아라. 사람은 속에 든 것에 따라 행동이 달라지는 벱이니 내 마음을 지켜야제 돈 지키느라고 애쓰지 말아라."

어눌하고 유순하지만 참교육의 호된 일갈이다.

스물에 벌교에서 시집와 평생 정직하게 흙을 파먹고 살아오셨다는 할매가 보시기엔 공부란 입신양명의 도구나 호의호식의 수단이 아니었다. 맘 공부, 인간 공부를 풀어주는 설명으로 이처럼 탁월한 식견이 있을까. '돈 말고 맘'에 찍은 방점이 곱씹을수록 절묘하다. 물질의 풍요와 정신의 결핍으로 야기되는 우리 사회의 병리현상을 심심산골 할매는 훤히 꿰고 있었다.

능이백숙 잘하기로 이름난 함성순 아짐은 경상도에서

시집온 지 스무 해가 다 되어가지만 여전히 어르신들에겐 마을에서 제일 젊은 새각시였다.

"첨엔 비만 오면 울었어예. 버스도 안 다닐 때거든요. 비만 오면 다닐 데가 없어가지고, 그래 비만 오면 눈물이 나요. 여기 동네분들이 참 좋아요. 남 샘내서 안 좋게 말하시는 할머니들이 없어요. 다 좋아요."

세월이 흘러흘러 새색시의 눈물바람이 점차 잦아든 것도 왕대마을의 순박한 할매들이 인정으로 품어주었기 때문이었다.

왕대마을은 물맛 좋은 고로쇠수액을 채취해 솔찬한 소득을 올리지만 함성순 아짐네는 고로쇠나무 한 그루도 차지하지 못했단다. 아짐네가 객지에서 들어왔을 때는 이미 마을 공동의 재산인 고로쇠나무를 골고루 나눠 임자가 정해졌던 것이다. 그러자 마을 어르신들은 집집이 고로쇠나무를 조금씩 떼어내 젊은 부부가 살림 밑천을 삼을 수 있도록 몫을 지어주었다. 이후 고로쇠수액은 부지런한 아짐네의 쏠쏠한 수입원이 되었다.

윤순심 할매가 설파하신 '인간 공부'는 그저 남 듣기 좋으라고 하는 달콤한 말대접이 아니라 마을 어르신들이 몸소 실천하는 행동의 지침이었던 게다.

워낙 자그마한 마을인지라 애를 써가며 찾아 헤매지 않아도 할매를 맞닥뜨릴 수 있었다. 함성순 아짐이 일러 준

대로 고샅을 따라 졸졸 걷다보니 할매는 밭에서 지심을 매고 있었다. 주름이 자글자글한데도 낯빛은 어찌 그리 환하던지. 행여 생면부지가 잘 아는 양하면 놀라실까 봐 조심스레 인사를 드리고 이야기를 나눴다. '그 엄니 얼굴 한번 보았으면' 하는 원도 풀었겠다, 날 더운데 괜시리 붙잡고 성가시게 해드리나 싶어 이내 작별을 고했다. 할매는 "팽야 노놔 묵을 것"이라며 커다란 봉지를 집어들더니, 솎아 놓은 푸성귀를 손에 잡히는 대로 담아 기어이 내게 들려주셨다.

산길을 되돌아 나오며 "공부 많이 헌 것들이 다 도둑놈 되드라" 하시던 말씀을 곱씹는다.

천문학적인 세금을 떼어먹는 재벌, 납품단가를 후려쳐 제 잇속만 채우는 사장, 검은 돈을 주고받은 전문가와 벼슬자리치고 대학 나오지 않았다는 이 드문 세상이다. 할매의 분류법에 따르자면 공부 많이 해서 도둑놈이 된 경우다. 천하에 몹쓸 짓거리를 하고도 유능한(?) 법률가들의 조력으로 죗값을 피해가는 사례도 많다. 우리 사회의 지성인으로 꼽히는 법조인들 가운데도 '공부 많이 한 도둑놈'에서 결코 자유로울 수 없는 이들이 수두룩한 까닭이다.

어르신들의 말씀을 들으면 언제나 가슴 한쪽이 시큰거린다. 평생 학교 문턱에도 가보지 못했다는 어르신들의 입에서 어찌 그리도 따숩고 명징한 논리들이 봇물처럼 터져 나오는지 감탄하지 않을 수 없다. 공자, 맹자, 예수, 부처의 가르침에 못지 않는 영혼의 양식이요 심중에 새겨야할 금과옥조다.

"시방 바로 내 눈앞에 있는 사람을 질겁게(즐겁게) 해주문 나도 팽야 질겁게 되는 법이여."

"한 식구는 굶어 죽어도 열 식구는 안 굶어 죽는다고 허잖어. 내 입보다 놈의 입부터 챙겨줌서 그라고 찌대고(치대고) 사는 것이 사람이여."

"사람도 따땃헌 디서만 산 사람은 쪼깨만 추워도 혹석(법석)을 떨어. 고상을 해본 사람은 어려워도 의젓허제. 원망헌다고 되는 일이 있가디. 이 담에는 잘 될 것이여, 허고 희망을 가져야제."

전라도의 어록을 하나하나 들여다볼수록 강한 긍정과 낙관의 철학이 도드라진다. 사람의 도리란 타인에 대한 사랑과 베풂에 있음을 누누이 밝힌다. 산골에서도 섬마을에서도 어르신들은 마치 입을 맞춘 듯 똑같다.

돌아보면 그분들의 시대는 수탈, 압제, 탄압, 학살, 소외 등 참담한 비극으로 점철되었다. 너른 논밭에서 뼛골 빠지게 일을 하고도 굶주려야 했고, 이념의 틈바귀에서 무고한 죽음을 겪어야 했다. 산업화의 뒷전에서 하염없이 희생을 강요당해온 모순과 부조리의 연속이었다. 그 징글징글한

공부해야 할 것과 지켜야 할 것

질곡의 세월, 숱한 역경을 헤치고 당도한 마음자리에 분노와 갈등 대신 성찰과 인내, 상생의 지혜를 쌓아오셨다.

혹한을 견딘 봄나물의 단맛처럼 스스로에게 닥친 시련일랑 "암시랑토 않다" 하고 꿋꿋이 이겨낸 사람의 향기는 그만큼 순하고도 깊다.

대한민국의 곳간에서
띄우는 편지

2014년 어느 날 새벽이었습니다. 전라도의 삶과 문화를 기록해온 〈전라도닷컴〉의 누리집(www.jeonlado.com)이 충격적인 해킹을 당했습니다. 수천 건의 글과 사진, 동영상이 삭제되고 기사 곳곳이 전라도를 비하하는 낙서와 조롱으로 도배되었지요. 김대중, 노무현 두 전직 대통령의 얼굴 사진을 변형시키고 제목마다 '홍어'라는 단어를 끼워 넣는 등 2000년 10월 〈전라도닷컴〉을 개설한 이후 최초이자 최악의 사이버 테러였습니다.

그들은 '세월호 기억하기' 기획기사들을 집중적으로 훼손하고 삭제해 불순한 의도를 노골적으로 드러냈습니다.

세월호 참사의 희생자를 기리고 진실을 규명하자는 외침을 한사코 전라도 사람들의 정치적 편향성으로 몰아가려는 수작이었습니다.

그러나 그들이 야음을 틈타 떼를 지어 들어와 난장판을 만들어버린 글과 사진, 동영상은 전라도 곳곳의 순정한 사람살이 이야기였습니다. 결국 시골 할매 할배의 얼굴에 아무렇게나 침을 뱉고 아름답고 순수한 마을공동체의 마당 한가운데에 똥오줌을 갈기는 난행을 저지른 것입니다.

"지들은 고향도 없고 할매도 할배도 없을까!"

전국 곳곳에서 독자들의 탄식이 쏟아졌습니다. 그들이 저지른 비이성적 행패는 인류를 저버리는 패륜일 뿐이었기에 참으로 통탄스러웠지요.

경찰이 수사를 통해 사이버 폭력에 가담한 수십 명의 '일간 베스트' 회원들을 입건했습니다. 대부분이 10대, 20대 젊은이들이었습니다. 그들은 지역분할의 구도를 끊임없이 조장하고 전라도 폄훼를 질리도록 주입해온 추악한 기성세대의 꼭두각시요 홍위병에 불과했습니다.

고금을 막론하고 지역 사이의 반목과 갈등을 부추기는 행태는 정치권력의 더러운 속셈에서 비롯되어왔습니다. 밝고 맑은 하늘 아래서 젊음을 만끽해야 할 청춘들을 무지와 편견의 어둠 속에 몰아넣고 영혼을 갉아대는 이들이 원망스러울 뿐이었지요.

전라도, 촌스러움의 미학

80년 광주항쟁의 희생자들을 '홍어'라고 조롱했던 청년이 잘못을 뉘우치며 망월동 묘역에 참배를 했다는 후일담이 그나마 위로가 되었습니다. 오늘날 우리가 누리는 자유와 민주가 기실 '오월 영령'들이 흘린 피의 대가라는 걸 진심으로 깨우치고 그 무덤 앞에 고개를 숙였기를 바랄 뿐입니다.

이미 탐욕에 눈이 멀고 진실의 외침에 귀를 닫은 기성세대라면 그 뒤틀린 심사를 무슨 수로 바꿀 수 있을까만은, 전라도와 전라도 사람들을 향한 터무니없는 모략에 동원되는 청춘들에게는 들려주고 싶은 전라도 이야기가 너무 많습니다. 케케묵은 옛이야기를 끄집어내며 자랑을 늘어놓으려는 게 아닙니다. 한반도의 지도를 펼쳐 보고 조금만 주의 깊게 들여다보아도 전라도의 역사와 전라도 사람들의 삶을 짐작할 수 있기 때문입니다.

예나 지금이나 전라도는 이 땅의 식량창고입니다. 너른 들판에서 곡식이 나고 광활한 바다와 갯벌에서 온갖 해산물과 소금이 나지요. 전라도의 수많은 백성들이 갖가지 물목의 먹을거리를 만들기 위해 피와 땀을 흘려왔음은 환한 이치입니다. 그러나 풍부한 물산은 어느 시대나 수탈의 대상이었기에 백성들의 삶은 곤궁했습니다. 왕조시대에는 신분제의 상층부를 이루던 일하지 않는 부자들, 곧 왕족,

귀족, 관료들을 떠받들며 허리띠를 졸라매야 했지요. 일제강점기는 그야말로 가혹한 수난의 세월이었습니다. 모든 지역의 사정이 엇비슷했다 하지만 전라도의 고난은 골수에 사무치도록 참혹했습니다.

"하이고, 일본 온천이 좋다고 해싸드라마는 나는 싫다! 징글징글헌 놈들, 공출도 공출도 어찌 그리 모지락시롭게 긁어가든지! 고놈들한테는 일 원 한 푼도 쓰문 안 되제."

팔순을 훌쩍 넘기신 나의 어머니는 일제강점기를 떠올릴 때마다 고개를 잘래잘래 흔드십니다. 일제는 전라도 전역에서 채찍을 휘두르며 곡식들을 싹쓸이해서 싣고 갔습니다. 목포항과 군산항에는 아직도 그 시절의 아픈 흔적들이 남아 있지요. 토지조사를 명목으로 논밭을 빼앗은 것도 모자라 대대적인 간척사업에 백성들을 강제동원하기도 했습니다. 하지만 배를 곯아가며 밤낮으로 흙을 나르던 백성들에게 돌아온 것은 '경자유전'이 아니라 노예 같은 소작지였지요. 조정래의 대하소설《아리랑》과《태백산맥》은 농지에 얽힌 전라도 백성들의 깊고 깊은 한을 담은 긴긴 이야기입니다.

물론 전라도 사람들은 일본 제국주의의 침탈을 고분고분 받아들이지 않았습니다. 전라도는 임진왜란 때처럼 항일 의병의 본산지였습니다.

의병운동은 전국에서 전라도가 중심이 되었으며 특히 시간이 흐르면서 더욱 집중되었다. 1909년 당시 일본군 자료에 따르면, 전국에 의병이 38,592명으로 집계되었는데 그 가운데 절반에 가까운 17,579명이 전남 지역에서 활동 중이라고 했다. 이런 상황에서 1909년부터 시작된 일본군의 작전이 이른바 '남한대토벌 작전'이었고 그 대상 지역은 바로 이곳 전남이었다. (…) 하지만 일본군의 작전은 기대만큼 큰 성과를 거두지 못했다. 무엇보다도 지역 주민이 결속해 군량과 자금을 제공하고 피신 중인 의병들을 숨겨주고 일본군의 이동경로 등 정보를 알려줬던 탓이다. 그래서 의병들은 '우리 주위에 있는 한국인들은 누구나 우리의 파수꾼'이라고 말할 정도였다.

— 박선홍, 《광주 1백년》 중

전라도 곳곳에서 평생 글을 읽던 서생들이나 농사짓던 농부들이 죽창을 들고 일어선 역사를 일본군의 기록은 말해줍니다. 전라도 백성들이 곧 항일 의병이었고 의병과 똘똘 뭉친 한 몸이었기에 잔인한 토벌작전을 피해갈 수 없었습니다. 남녘으로 남녘으로 쫓기는 의병들과 더불어 곳곳에서 마을이 불타고 수많은 백성들도 무참하게 살해되었지요.

이미 갑오년 동학농민혁명을 거치며 피로 얼룩졌던 전라도는 일제에 의해 '폭도의 땅'이 되었습니다. 천신만고

끝에 목숨을 건진 항일 의병 중 일부가 간도와 만주 등지로 탈출해 독립군으로 재편되기도 했고, 그 가족들이 연좌제에 묶여 일제의 감시와 핍박에 시달리다 끝내는 고향을 떠나 유랑생활을 하기도 했다는 기록이 남아 있습니다.

항일투쟁의 역사는 전라도 백성들의 숙명이요 임란 의병으로 나섰던 선조로부터 면면이 이어온 전통인 것입니다.

온 국민이 추앙하는 충무공 이순신 장군은 해남 울돌목에서 기적 같은 승리(명량대첩)를 이끈 뒤 '약무호남시무국가(若無湖南是無國家)'라는 말씀을 남겼습니다. 조선의 바다를 지키고 곡창 전라도를 사수했기에 끝내 왜적을 물리친 빛나는 역사를 뉘라서 부인할 수 있겠습니까. 숱한 전투를 치르는 동안 전라도 백성들은 군량미를 모으고 전선을 수리하고 장군의 병사가 되어 목숨을 바쳤습니다. 또 밥을 짓고 옷을 깁던 전라도 아낙네들의 수발이 없었다면 쉴 새 없이 몰려오는 왜적을 어찌 대항할 수 있었겠습니까.

전라도 곳곳에는 이순신 장군의 유적들이 소중히 간직되고 당대의 무수한 이야기가 전해져 풍성하게 회자됩니다. 그중 "전라도가 없었다면 나라가 없었다"라는 말씀은 충무공께서 전라도 백성들에게 바치는 진심 어린 예의였을 것입니다. 전라도를 욕하는 사람들에게 충무공의 마음을 한 번만 되돌아봐 달라면 무리한 부탁일까요.

전라도, 촌스러움의 미학

사람이 묵고사는 것인디 봅꼬 댕기문 안되제. 왼갖 공력을 딜여
야 요것이 나오는 것이여. 허투루 생각하문 못써. 요것이 불사
약이여. 묵고사는 불사약. 사람이 요것 아니문 죽어.

— 월간 〈전라도닷컴〉 2015년 9월호 중

    화순 한천면 가암리 배바우마을에서 만난 구제창 할아
버지가 길바닥에 떨어진 나락모가지를 주워와 마루 기둥
에 걸어둔 사연입니다. 쌀을 '불사약'이라 하시며 귀하게
여기시는 농심이 애틋하기만 합니다.

    농어촌은 텅텅 비어가고 젊은 사람들은 밥벌이를 찾아
도시로 공장 지역으로 떠나간 지 오래지요. 농사짓고 고기
잡아서는 자식들 건사를 할 수 없는 전라도 지역이 전국에
서 가장 많은 이주민들을 만들 수밖에 없었습니다. 산골에
서 외딴섬까지, 전라도 마을마다 빈집이 늘어나고 문을 닫
는 학교가 부지기수입니다. 고향을 등진 사람들은 인구와
공장이 밀집된 타향에서 거개가 몸뚱이 하나로 버거운 삶
을 일궈야만 했습니다.

    동서고금의 모든 이주민이 현지인과 부대끼며 동화되는
과정은 결코 순탄치 않았습니다. 생계를 위해 고향을 떠나
온 전라도 사람들의 절박한 삶과 치대고 부딪힌 현지인이
혹여 전라도에 대한 악감정을 품게 되었는지 모르겠습니
다. 그러나 개인적 경험을 일반화하여 전체를 싸잡을 수는

없는 일입니다. 그것은 경상도, 충청도, 경기도, 강원도, 제주도 등 어느 지역에 대해서도 마찬가지지요.

전라도 마을들은 이제 하루가 다르게 늙어가는 노인들만이 쓸쓸하게 불을 밝히는 곳이 무장 많아지고 있습니다. 그럼에도 전라도는 여전히 '순토종 오리지날 국산' 먹을거리를 생산하는 이 땅의 곳간임이 틀림없습니다. '전라도산' 하나 없는 우리 밥상이 있을 수 있겠습니까.

굳이 이순신 장군의 말씀이 아니더라도 먹을거리를 '불사약'이라 여기는 순정한 전라도 농부의 마음에 최소한의 예의를 갖추어주면 좋겠습니다. 전라도와 전라도 사람들에게 욕지거리를 해대는 것은 한국인의 몸과 영혼을 살찌워온 곳간에 침을 뱉는 것과 전혀 다를 바가 없지 않을까요.

전라도, 촌스러움의 미학

전라도 오일장은 은제 열린디야?

강진
강진장 강진읍 동성리 4·9일
마량장 마량면 마량리 3·8일
병영장 병영면 삼인리 3·8일
성전장 성전면 성전리 1·6일

고창
고창장 고창읍 읍내리 3·8일
해리장 해리면 하련리 4·9일
대산장 대산면 매산리 2·7일
흥덕장 흥덕면 흥덕리 4·9일
상하장 상하면 하장리 1·6일
무장장 무장면 무장리 5·10일

고흥
고흥장 고흥읍 남계리 4·9일
녹동장 도양읍 봉암리 3·8일
동강장 동강면 유둔리 1·6일
과역장 과역면 과역리 5·10일
봉래장 봉래면 신금리 2·7일
도화장 도화면 당오리 3·8일
대서장 대서면 금마리 2·7일

곡성
곡성장 곡성읍 읍내리 3·8일
석곡장 석곡면 석곡리 5·10일
옥과장 옥과면 리문리 4·9일

광양
광양장 광양읍 목성리 1·6일
옥곡장 옥곡면 신금리 4·9일

진상장 진상면 섬거리 3·8일

광주
말바우장 북구 우산동 2·4·7·9일
송정장 광산구 송정동 3·8일
비아장 광산구 비아동 1·6일

구례
구례장 구례읍 봉동리 3·8일
산동장 산동면 원촌리 2·7일

군산
대야장 대야면 지경리 1·6일

김제
김제장 요촌동 2·7일
원평장 금산면 원평리 4·9일

나주
나주장 성북동 4·9일
세지장 세지면 오봉리 2·7일
공산장 공산면 금곡리 1·6일
다시장 다시면 동곡리 3·8일
문평장 문평면 안곡리 1·6일
남평장 남평읍 남평리 1·6일
영산장(영산포풍물시장) 영산동 5·10일

남원
남원장 금동 4·9일
인월장 인월면 인월리 3·8일
운봉장 운봉읍 서천리 1·6일

담양

담양장 담양읍 담주리 2·7일
창평장 창평면 창평리 5·10일
대치장 대전면 대치리 3·8일

무안

무안장 무안읍 성남리 4·9일
일로장 일로읍 월암리 1·6일
망운장 망운면 목동리 1·6일
해제장 해제면 신정리 5·10일

무주

무주장 무주읍 읍내리 1·6일
안성장 안성면 장기리 5·10일
무풍장 무풍면 현내리 3·8일
설천장 설천면 소천리 2·7일

보성

보성장 보성읍 원봉리 2·7일
벌교장 벌교읍 회정리 4·9일
복내장 복내면 복내리 4·9일
예당장 득량면 예당리 5·10일
조성장 조성면 조성리 3·8일
회령장 회천면 회령리 4·9일

부안

부안장 부안읍 4·9일
줄포장 줄포면 줄포리 1·6일

순창

순창장 순창읍 남계리 1·6일
쌍치장 쌍치면 쌍계리 4·9일
동계장 동계면 현포리 2·7일
복흥장 복흥면 정산리 3·8일
구림장 구림면 운남리 3·8일

순천

남부시장 풍덕동 2·7일
북부시장 동외동 5·10일

별량장 별량면 봉림리 3·8일
승주장 승주읍 서평리 1·6일
주암장 주암면 광천리 3·8일
창촌장 주암면 창촌리 2·7일
송광장 송광면 이읍리 1·6일
괴목장 황전면 괴목리 4·9일

신안

지도장 지도읍 읍내리 3·8일

여수

서시장 서교동 4·9일
덕양장 소라면 덕양리 3·8일

영광

영광장 영광읍 남천리 1·6일
포천장 군남면 포천리 2·7일
염산장 염산면 봉남리 3·8일
법성장 법성면 법성리 5·10일

영암

영암장 영암읍 동무리 5·10일
시종장 시종면 만수리 2·7일
군서장(구림장) 군서면 동구림리 2·7일
신북장 신북면 월평리 3·8일
독천장 학산면 독천리 4·9일

완도

완도장 완도읍 군내리 5·10일
군외장 군외면 원동리 1·6일
금일장 금일읍 화목리 4·9일
노화장 노화읍 이포리 2·7일
고금장 고금면 농상리 2·7일

완주

삼례장 삼례읍 삼례리 3·8일
봉동장 봉동읍 장기리 5·10일
고산장 고산면 읍내리 4·9일
운주장 운주면 장선리 1·6일

전라도, 촌스러움의 미학

익산

익산장(북부시장) 남중동 4·9일
함열장 함열읍 와리 2·7일
황등장 황등면 황등리 5·10일
금마장 금마면 동고도리 2·7일
여산장 여산면 여산리 1·6일

임실

임실장 임실읍 이도리 1·6일
강진장 강진면 갈담리 2·7일
관촌장 관촌면 관촌리 5·10일
신평장 신평면 원천리 3·8일
오수장 오수면 오수리 5·10일
운암장 운암면 쌍암리 4·9일

장성

황룡장 황룡면 월평리 4·9일
사창장 삼계면 사창리 2·7일
사거리장 북이면 사거리 1·6일

장수

장수장 장수읍 장수리 5·10일
장계장 장계면 장계리 3·8일
산서장 산서면 동화리 2·7일
번암장 번암면 노단리 1·6일

장흥

토요시장(장흥장) 장흥읍 예양리 2·7일
관산장 관산읍 옥당리 3·8일
대덕장 대덕읍 신월리 5·10일
회진장 회진면 회진리 1·6일
용산장 용산면 인암리 1·6일
장평장 장평면 양촌리 1·6일

정읍

샘고을시장 시기동 2·7일
연지시장 연지동 2·7일
신태인장 신태인읍 신태인리 3·8일
태인장 태인면 태창리 5·10일
칠보장 칠보면 무성리 4·일

진도

진도장 진도읍 남동리 2·7일
의신장 의신면 돈지리 1·6일
임회장 임회면 석교리 4·10일
고군장 고군면 고성리 1·5일

진안

진안장 진안읍 군상리 4·9일

함평

함평장 함평읍 기각리 2·7일
학교장 학교면 사거리 5·10일
나산장 나산면 삼축리 4·9일
해보장 해보면 문장리 3·8일
월야장 월야면 월야리 5·10일
손불장 손불면 대전리 1·6일

해남

해남장 해남읍 고도리 1·6일
월송장 현산면 월송리 4·9일
산정장 송지면 산정리 2·7일
남창장 북평면 남창리 2·7일
좌일장(북일장) 북일면 흥촌리 3·8일
남리장(황산장) 황산면 남리리 3·8일
우수영장(문내장) 문내면 동외리 4·9일
화원장 화원면 금평리 5·10일

화순

화순장 화순읍 삼천리 3·8일
능주장 능주면 관영리 5·10일
사평장 남면 사평리 5·10일
이양장 이양면 이양리 4·9일
동복장 동복면 천변리 2·7일
춘양장 춘양면 석정리 2·7일

전라도,
촌스러움의 미학

초판 1쇄 발행   2016년 8월 24일
초판 4쇄 발행   2019년 12월 17일

지은이 황풍년

펴낸곳 (주)행성비
펴낸이 임태주

책임편집 유지현

출판등록번호 제313-2010-208호
주소 서울시 마포구 토정로 222 한국출판콘텐츠센터 318호
대표전화 02-326-5913 **팩스** 02-326-5917
이메일 hangseongb@naver.com **홈페이지** www.planetb.co.kr

ISBN 979-11-87525-05-9 (03810)

"한국출판문화산업진흥원 2016년 우수출판콘텐츠 제작 지원 사업 선정작입니다."

행성B는 독자 여러분의 참신한 출판 아이디어와 기획 원고를 기다리고 있습니다.
hangseongb@naver.com으로 보내주시면 소중하게 검토하겠습니다.